Capítulo 1: Regreso a la Memoria

El café se enfría en mis manos mientras miro por esta ventana de la ciudad, observando a extraños que se apresuran por aceras de concreto. Han pasado veinte años desde que dejé mi isla natal, pero algunas mañanas me despierto esperando oler la brisa del océano y escuchar a los gallos cantando al amanecer. En cambio, solo está el zumbido del tráfico y el lamento distante de las sirenas.

Cierro los ojos y dejo que los recuerdos me invadan, como olas contra la orilla.

Aún puedo saborear la sal en mis labios de nadar en nuestra laguna. Sentir la arena cálida entre los dedos de mis pies mientras corría descalza por la playa que se extendía detrás de nuestra casa como un patio trasero hecho por Dios mismo. La República Dominicana me llama en sueños, en momentos como estos, cuando el presente se siente demasiado pesado y el pasado demasiado precioso para olvidar.

¿Cómo terminé aquí, tan lejos de todo lo que una vez conocí?

Las preguntas vienen fácilmente ahora, después de años de evitarlas. ¿Cuándo aquella niña descalza que trepaba árboles y perseguía luciérnagas se convirtió en esta mujer que usa zapatos para caminar sobre pavimento duro? ¿Cuándo la risa se convirtió en oraciones susurradas? ¿Cuándo la maravilla se transformó en miedo?

Mi pueblo natal era el tipo de lugar donde cualquier cosa podía pasar, donde la línea entre la realidad y la leyenda se difuminaba como olas de calor que suben del asfalto caliente. Cada casa tenía una historia. Cada familia tenía secretos. Y cada niño crecía sabiendo que algunos cuentos eran demasiado ciertos para contarse.

Nuestras casas se sostenían sobre pilotes de madera, desgastados y grises por el aire salado y el tiempo. Las paredes crujían cuando los vientos alisios se levantaban, haciendo música que nos arrullaba cada noche. La pintura se pelaba de los postigos como piel vieja, y los jardines crecían salvajes con hibiscos y buganvilias que florecían sin que nadie se lo pidiera.

Todo el mundo conocía los asuntos de los demás en nuestro pequeño pueblo. Doña Carmen se sentaba en su portal cada mañana, vigilando quién pasaba y cuándo. Ella sabía qué adolescentes se escapaban por la noche y qué hombres casados caminaban en direcciones que no debían. El pueblo funcionaba con susurros y miradas, historias compartidas y reglas tácitas.

Pero yo vivía en mi propio mundo entonces, o al menos lo intentaba.

—Estoy en mi propia isla—, solía decirle a mi abuela cuando se preocupaba por mis costumbres solitarias. —Población: yo—.

Ella sacudía la cabeza y chasqueaba la lengua contra los dientes, ese sonido que hacen los adultos cuando saben algo que tú no.

—Nadie está verdaderamente solo jamás, mi niña—, decía. —Especialmente tú no—.

Ahora entiendo lo que quería decir. Incluso cuando pensaba que estaba sola, caminando por la playa o nadando en la laguna, nunca estaba realmente sola. Siempre había alguien mirando. Algo siguiéndome. Una presencia que hacía que el vello de mis brazos se erizara y mi corazón latiera más rápido.

A veces me daba vuelta rápidamente, esperando atrapar lo que fuera que estuviera detrás de mí. Pero nunca había nada que otras personas pudieran ver. Solo aire vacío y mi propia imaginación, o eso me decía a mí misma.

La sensación me seguía a todas partes. En la escuela, sentada en mi pupitre, sentía ojos en la nuca. Caminando a casa desde la iglesia los domingos por la mañana, pasos hacían eco a los míos pero se desvanecían cuando me detenía a escuchar. Nadando en nuestra hermosa laguna, algo rozaba mi pierna en el agua, demasiado suave para ser amenazante pero demasiado real para ignorarlo.

Aprendí a vivir con esa sensación del modo en que aprendes a vivir con una marca de nacimiento o dientes torcidos. Era parte de mí, algo que no podía cambiar ni explicar.

Nuestra laguna nació de la tragedia, aunque no se veía trágica. Un tsunami a principios de los años 1920 había arrasado nuestra área después de que un terremoto sacudió la isla. La ola masiva borró barrios enteros, se llevó casas y familias y vidas enteras en minutos. Cuando las aguas finalmente retrocedieron, dejaron atrás una laguna en forma de anillo donde el río se encontraba con el océano. Los habitantes del pueblo la llamaron La Laguna Grí-Grí, rodeada de hermosos manglares que solo existen en ciertos lugares del mundo.

Belleza de la destrucción. Vida de la pérdida.

Así es la manera dominicana, decía siempre mi abuela. Encontramos alegría en la tristeza, luz en la oscuridad, esperanza en las tormentas más pesadas.

La laguna Grí-Grí se convirtió en nuestro patio de juegos, el centro de nuestras aventuras de verano. Su agua permanecía fresca incluso cuando el sol ardía sobre nuestras cabezas, alimentada por manantiales subterráneos que fluían desde cuevas debajo de la superficie. La mayoría de la gente tenía miedo de nadar cerca de las cuevas, miedo de lo que pudiera estar escondido en esos pasajes submarinos oscuros.

Yo no.

El miedo era algo que cargaban otros niños. Yo me zambullía profundo, nadaba lejos, exploraba lugares que hacían que los adultos se santiguaran y susurraran oraciones. El agua se sentía como el hogar, fresca y acogedora y viva con secretos que quería descubrir.

Mis primos miraban desde la orilla, sacudiendo la cabeza.

—Te vas a meter en problemas—, gritaba mi prima Maria, su voz llevándose sobre el agua. —La abuela dice que hay cosas en esas cuevas que no deben ser perturbadas—.

No podía mantenerme alejada. Algo me llamaba desde esas profundidades, lo mismo que susurraba mi nombre en sueños y hacía bailar las sombras en la esquina de mi visión.

Tenía catorce años aquel verano cuando todo cambió. Suficientemente mayor para pensar que entendía el mundo, suficientemente joven para creer que era invencible. El amor se sentía como destino en lugar de elección. Los secretos se sentían románticos en lugar de peligrosos. Y las leyendas...

Las leyendas se sentían como historias que las abuelas contaban para evitar que los niños se divirtieran demasiado.

Qué equivocada estaba.

El recuerdo que más me atormenta no es la primera vez que lo vi -- Michael, con su sonrisa fácil y manos que sabían amansar caballos y cuerdas de guitarra con igual habilidad. Ni siquiera es la noche que nos encontramos junto a la laguna en secreto, corazones latiendo con amor adolescente y rebeldía.

Es la noche que vagamos demasiado lejos y vimos la Ceiba.

Dejo mi taza de café y camino hacia la ventana. La ciudad se extiende debajo de mí, millones de personas viviendo millones de historias, pero no estoy aquí con ellos. Estoy de vuelta en casa, sintiendo arena entre los dedos de mis pies y saboreando el aire salado, recordando la noche que cambió todo.

La noche que aprendí que algunos de los cuentos de mi abuela no eran cuentos en absoluto.

Eran advertencias.

Y estaba a punto de descubrir por qué.

Capítulo 2: El Pueblo Junto al Mar

Nuestro pueblo no tenía nombre que apareciera en ningún mapa oficial. La gente simplemente lo llamaba —El Pueblo— -- el pueblo -- como si fuera el único que importara. Y para nosotros, lo era.

Trescientas almas vivían dispersas a lo largo de la costa en casas que se recostaban unas contra otras como viejos amigos compartiendo secretos. La carretera principal no estaba pavimentada, convirtiéndose en lodo cuando llovía y levantando nubes de polvo cuando el viento soplaba fuerte. Los niños jugaban béisbol en la calle usando tapas de botellas como pelotas y pedazos de madera flotante como bates.

El tribunal de mi padre se ubicaba en el centro del pueblo, un edificio de concreto pintado de verde gubernamental que se había desvanecido al color de lechuga vieja. Como el único juez del pueblo, Papá escuchaba disputas sobre gallinas robadas, líneas fronterizas y promesas rotas. Llevaba su autoridad como su mejor guayabera -- cuidadosamente planchada e imposible de ignorar.

—La justicia es la base de la civilización, — me decía durante la cena, su voz cargando el peso de su posición. —Sin leyes, somos solo animales pretendiendo ser humanos. —

Mamá enseñaba en la escuela primaria, donde treinta y siete niños que iban desde los seis hasta los catorce años se amontonaban en un solo salón. Ella tenía paciencia infinita para las divisiones largas y las atenciones cortas, para las rodillas raspadas y los sentimientos heridos. En casa, esa paciencia a veces se agotaba.

—La educación es la única herencia que no puede ser robada, —decía, calificando tareas a la luz de la lámpara después de que nos habíamos ido a la cama. —El conocimiento es lo único que verdaderamente te pertenece. —

Trabajaban duro, mis padres. Sacrificaban, ahorraban y se preocupaban por nuestro futuro de maneras que yo no entendía entonces. Querían respetabilidad, estabilidad, una vida donde sus hijos tuvieran opciones que ellos nunca tuvieron.

Lo que no querían eran tonterías sobrenaturales interfiriendo con sus planes cuidadosamente construidos.

Mi hermano Lucas era dos años mayor y estaba determinado a escapar de la isla tan pronto como fuera posible. Estudiaba inglés con la intensidad de alguien preparándose para la guerra, ahorrando cada peso que ganaba ayudando a los pescadores a remendar sus redes. Lucas quería ir a la universidad en Santo Domingo, tal vez incluso a los Estados Unidos.

—No hay nada aquí para mí, — decía, mirando el océano como si pudiera ver su futuro flotando en algún lugar más allá del horizonte. —Solo pesca y agricultura y los mismos chismes repetidos hasta que todos creen que son verdad. —

Probablemente tenía razón. Nuestro pueblo ofrecía oportunidades limitadas para jóvenes ambiciosos. Pero Lucas no podía ver lo que yo veía -- la magia escondida en momentos ordinarios, las historias escritas en los patrones de las olas contra la orilla, la forma en que la luz de la tarde convertía todo en dorado y posible.

O tal vez sí podía verlo, y eso es exactamente de lo que estaba huyendo.

Nuestra casa se alzaba en la colina con vista a la laguna, lo suficientemente cerca para escuchar el agua lamiendo las rocas pero lo suficientemente lejos para evitar lo peor de las inundaciones de huracanes. Papá la había construido él mismo cuando él y Mamá se casaron por primera vez, añadiendo cuartos a medida que su familia crecía y sus ingresos aumentaban.

La cocina era el dominio de Mamá, siempre oliendo a ajo y cilantro, con racimos de plátanos colgando de las vigas para madurar. Una estufa de leña dominaba una pared, y la mesa donde comíamos nuestras comidas había sido tallada por mi abuelo de una sola pieza de caoba.

Mi habitación daba al este, hacia el amanecer y el océano más allá. Me despertaba cada mañana con la luz entrando a través de cortinas de algodón blanco, trayendo el sonido de las olas y los gritos de las gaviotas pescando en las aguas poco profundas. En días claros, podía ver otras islas flotando como sueños en el horizonte.

El corazón de nuestra casa era el porche frontal, donde tres generaciones de nuestra familia se habían reunido para compartir historias, chismes y sueños. Mecedoras de madera se alineaban en el borde, suavizadas por incontables horas de uso. Plantas colgantes creaban una cortina de verde, y el sonido de los vientos alisios a través de las frondas de palma proporcionaba una música constante y suave.

Aquí era donde Abuela presidía cada tarde después de la cena.

Mi abuela era pequeña pero poderosa, con cabello plateado trenzado por su espalda y ojos que no perdían detalle. Había criado siete hijos, enterrado a un esposo y sobrevivido más huracanes de los que nadie podía contar. Sus manos, curtidas por años de cocinar, limpiar y crear, podían calmar a un bebé llorando o disciplinar a un nieto que se portaba mal con igual habilidad.

Pero era su voz lo que nos mantenía cautivos.

Abuela era la historiadora no oficial de nuestro pueblo, guardiana de historias que se extendían por generaciones. Sabía qué familias tenían peleas de sangre que comenzaron antes de que cualquiera de nosotros naciera, qué casas estaban construidas en tierra maldita, qué noches eran seguras para pescar y cuáles no.

Más importante aún, ella conocía las leyendas.

Cada pueblo pequeño tiene sus historias de fantasmas, sus cuentos de sucesos inexplicables y desapariciones misteriosas. Pero nuestras historias se sentían diferentes. Llevaban peso, como piedras arrojadas en agua tranquila, creando ondas que se extendían mucho más allá de su origen.

—Escúchenme, mis niños, — comenzaba Abuela, reuniendo a sus nietos alrededor de ella como una gallina protegiendo a sus polluelos. —Voy a contarles algo importante. —

Nos acomodábamos en nuestros lugares -- María acurrucándose en el columpio del porche, Lucas recostándose contra la barandilla con desinterés estudiado, Marcus con las piernas cruzadas en el piso de madera, y yo en la silla más cercana a Abuela, pendiente de cada palabra.

Las historias siempre comenzaban de la misma manera, con la frase que hacía que nuestras espinas hormiguearan y nuestras imaginaciones corrieran: —Hubo una vez, hace mucho, mucho tiempo... —

Algunas noches nos contaba sobre el pirata que enterró tesoro en nuestra playa y maldijo a cualquiera que intentara encontrarlo. Otras noches, escuchábamos sobre la mujer que podía transformarse en pájaro y volaba sobre el pueblo a medianoche, revisando a los niños durmientes.

La historia que nos daba más pesadillas, la que nos hacía acurrucarnos más cerca y revisar las cerraduras de nuestras puertas, era el cuento del árbol de Ceiba.

—Hubo una vez, hace mucho, mucho tiempo, — comenzaba Abuela, su voz bajando a apenas más que un susurro, —cuando gente malvada vivía en este pueblo. Hacían sacrificios a fuerzas oscuras bajo las raíces del gran árbol de Ceiba. —

—¿Qué árbol, Abuela? — preguntaba María, aunque conocía la respuesta de memoria.

—El antiguo, mi amor. El que crece al lado de la laguna, cerca del viejo camino. Nunca vayan allí solas, especialmente de noche. La leyenda dice que el mismo diablo viene a reclamar las almas de aquellos que fueron sacrificados, y siempre tiene hambre de más. —

Jadeábamos y temblábamos, deliciosamente aterrorizados por la idea de tal maldad existiendo tan cerca de nuestras vidas cotidianas. Lucas ponía los ojos en blanco y murmuraba sobre supersticiones, pero incluso él escuchaba cuidadosamente cada palabra.

La ironía es que las advertencias de Abuela solo nos hacían sentir más curiosidad sobre los lugares que nos decía que evitáramos. La fruta prohibida siempre sabe más dulce, y los lugares prohibidos llaman a los corazones jóvenes con voces irresistibles.

A pesar de nuestro miedo, o tal vez por él, pasábamos innumerables tardes de verano en la laguna. Era nuestro santuario, nuestra aventura, nuestro escape del mundo adulto de reglas y responsabilidades.

La laguna Grí-Grí se extendía casi una milla de ancho en su punto más amplio, rodeada por manglares y formaciones de coral que creaban escondites perfectos para peces y niños por igual. El agua variaba desde cristalina en las aguas poco profundas hasta azul-negro profundo en el centro, donde manantiales subterráneos alimentaban desde cuevas que nadie había explorado completamente.

Nadábamos, buceábamos y corríamos carreras de un lado al otro, cuerpos morenos destellando a través del agua que brillaba como diamantes líquidos bajo el sol caribeño. Marcus era el nadador más rápido, pero yo podía aguantar la respiración más tiempo. María prefería flotar boca arriba, mirando las nubes que pintaban historias a través del cielo azul.

La mejor parte de nadar en la laguna era la frescura que se elevaba de las profundidades, un contraste refrescante con el calor que presionaba sobre la isla como una manta pesada. Incluso en días cuando el sol era despiadado y el aire brillaba con humedad, la laguna ofrecía alivio.

Había algo más sobre esas aguas, algo que sentía, pero no podía nombrar. Nadar en la laguna era como ser abrazada por algo antiguo y vivo, algo que me reconocía a cambio.

Nunca le conté a nadie sobre los sueños que comenzaron ese verano, aquellos en los que flotaba no en agua sino en luz de estrellas, rodeada de voces hablando en idiomas que no entendía, pero de alguna manera comprendía. Nunca mencioné la forma en que mi reflejo a veces parecía moverse independientemente en la superficie de la laguna, o cómo podía sentir cosas nadando en las profundidades que nunca aparecían cuando otros estaban mirando.

Estas experiencias se sentían demasiado extrañas para compartir, demasiado personales para explicar. Eran solo mías, secretos que llevaba como conchas recolectadas de una playa privada.

Mirando atrás ahora, me doy cuenta de que eran las primeras señales de lo que venía. Los primeros susurros de un destino que era demasiado joven para entender y demasiado terca para evitar.

Pero ese verano, todavía era solo una niña que amaba nadar y soñar y creer que la magia era posible. Una niña que pensaba que el amor era simple y la familia era para siempre y las leyendas eran solo historias para asustar a los niños.

No tenía idea de que algunas historias estaban a punto de venir a buscarme.

Capítulo 3: El Primer Cuento de la Abuela

La noche en que Abuela nos contó por primera vez sobre el Árbol de Ceiba, el aire estaba cargado de humedad y la promesa de lluvia. Los relámpagos parpadeaban en la distancia, demasiado lejos para traer alivio del calor, pero lo suficientemente cerca como para hacer que el vello de nuestros brazos se erizara con electricidad.

Nos habíamos reunido en el porche después de la cena, como era nuestra costumbre. El calor del día todavía irradiaba de las tablas de madera bajo nuestros pies, y el sonido de las ranas arbóreas llenaba los espacios entre las palabras de Abuela. Las velas de citronela parpadeaban en frascos de vidrio, manteniendo a raya a los mosquitos mientras proyectaban sombras danzantes sobre nuestros rostros.

—Esta noche, — anunció Abuela, acomodándose en su mecedora favorita con la lenta deliberación de alguien que entendía el poder de la anticipación, —voy a contarles sobre algo muy importante. Algo que necesitan saber para mantenerse a salvo. —

Marcus me dio un codazo, sus ojos brillantes de emoción. A sus doce años, vivía para estos momentos cuando el mundo adulto se abría lo suficiente para dejarnos vislumbrar los misterios ocultos bajo la vida cotidiana.

María, de solo ocho años y aún lo suficientemente joven para creer completamente en la magia, se acercó más a la silla de Abuela hasta casi tocar las rodillas de la anciana. Lucas intentó parecer aburrido, pero noté que dejó de juguetear con sus tarjetas de béisbol y se inclinó ligeramente hacia adelante.

Abuela esperó hasta tener nuestra completa atención. En la distancia, el trueno retumbó como el estómago de un gigante, y las primeras gotas gordas de lluvia comenzaron a caer, tamboriléando contra el techo de zinc con creciente intensidad.

—Hubo una vez, hace mucho, mucho tiempo, — comenzó, su voz tomando el ritmo de la lluvia y las olas, —cuando nuestra hermosa isla no era el lugar pacífico que conocen hoy. El mal caminaba entre nosotros entonces, vistiendo rostros humanos, pero albergando corazones demoníacos. —

Las llamas de las velas vacilaron con una brisa repentina, y María instintivamente tomó la mano de Abuela.

—Estos seres malignos vinieron de través del agua, trayendo consigo prácticas que nunca debieron encontrar tierra donde crecer. Adoraban la oscuridad en lugar de la luz, la muerte en lugar de la vida. Y eligieron nuestro pueblo como el lugar perfecto para realizar sus terribles rituales. —

—¿Qué tipo de rituales, Abuela? — pregunté, aunque parte de mí no estaba segura de querer saber.

Los ojos de Abuela encontraron los míos en la luz parpadeante de las velas, y vi algo allí que me hizo temblar a pesar del aire cálido de la noche. Miedo. Y tristeza. Y un tipo de cansancio antiguo que hablaba de conocimiento demasiado pesado para que una persona lo cargara.

—Rituales de sangre, mi niña. Sacrificios a fuerzas oscuras que nunca deberían ser despertadas. Creían que al ofrecer vidas inocentes al diablo, podrían ganar poder sobre otros. Control sobre los elementos. La capacidad de ver el futuro y cambiarlo para adaptarlo a sus deseos. —

Un relámpago iluminó el cielo, iluminando la laguna en la distancia con un resplandor sobrenatural. Por solo un momento, pude ver la forma masiva del Árbol de Ceiba silueteado contra las nubes de tormenta, sus enormes ramas alcanzando hacia los cielos como dedos retorcidos.

—Eligieron el Árbol de Ceiba para sus ceremonias, — continuó Abuela, —porque tales árboles son sagrados para nuestros antepasados. El pueblo taíno creía que los árboles de ceiba eran portales entre nuestro mundo y el reino espiritual, lugares donde los vivos podían comunicarse con los muertos. —

—El pueblo taíno vivía aquí antes de que Colón viniera, — interrumpió Lucas, su voz llevando la autoridad de alguien que prestaba atención en la escuela. —Fueron aniquilados por enfermedades y esclavitud. —

—No todos ellos, — corrigió Abuela gentilmente. —Su sangre todavía corre por nuestras venas. Su sabiduría vive en nuestras historias. Y sus advertencias resuenan en leyendas como esta. —

Hizo una pausa para santiguarse, un gesto tan automático que parecía inconsciente. —Los malignos pervirtieron la naturaleza sagrada del árbol, usándolo como altar para sus propósitos oscuros. Cavaron hoyos profundos entre sus raíces, creando cámaras donde podían realizar sus rituales ocultos de la vista. —

María gimió suavemente, y me encontré tomando su otra mano. La tormenta se acercaba ahora, el trueno siguiendo al relámpago más rápidamente.

—Noche tras noche, personas inocentes desaparecían de nuestro pueblo. Niños arrebatados de sus camas. Mujeres jóvenes caminando solas después del anochecer. Ancianos cuyo único crimen era estar en el lugar equivocado en el momento equivocado. Sus familias buscaban, rezaban y lloraban, pero los desaparecidos nunca fueron encontrados. —

—¿Qué les sucedió? — preguntó Marcus, su voz apenas audible sobre la lluvia.

—Fueron llevados al Árbol de Ceiba y sacrificados para alimentar la oscuridad. Su sangre se empapó en la tierra entre las raíces. Sus gritos se convirtieron en parte del viento que susurra a través de las ramas. Y sus almas...— la voz de Abuela se apagó, y sacudió la cabeza tristemente.

—¿Qué pasó con sus almas, Abuela? — presioné, aunque cada instinto me decía que no quería escuchar la respuesta.

—Sus almas quedaron atrapadas, mi amor. Ni completamente muertas ni verdaderamente vivas, atadas al lugar donde murieron por la magia malvada que las mató. Todavía vagan, buscando una paz que no pueden encontrar, una justicia que nunca llegó. —

Un tremendo crujido de trueno nos hizo saltar a todos, y las luces de la casa parpadearon. En ese momento de semi-oscuridad, con solo las velas para alejar la noche, la historia de Abuela se sentía menos como una leyenda y más como una verdad.

—Pero los malignos cometieron un error, — continuó, su voz tomando un tono de satisfacción sombría. —Pensaron que podían controlar fuerzas más allá de la comprensión humana. Creían que su poder los hacía intocables. Estaban equivocados. —

—¿Qué les sucedió? — preguntó Lucas, inclinándose hacia adelante a pesar de sí mismo.

—La justicia divina los encontró, como siempre lo hace. Algunos dicen que fue un huracán enviado por Dios para limpiar la isla. Otros creen que los espíritus de sus víctimas se levantaron en ira justiciera. Pero todos están de acuerdo en lo que sucedió después. —

Abuela hizo una pausa para tomar un sorbo de agua del vaso a su lado, dejando que el suspense se acumulara como la tormenta afuera.

—Los malignos fueron destruidos en una sola noche. Algunos fueron derribados por rayos. Otros fueron arrastrados por aguas que surgieron de la nada y retrocedieron igual de rápido. Algunos simplemente desaparecieron, dejando atrás solo ropa vacía y el olor a azufre. —

—¿Y el árbol? — pregunté, aunque pensé que ya sabía.

—El árbol sobrevivió, como lo hacen los árboles de ceiba. Pueden vivir quinientos años o más, creciendo más grandes y fuertes con cada década que pasa. Pero el mal que se hizo bajo sus ramas dejó una marca que el tiempo no puede borrar. —

El relámpago iluminó el cielo de nuevo, y esta vez el trueno siguió casi inmediatamente. La tormenta estaba directamente sobre nosotros ahora, convirtiendo el mundo exterior en un caos de viento, agua y furia eléctrica.

—Las almas de los sacrificados permanecen atrapadas allí, — dijo Abuela, su voz apenas audible sobre la tormenta. —Y cada año en el aniversario de sus muertes, el diablo mismo viene a caminar entre las raíces, buscando nuevas almas para reclamar. —

—¿Cuándo es el aniversario? — susurró María.

—Nadie lo sabe con certeza, — respondió Abuela. —Los registros se perdieron hace mucho tiempo. Pero la gente local dice que sucede durante la luna oscura, cuando su presencia puede ser ocultada por las sombras. Dicen que puedes oler azufre en el aire y escuchar voces susurrando tu nombre desde las profundidades de las raíces. —

—¿Qué sucede si vas allí? — pregunté.

Los ojos de Abuela se volvieron muy serios. —Nunca, nunca vayas al Árbol de Ceiba solo, especialmente de noche. Y nunca durante la luna oscura. El mal que vive allí todavía tiene hambre. Todavía busca almas para reclamar. —

—¿Has estado allí? — preguntó Lucas escépticamente.

—Una vez, — dijo Abuela. —Cuando era joven y tonta y pensaba que las historias de miedo eran solo eso -- historias.

Pero lo que vi y sentí esa noche...— se estremeció a pesar del calor. —Nunca volví. Y ustedes tampoco deben ir.—

La tormenta comenzó a amainar, los truenos alejándose hacia el mar. El aire se sentía más limpio ahora, lavado por la lluvia, pero la historia de Abuela se quedó con nosotros, pesada y ominosa como una maldición.

Esa noche, acostada en mi cama escuchando la lluvia restante gotear del techo, no podía dejar de pensar en las almas atrapadas. ¿Realmente estaban allí, vagando eternamente en tormento? ¿O era solo una historia que Abuela contaba para asustarnos y alejarnos del peligro?

No lo sabía entonces, pero pronto descubriría que algunas historias son más verdaderas de lo que cualquiera podría imaginar. Y que algunas advertencias, sin importar cuán claramente se den, son imposibles de seguir cuando el destino te llama.

Capítulo 4: La Laguna Gri-Gri

La laguna Grí Grí me llamaba en sueños. Noche tras noche, flotaba en sus aguas azul-negras, sin respirar, pero sin ahogarme, sintiéndome más en casa en las profundidades de lo que jamás me había sentido en tierra firme. En estos sueños, el agua hablaba conmigo en un lenguaje sin palabras, contando historias de lo que había presenciado a lo largo de los siglos.

Despertaba de estos sueños con sabor a sal en mis labios y el sonido de las olas todavía resonando en mis oídos. Mi almohada estaría húmeda, pero no con lágrimas -- con agua de mar real que de alguna manera se había transferido del mundo de los sueños al mundo despierto.

Mamá me encontró una mañana con un mechón de algas marinas enredado en mi cabello.

—¿Cómo llegó esto aquí? — preguntó, sosteniendo la planta marina húmeda con una mezcla de confusión y alarma. —¿Fuiste a nadar en medio de la noche? —

—Debo haberlo recogido ayer, — mentí, tomando las algas de su mano y tirándolas a la basura. —Me lo perdí cuando me duché. —

Pero sabía la verdad. Mis sueños eran más que sueños. De alguna manera, estaba realmente visitando la laguna mientras dormía, mi espíritu dejando mi cuerpo y buceando en aguas que conocían secretos que ningún humano vivo debería saber.

Abuela me encontró en el porche esa tarde, mirando fijamente la laguna brillando en la distancia.

—El agua te está llamando, — dijo, sentándose a mi lado. — Puedo verlo en tus ojos. —

—¿Qué me está diciendo? — pregunté.

—Te está diciendo quién eres. De dónde vienes. Por qué tus sueños se sienten más reales que tu vida despierta. — Tomó mi mano. —La laguna es más que solo agua, mija. Es un lugar de poder, un lugar donde el velo entre mundos es delgado. Y tienes una conexión con ella que va más allá de tu amor por nadar. —

—¿Por qué? —

—Porque tu bisabuela -- mi madre -- era una Guardiana del Agua. Podía hablar con los espíritus que habitaban lagos, ríos y océanos. Podía pedir ayuda a las aguas y estas obedecían. Y ese don se ha transferido a ti.—

Mi corazón latió más rápido. —¿Qué significa eso? —

—Significa que el agua reconoce tu sangre. Sabe que llevas el linaje de quienes una vez sirvieron como puente entre el mundo humano y el reino elemental. Por eso te sientes tan atraída a la laguna. Por eso tus sueños son tan vívidos. —

—¿Y el Árbol de Ceiba? — pregunté. —¿Por qué sigo soñando con él también? —

La expresión de Abuela se volvió seria. —Porque el árbol y la laguna están conectados, mija. El árbol se alimenta de las mismas aguas subterráneas que alimentan la laguna. Y las almas atrapadas bajo sus raíces... algunas de ellas se ahogaron en estas mismas aguas antes de ser llevadas a su muerte. —

Un escalofrío recorrió mi espalda. —¿Qué quieren de mí? —

—Quieren liberación. Quieren que alguien finalmente les ayude a cruzar al más allá. Y sienten que tú podrías ser esa persona. —

—Pero no sé cómo hacer eso. —

—Aún no, — acordó Abuela. —Pero lo aprenderás. Cuando llegue el momento. —

Los días pasaban en una extraña neblina. Durante el día, nadaba en la laguna con Marcus y María, fingiendo ser solo una adolescente normal disfrutando del verano. Pero por la noche, el agua me llamaba de vuelta, tirando de mi espíritu con una fuerza que se hacía más difícil de resistir con cada noche que pasaba.

Comencé a ver cosas en el agua que otros no podían ver. Sombras que se movían bajo la superficie, tomando formas que casi -- pero no del todo -- se parecían a cuerpos humanos. Luces que brillaban en las profundidades, atrayéndome más hondo, más lejos, hacia lugares donde el agua se volvía tan oscura que la luz del sol no podía penetrarla.

Marcus notó mi distracción. —¿En qué estás pensando? — preguntó un día mientras flotábamos juntos en el agua cálida.

—Solo... cosas, — dije vagamente.

—¿Qué tipo de cosas? —

Me giré para mirarlo, este chico que había sido mi mejor amigo desde que podía recordar. Quería decirle todo -- sobre los sueños, sobre las sombras, sobre lo que Abuela me había revelado. Pero las palabras se quedaron en mi garganta, demasiado extrañas para ser dichas en voz alta.

—Solo... pensando en el futuro, — dije finalmente. —Sobre lo que viene después. —

Maria, brincaba sobre sus pies emocionada, sus ojos oscuros brillando, con la alegría inocente que solo los niños poseen. ¿Puedo ir yo también? ¿Por favor? Prometo quedarme en la orilla.

Lucas pretendía no importarle, pero yo veía en su cara que también estaba emocionado por ir a la laguna. Pese a sus sueños de escapar de esas superticiones locales, amaba la laguna tanto como nosotros. —Supongo que debo ir a acompañarlos, para cuidar que no se metan en problemas, — Dijo exagerando resignación. —Supongo que debo evitar que se ahoguen. —

Yo recogería nuestras cosas, toallas ya manchadas por el sol y el agua de sal, thermos de agua fresca para limpiar toda la sal y fruta de nuestra cocina para compartir cuando teníamos hambre. Mamá empacaría mangos extra, guayabas en una canasta con bananas, porque sabría que nos quedaríamos hasta muy tarde en la laguna si ella nos dejaba.

Prometíamos regresar temprano, pero las reglas de la laguna eran diferentes, siempre sobrepasaban las instrucciones de nuestros padres.

El camino a nuestro lugar favorito para nadar tomó quince minutos, a través de un sendero que cambiaba con las estaciones. Durante los meses secos, el camino dejaba nubes de polvo con cada paso. Orquídeas salvajes florecían en los árboles por encima de nuestras cabezas. Sus delicados pétalos creaban un camuflaje morado y blanco. Las iguanas se escondían en las rocas al lado del camino, prehistóricas y sin darle importancia a nuestro paso por el lugar.

En la época de lluvia, el mismo camino se convertía en una aventura resbaladiza de lodo que se incrustaba en nuestros pies y una vegetación tan verde que dolían los ojos de solo mirarlos. Todo crecía tan rápido, los árboles, las flores, nuestro cabello, nuestras uñas, nuestros sueños parecían expandirse en el aire húmedo.

No importaba en que estación estuviéramos, la pequeña loma de miraba hacia la laguna, nos dejaba sin aliento y nos hacía maravillarnos con solo mirarla.

El agua se esparcía delante de nosotros como un espejo que reflejaba el cielo. La superficie se rompía solo cuando ocasionalmente saltaba algún pez sobre el agua, o cuando algún pelicano buscaba su desayuno. Su forma de anillo era claramente visible desde nuestro punto de vista, un círculo perfecto de agua azul y verde, rodeada de manglares y formaciones de coral que había crecido por décadas desde el tsunami que había creado este accidental paraíso.

—Una carrera hacia las rocas— Marcus grito, y todos corrimos como locos, bajando las laderas de la loma, riendo a carcajadas.

Nuestro lugar habitual era una pequeña área de playa, en el lado este de la laguna, donde la arena era más blanca y fina, y el agua no era tan profunda por unas cuantas yardas, luego la arena se perdía en las áreas más profundas y misteriosas. Los palmares y lo cocotales proveían sombra para nuestras toallas y canastas. Los cocos eran usados por los pobladores para hacer leche de coco y otros derivados.

Marcus era el nadador más fuerte entre nosotros, nadaba con tal facilidad que parecía no esforzarse. Podía nadar la circunferencia completa sin parar, algo que, impresionada hasta los pescadores de la zona, que a veces paraban sus botes para observarnos.

Yo era la mejor nadando en las profundidades y la que podía sostener el aire por más tiempo. Encontraba algo irresistible en sumergirme y aguantar la presión en mis pulmones, la manera en la que el sonido se esparcía y en la sensación de flotar en el espacio, sin gravedad.

—Pareces una sirena— decía Maria, admirando mi destreza al nadar en las profundidades por largo tiempo. —Quizás desarrollaste agallas que no podemos ver— decía con asombro.

Lucas prefería asombrar a todos nadando en los lugares más peligrosos, primero en los lugares bajo las rocas y luego bordeando la laguna, entonces entre los manglares. —Un día te vas a romper la nuca— le dije, pero admiraba su falta de miedo ante el peligro.

Maria, fiel a su promesa, usualmente nunca salía de la orilla. Se conformaba con flotar y mirar las nubes que formaban siluetas en el cielo. Algunas veces recorría la orilla para juntar caracoles.

Ni siquiera esa inocencia nos protegería de las cosas extrañas que pasaban alrededor de ese lugar.

Fui la primera en notar que los peces estaban actuando extrañamente. Eran pequeños y de un color plateado muy peculiar. No eran más grandes que mi mano, pero se movían en patrones que parecían coreografías. En vez de marcharse cuando nos veían, ellos nadaban en espiral a nuestro alrededor, creando figuras que hacían estremecer mi piel con una energía que no puedo explicar.

—Vieron eso? —le pregunte a Marcus una tarde después que los peces prácticamente hicieron un baile en coreografía perfectamente elaborado alrededor nuestro.

También estaban las sombras que se movían independientemente. La manera en que nuestras reflexiones parecían tener vida propia a través de nuestros movimientos. La sensación de ser observada por ojos invisibles, especialmente cuando nadábamos en las aguas mas profundas.

El sistema de cuevas que corría debajo de la laguna era extensivo, según los pescadores locales, algunos decían que los túneles recorrían millas debajo de la isla, conectando los cenotes de los ríos subterráneos. Algunos decían que las cuevas no tenían fondo y llegaban hasta el centro de la tierra.

Todos estaban de acuerdo que era peligrosas. La corriente era impredecible, los Pasajes muy pequeños y era fácil perderse el ellas. Cada cierto año algún aventurero, entraba en ellas y nunca regresaba.

Empezaban haciendo pequeñas exploraciones en la entrada de la cueva principal, donde el agua era más fría y tan clara que se podían ver los peces en el fondo, donde la luz no podría llegar.

—No entres ahí—, Lucas me advertía, cada vez que intentaba entrar. —Recuerda lo que le paso al primo de Eduardo el verano pasado—

Recordé en ese momento. Miguel era un nadador excelente, con confianza en sí mismo y fuerte. Había entrado en las cuevas solo esa mañana, cuando todos estaban durmiendo, planeando explorar por sí solo. Encontraron su cuerpo tres días después, en la playa, a dos millas de distancia. La causa oficial de la muerte fue ahogamiento, pero nadie se pudo explicar cómo su cuerpo apareció tan lejos.

Ni con todas esas advertencias podía resistir la cueva. En cada visita me adentraba más y más profundo. Desafiando mi propia seguridad.

El agua dentro era cristalina, las rocas tenían formaciones que brillaban como joyas, corales y depósitos de minerales que creaban un palacio más hermoso que ninguna arquitectura humana.

Había cosas moviéndose en lo profundo, no las podía ver, pero las sentía. Formas que podían ser peces o algo más.

Movimientos demasiado precisos para ser casualidad, demasiado inteligentes para ser vida marina.

—Hay algo abajo— le dije a Marcus en una ocasión, —Algo que nos vigila— El asintió. —Se a lo que te refieres, es como si nos estudiara, tratando de entender lo que somos—.

—Quizás esta curioso— sugirió, pero entonces no había explicación.

Lo que sea que vive en esas cuevas tiene conciencia, podría ser alienígena o algo bien ancestral. No sentíamos miedo, pero tampoco nos sentíamos seguros. Sentíamos un poder inexplicable.

Esa sensación se intensificaba al llegar el verano. Nuestras inocentes expediciones, tomaron una tensión que todos sentimos. Empezamos a mirar sobre nuestros hombros más seguido, a mantenernos cerca y a salir más temprano de lo habitual.

Todos comenzamos a tener sueños extraños.

Los míos eran en las cuevas, por supuesto. Soñaría con nadar más profundo de lo que nadie más había llegado, vastas aguas con creaturas fluorescentes y formaciones que poseían luz propia.

Marcus soñó con la laguna esa noche, con creaturas fluorescentes que no eran humanas, no eran peces, pero algo semejante. Las voces le llamaban como canticos de ballena, invitándolo a nadar debajo de las olas.

Los sueños de Maria eran los más perturbadores. Ella soñaba con el árbol de Ceiba. Su frondoso follaje se abría para mostrarle la oscura entrada en la tierra. En sus sueños escuchaba voces llamándola desde la obscuridad, voces familiares y de amigos que le rogaban acercarse más.

Hasta Lucas que era skeptico, no descansaba. Soñaba volando encima de la laguna, mirando hacia abajo en perfecta forma circular, algo que él no podía explicar.

Todos teníamos sueños extraños, hablamos de ellos en conversaciones a escondida. Sabíamos que no eran sueños ordinarios, invitaciones, cosas que nosotros no podíamos entender.

—Quizás deberíamos alejarnos de la laguna por algún tiempo—Sugirió Maria una mañana después de haber tenido unos de esos sueños que la hacían ponerse pálida y temblar.

No podíamos. El agua nos llamaba con una urgencia que más bien parecía un clímax. Nuestras aventuras de verano ordinarias, de exploración y y transformación, eran algo más, algo que parecía cosa del destino, que irremediablemente enfrentaríamos.

Ninguno de nosotros podía predecir en que forma nos afectaría o cambiaria el rumbo de nuestras vidas. Pero mirando hacia atrás, las señales eran claras, los peces, los sueños, la manera en la que todo se transformaba a nuestro alrededor era real, una fuerza más allá de nuestra comprensión.

La laguna nos está preparando para algo. Y ese algo estaba a punto de llegar.

Capítulo 5: El Amor Prohibido

Vi a Michael por primera vez una mañana de domingo después de misa, parado en el patio de la iglesia con su estuche de guitarra colgado sobre el hombro y la luz del sol volviendo dorado su cabello castaño en los bordes. Estaba hablando con el Padre Rodríguez sobre algo que los hacía reír a ambos, sus manos gesticulando animadamente mientras hablaba.

Lo había notado antes, por supuesto. En un pueblo de trescientas personas, todos notan a todos. Pero esa mañana fue diferente. Esa mañana, realmente lo vi -- la forma en que sus ojos se arrugaban cuando sonreía, cómo su voz llevaba solo un toque de acento de los años que su familia había pasado viajando, la forma cuidadosa en que sostenía su estuche de guitarra como si contuviera algo precioso.

Tenía diecinueve para mis dieciséis, lo que se sentía como un abismo vasto en ese momento, pero parecía manejable en la forma en que solo los corazones adolescentes pueden hacer que las cosas imposibles parezcan posibles. Más problemáticamente, era del otro lado de la laguna, donde las familias eran más nuevas, menos establecidas, menos conectadas a la intrincada red de relaciones que definía nuestra comunidad.

Mis padres, con su énfasis en la educación y la respetabilidad, no aprobarían que su hija se distrajera con un chico cuya familia criaba cabras y cultivaba vegetales para los restaurantes turísticos. No es que hubiera nada malo con la agricultura -- mi abuelo había sido agricultor, después de todo -- pero Papá y Mamá habían trabajado demasiado duro para elevar el estatus social de nuestra familia como para verlo retroceder a través del romance adolescente.

Nada de este razonamiento práctico importaba a mi corazón de dieciséis años, que aparentemente había decidido que Michael representaba todo lo que quería en la vida.

—¿Quién es ese? — le pregunté a María, asintiendo hacia donde él estaba.

—Michael Vargas, — respondió, siguiendo mi mirada. —Su familia se mudó aquí desde Puerto Plata cuando éramos pequeñas. ¿Por qué? —

—Solo curiosidad, — dije, tratando de sonar casual mientras mi pulso golpeaba contra mi garganta.

—Es demasiado mayor para ti,— observó Lucas con la sabiduría molesta de un hermano mayor. —Y demasiado pobre para que Papá lo apruebe. —

Lo fulminé con la mirada, pero antes de que pudiera responder, Michael miró en nuestra dirección. Nuestros ojos se encontraron a través del patio, y él sonrió -- una expresión lenta y cálida que hizo que mis rodillas se sintieran repentinamente poco confiables.

—Me sonrió, — le susurré a María.

—Nos sonrió a todos nosotros, — me corrigió, pero ella también estaba sonriendo.

Después de eso, encontré excusas para caminar cerca de la granja donde trabajaba la familia de Michael. Era una operación modesta -- unos pocos acres de vegetales, algunos árboles frutales, cabras y gallinas rascando en el patio, y una casa pequeña con un jardín que su madre cuidaba con orgullo evidente.

A veces lo veía trabajando en los campos, su camisa atada alrededor de su cintura contra el calor, moviéndose entre las hileras de tomates y pimientos con la confianza fácil de alguien que entendía la tierra. Otras veces, estaría sentado en el porche con su guitarra, practicando canciones que flotaban a través de los campos como sol audible.

Aprendí su rutina a través de observación cuidadosa. Ayudaba a su padre en los campos desde el amanecer hasta media tarde, cuando el calor se volvía demasiado opresivo para el trabajo pesado. Luego se duchaba y cambiaba y caminaba al área turística cerca de la playa, donde practicaba su inglés y alemán con visitantes que quedaban encantados con sus habilidades musicales y lingüísticas.

Los turistas lo amaban. Podía cantar en cuatro idiomas, tocar todo desde merengue tradicional hasta canciones pop americanas, y contar historias sobre la historia local que hacían que incluso lugares familiares parecieran exóticos y misteriosos. Le daban buenas propinas y a menudo lo invitaban a sentarse con ellos mientras cenaban, disfrutando su compañía tanto como su entretenimiento.

Fue esta rutina la que finalmente me dio la oportunidad de hablar con él.

Había convencido a mis padres de dejarme ayudar a servir la cena en uno de los restaurantes junto a la playa, alegando que quería practicar mi inglés y ganar un poco de dinero. La razón real, por supuesto, era que Michael actuaba allí tres noches a la semana.

En mi tercera noche de trabajo, se acercó a la mesa donde yo estaba sirviendo a una pareja alemana que había estado pidiendo canciones toda la noche.

—Disculpen, — les dijo en perfecto alemán, —pero creo que disfrutarían escuchar nuestra canción folclórica local sobre la laguna. Cuenta la historia de cómo este hermoso lugar fue creado. —

La pareja estaba encantada, y mientras Michael comenzaba a tocar, me encontré parada congelada con una jarra de agua en mis manos, escuchando su voz tejer un cuento de amor y pérdida y belleza natural que hacía que la leyenda familiar sonara como poesía.

Cuando la canción terminó y los turistas habían aplaudido y le habían dado una generosa propina, Michael captó mi mirada y sonrió.

—Trabajas aquí ahora, — observó en español, caminando hacia donde yo estaba.

—Solo para el verano, — respondí, orgullosa de que mi voz sonara más firme de lo que mis manos se sentían. —Para practicar idiomas y ganar dinero. —

—Tu inglés es muy bueno, — dijo. —Mejor que la mayoría de las personas de nuestra edad. —

Nuestra edad. Resplandecí ante la igualdad implícita, aunque ambos sabíamos que casi cuatro años era una brecha significativa en nuestra etapa de vida.

—Gracias. Estudio mucho. — Hice una pausa, reuniendo coraje. —Tu música es hermosa. Esa historia sobre la laguna -- nunca la había escuchado contada de esa manera antes. —

—Las historias viejas son como canciones, — dijo, acomodando su guitarra más cómodamente sobre su hombro. —Cambian dependiendo de quién las está contando y quién está escuchando. La misma leyenda puede ser una canción de amor o una historia de fantasmas o una advertencia, dependiendo de lo que la audiencia necesite escuchar. —

Había algo en la forma en que lo dijo que me hizo mirarlo más cuidadosamente. Sus palabras parecían llevar capas de significado que no podía comprender del todo.

—¿Qué tipo de historia crees que necesito escuchar? —preguntó.

Estudió mi rostro por un momento, y sentí como si estuviera viendo algo sobre mí que yo aún no entendía.

—Creo que ya conoces más historias de las que te das cuenta, —dijo finalmente. —La pregunta es si estás lista para escucharlas. —

Antes de que pudiera preguntar qué quería decir, mi supervisora me llamó de vuelta al trabajo, y Michael se movió a su siguiente actuación. Pero sus palabras se quedaron conmigo, resonando en mi mente como la melodía de una canción medio recordada.

Durante las siguientes semanas, comenzamos a hablar más regularmente. Conversaciones breves entre sus actuaciones y mi trabajo, encuentros casuales cuando nuestros caminos se cruzaban en el pueblo, miradas compartidas a través del patio de la iglesia que se sentían como comunicaciones secretas.

Aprendí que era más reflexivo de lo que sugería su encanto fácil, que leía vorazmente a pesar de nunca haber tenido la oportunidad de educación formal más allá de la escuela secundaria, y que soñaba con viajar a todos los lugares donde los idiomas que hablaba eran lenguas nativas.

—Quiero ver cómo las mismas palabras suenan diferentes cuando se hablan en casa, — me dijo una noche mientras caminábamos por la playa después de que el restaurante había cerrado. —Español en España, francés en París, alemán en Berlín. Creo que los idiomas cambian sus personalidades dependiendo de dónde viven. —

—¿Y el inglés? — pregunté. —¿A dónde irías para escuchar inglés en casa? —

—A todas partes, — dijo con una risa. —Esa es la belleza y la maldición del inglés -- se ha hecho en casa en todo el mundo. Pero creo que me gustaría escucharlo primero en Irlanda. Dicen que el acento allí hace que incluso la conversación ordinaria suene como música. —

Amaba la forma en que funcionaba su mente, encontrando poesía en cosas prácticas y viendo conexiones entre ideas que parecían no relacionadas. Cuando hablaba de sus sueños, no sonaban como fantasías sino como planes hacia los que estaba trabajando activamente.

—¿Y tú? — preguntó. —¿A dónde quieren llevarte tus sueños? —

Era una pregunta que nadie me había hecho antes. Mis padres hablaban de mi futuro en términos de educación y estabilidad, de convertirme en maestra como Mamá o quizás enfermera o secretaria. Profesiones respetables para una chica de buena familia.

Pero Michael estaba preguntando sobre mis sueños, no los planes de mis padres, y me encontré hablando pensamientos que nunca había expresado en voz alta.

—Quiero entender las cosas, — dije lentamente. —La forma en que se formó la laguna, por qué ciertos lugares se sienten diferentes de otros, cómo las historias se convierten en leyendas y las leyendas se convierten en verdad. Quiero saber por qué algunas personas pueden ver cosas que otras no pueden, y qué significa cuando los sueños se sienten más reales que la vida despierta. —

Asintió como si mis pensamientos dispersos tuvieran perfecto sentido. —Quieres entender las conexiones entre el mundo visible y el invisible. —

—Sí, — dije, sorprendida por lo precisamente que había resumido mis anhelos confusos. —Exactamente eso.—

—Entonces necesitarás aprender a confiar en tus instintos, — dijo seriamente. —Las personas que pueden ver entre mundos usualmente saben más de lo que creen saber. El truco es aprender a escucharte a ti misma. —

Estas conversaciones, llevadas a cabo en los espacios entre nuestras vidas oficiales, se convirtieron en la base de algo más profundo que la mera atracción. Michael me veía como más que solo una chica bonita o una buena estudiante o la hija de un juez. Veía la parte de mí que anhelaba misterio y significado, la parte que se sentía más viva al confrontar lo desconocido.

Y comencé a verlo como más que solo un chico guapo con una guitarra. Era alguien que entendía que el mundo tenía capas de significado que la mayoría de las personas nunca se molestaban en explorar, alguien que podía hablar sobre cosas espirituales sin hacerlas sonar tontas o aterradoras.

Era inevitable que nos enamoráramos.

La primera vez que me besó, estábamos sentados en las rocas con vista a la laguna, viendo la luna elevarse sobre agua que reflejaba su luz como diamantes esparcidos. Había estado tocando su guitarra suavemente, tarareando melodías que parecían emerger de la noche misma.

—Hay algo que necesito decirte, — dijo, dejando la guitarra a un lado y girándose para enfrentarme completamente.

Mi corazón golpeaba contra mis costillas. —¿Qué? —

—Creo que me estoy enamorando de ti,— dijo simplemente. — Sé que eres joven, y sé que tu familia no aprobaría, y sé que es complicado. Pero necesitaba que lo supieras. —

En lugar de responder con palabras, me incliné hacia adelante y lo besé, mi primer beso real, suave y dulce y lleno de todas las cosas para las que aún no tenía lenguaje para expresar.

Cuando nos separamos, apoyó su frente contra la mía. —Esto no va a ser fácil, — dijo.

—Lo sé, — respondí. —Pero algunas cosas valen la pena ser difíciles. —

Y en ese momento, sentada junto a la laguna con la luz de la luna volviendo el agua plateada y la mano de Michael cálida en la mía, creí absolutamente que el amor podía superar cualquier obstáculo.

No tenía idea de lo equivocada que estaba.

O cuánto esa equivocación nos costaría a ambos.

Capítulo 6: Entre la Fe y el Miedo

Los domingos por la mañana en nuestro pueblo seguían un ritmo tan predecible como las mareas. Las campanas de la iglesia sonaban a las siete y media, llamando a los fieles a misa de las ocho. Las familias emergían de sus casas vestidas con sus mejores ropas -- camisas blancas planchadas para los hombres, vestidos coloridos y mantillas para las mujeres, zapatos de charol que hacían clic contra los escalones de piedra de la Iglesia San Rafael.

Nuestra familia ocupaba el mismo banco cada domingo, tercera fila desde el frente del lado derecho, donde Papá podía ver y ser visto por toda la congregación. Como el único juez del pueblo, entendía la importancia de las muestras públicas de fe y moralidad. Mamá se sentaría a su lado con postura perfecta, sus manos dobladas en su regazo, un ejemplo viviente de virtud católica.

Lucas y yo los flanqueábamos como sujetalibros, fregados limpios y vestidos apropiadamente, nuestro comportamiento cuidadosamente monitoreado por la visión periférica de Mamá y la ocasional mirada severa de Papá. Maria usualmente se sentaba con sus padres en la fila detrás de nosotros, lo suficientemente cerca para intercambiar comentarios susurrados cuando los adultos no prestaban atención.

Siempre había encontrado consuelo en los rituales familiares de la misa. El olor del incienso, la manera en que la luz de las velas parpadeaba contra ventanas de vidrio emplomado, el ritmo de oraciones habladas al unísono por voces que había conocido toda mi vida. Había algo reconfortante sobre la previsibilidad de todo, la sensación de que algunas cosas permanecían constantes en un mundo que a menudo se sentía caótico e incierto.

Pero a medida que mi verano de catorce años progresaba, a medida que mis experiencias sobrenaturales se intensificaban y mi relación con Michael se profundizaba, comencé a sentirme dividida entre la fe de mi niñez y la realidad de lo que estaba experimentando.

El Padre Rodriguez era un hombre amable en sus sesenta que había servido a nuestra parroquia por casi veinte años. Me había bautizado, me había dado mi primera comunión, y presumiblemente oficiaría en mi confirmación cuando cumpliera diecisiete años. Sus sermones eran gentiles pero firmes, enfatizando la importancia de vivir según la voluntad de Dios y evitar las tentaciones que podían desviar almas jóvenes.

—Siempre debemos recordar—, decía desde el púlpito, su voz llevándose claramente a través de la iglesia pequeña, —que hay solo una fuente de verdadero poder espiritual. Todas las otras fuerzas que reclaman ofrecer dones sobrenaturales son engaños del enemigo, diseñados para apartarnos del camino de la rectitud—.

Estas palabras se asentaban pesadamente en mi pecho mientras pensaba en las cosas que había estado experimentando. Los sueños que se sentían más reales que la vida despierta. La sensación de ser vigilada por presencias invisibles. La manera en que ciertos lugares -- especialmente la laguna y las cuevas debajo de ella -- parecían pulsar con una energía que podía sentir en mis huesos.

¿Estaba siendo engañada por fuerzas malvadas? ¿Eran las experiencias sobrenaturales que se sentían tan naturales, tan parte de quien era yo, realmente tentaciones diseñadas para condenar mi alma?

La pregunta me atormentaba más de lo que podía admitir a nadie, incluso a Michael.

Después de misa un domingo, el Padre Rodriguez se acercó a nuestra familia mientras estábamos conversando con otros feligreses en el patio de la iglesia.

—Buenos días, Juez Villalba, Señora Villalba—, dijo con genuina calidez. —¿Cómo están ambos? —

—Muy bien, Padre—, respondió Papá. —Gracias por otro sermón inspirador—.

—¿Y cómo están los niños? —, preguntó el Padre Rodriguez, sus ojos amables moviéndose hacia Lucas y yo. —Creciendo tan rápido. Parece que fue ayer cuando estaban haciendo sus primeras comuniones—.

—A ambos les va bien en la escuela—, dijo Mamá con orgullo. —Lucas comenzará su último año pronto, y esta—, puso una mano en mi hombro, —continúa siendo una de las mejores estudiantes en su clase—.

—Excelente—, dijo el Padre Rodriguez. —La educación es tan importante, especialmente para las mujeres jóvenes. Les da opciones e independencia—. Hizo una pausa, estudiando mi rostro con la mirada perceptiva de alguien que pasaba su vida aconsejando almas atribuladas. —Te ves pensativa hoy, mija. ¿Está todo bien?—

Sentí mis mejillas calentarse bajo su escrutinio. —Sí, Padre. Solo... pensando en cosas—.

—¿Qué tipo de cosas?—, preguntó gentilmente.

Eché un vistazo a mis padres, insegura de cuánto podía o debía decir. —Sobre la fe, supongo. Sobre cómo saber qué es real y qué no lo es—.

El Padre Rodriguez asintió como si mi pregunta no lo sorprendiera. —Ah, la lucha eterna del alma humana. Todos luchamos con la duda en momentos, especialmente durante la transición de la niñez a la edad adulta. Es natural cuestionar lo que nos han enseñado a medida que comenzamos a experimentar el mundo más directamente—.

—Pero ¿cómo sabes? —, presioné. —¿Cómo sabes si algo que estás experimentando viene de Dios o de... algún otro lugar? —

—Esa es una excelente pregunta—, dijo. —La Iglesia Católica nos enseña que podemos discernir la fuente de experiencias espirituales al examinar sus frutos. Las experiencias que vienen de Dios siempre nos llevarán hacia el amor, la paz, la verdad y el servicio a otros. Las experiencias que vienen de fuentes más oscuras nos llevarán hacia el miedo, la confusión, el egoísmo y la separación de nuestra comunidad—.

Sus palabras tenían sentido intelectualmente, pero no abordaban la complejidad de lo que estaba sintiendo. Mis experiencias sobrenaturales no me estaban llevando hacia el mal -- al menos, no creía que lo hicieran. Si acaso, parecían estar preparándome para algo, llamándome hacia un propósito que aún no entendía.

—¿Qué pasa si una experiencia no encaja claramente en ninguna categoría? —, pregunté. —¿Qué pasa si es solo... diferente? —

El Padre Rodriguez guardó silencio por un momento, considerando mi pregunta con la seriedad que merecía. —A veces, mija, Dios llama a ciertos individuos a servir de maneras que están fuera de nuestro entendimiento normal. Los santos a menudo experimentaban visiones y encuentros místicos que parecían extraños a otros. Pero incluso en esos casos, la prueba definitiva es si estas experiencias nos acercan a Dios y a nuestros semejantes, o si nos aíslan y nos llenan de orgullo—.

—¿Y si no hacen ninguna de las dos?—, pregunté. —¿Si solo... son?—

—Entonces tal vez—, dijo cuidadosamente, —sería sabio hablar con alguien que tenga experiencia en tales asuntos. La Iglesia tiene directores espirituales capacitados que pueden ayudar a discernir estas cosas. ¿Te gustaría que arreglara una reunión con alguien así?—

La oferta era tentadora, pero algo me detenía. Algún instinto que me decía que las respuestas de la Iglesia, por bien intencionadas que fueran, podrían no ser adecuadas para las preguntas que realmente estaba haciendo.

—Gracias, Padre—, dije. —Pensaré en ello—.

—Por supuesto. Y recuerda, mija, siempre puedes venir a mí con tus preocupaciones. Lo que sea que estés experimentando, no tienes que enfrentarlo sola—.

Su amabilidad era genuina, y me sentí culpable por no ser más abierta con él. Pero ¿cómo podía explicar que a veces me sentía más conectada con lo divino mientras nadaba en la laguna que sentada en la iglesia? ¿Cómo podía decirle que mis sueños parecían estar enseñándome cosas que no estaban cubiertas en clase de catecismo?

La conversación se quedó conmigo durante toda la semana, añadiendo otra capa de complejidad a mi ya turbulenta vida interior. Me encontré prestando más atención durante la misa, buscando señales de que los rituales formales del catolicismo pudieran acomodar las experiencias espirituales que estaba teniendo.

Pero mientras más escuchaba, más sentía una desconexión fundamental entre el entendimiento de la Iglesia de lo sobrenatural y mi propia experiencia vivida.

La Iglesia hablaba de milagros como eventos raros y extraordinarios que ocurrían a santos especialmente elegidos y servían para probar el poder de Dios a observadores escépticos. Mis experiencias se sentían más como una parte natural de quien era yo, tan inherentes a mi ser como mi habilidad de ver colores o escuchar música.

La Iglesia enfatizaba la importancia de la comunidad, de la fe compartida y la adoración colectiva. Mis momentos espirituales más fuertes venían cuando estaba sola, nadando en las profundidades de la laguna o caminando por la playa al atardecer, sintiéndome conectada a algo vasto y antiguo que parecía preceder a la religión organizada.

Más preocupante aún, la Iglesia enseñaba que las experiencias sobrenaturales debían estar sujetas a la interpretación y aprobación de autoridades religiosas masculinas. Todo en mi ser se rebelaba contra la idea de que mi vida interior necesitaba ser validada por hombres que nunca habían experimentado lo que yo estaba experimentando.

Estos pensamientos se sentían peligrosos, rayando en heréticos. Las chicas católicas buenas no cuestionaban la sabiduría de la Iglesia ni confiaban en sus propios instintos espirituales sobre siglos de tradición religiosa. Las chicas católicas buenas ciertamente no priorizaban sus experiencias místicas personales sobre la guía de sus sacerdotes.

Pero estaba empezando a sospechar que no estaba destinada a ser una chica católica buena.

La realización me llegó una noche mientras me sentaba en la playa viendo el atardecer pintar el cielo en tonos de naranja y rosa. Había venido allí para orar, para pedir a Dios guía sobre la confusión en mi corazón y las experiencias sobrenaturales que parecían estar intensificándose.

En lugar de oraciones formales, me encontré hablando en voz alta a cualquier presencia divina que pudiera estar escuchando.

—No entiendo lo que me está pasando—, le dije al océano, mi voz apenas audible sobre el sonido de las olas contra la orilla. —No sé si estas experiencias vienen de ti, o de algo más, o solo de mi propia imaginación. Pero se sienten reales, y se sienten importantes, y no creo que se vayan a ir—.

Una brisa cálida agitó las frondas de palma sobre mi cabeza, y por un momento hubiera jurado que escuché algo como una voz en el susurro de las hojas. No palabras exactamente, sino una comunicación que evitaba el lenguaje enteramente.

Confía en ti misma, parecía decir. Confía en lo que sabes que es verdad, incluso si otros no pueden entenderlo.

Me senté allí hasta que cayó la oscuridad total, sintiendo una paz que nunca había experimentado durante oraciones formales. Lo que fuera que estuviera guiando mi vida, cualquier fuerza que fuera responsable de mis experiencias sobrenaturales, no se sentía malvada o engañosa. Se sentía como llegar a casa a una parte de mí misma que siempre había llevado pero nunca había reconocido.

Cuando finalmente caminé de vuelta a la casa, encontré a la abuela sentada en el portal delantero, meciéndose lentamente en su silla favorita.

—Te ves diferente esta noche, mi niña—, observó mientras subía los escalones.

—¿Diferente cómo? —

—Asentada—, dijo. —Como alguien que ha dejado de luchar contra algo y ha decidido aceptarlo en su lugar—.

Me acomodé en la silla junto a ella, súbitamente ansiosa por compartir lo que había estado experimentando. —Abuela, ¿puedo preguntarte algo? —

—Por supuesto—.

—¿Crees que es posible para alguien ser espiritual sin ser religioso? —

Guardó silencio por un largo momento, su mecedora crujiendo rítmicamente contra las tablas de madera.

—Nuestra gente fue espiritual por miles de años antes de que los españoles trajeran el cristianismo a esta isla—, dijo finalmente. —Los taínos tenían sus propias maneras de conectar con lo divino, su propio entendimiento del mundo sobrenatural. Cuando los católicos llegaron, algo de esa sabiduría más antigua se perdió, pero no toda—.

—¿Qué quieres decir? —

—Quiero decir que a veces las viejas costumbres y las nuevas costumbres pueden coexistir, incluso cuando la Iglesia no aprueba. A veces una persona puede amar a Dios y aún honrar las tradiciones espirituales de sus ancestros. A veces lo divino nos habla en lenguajes que no se aprendieron en el seminario—.

Sus palabras se sintieron como permiso para dejar de tratar de encajar mis experiencias en categorías que eran demasiado pequeñas para contenerlas.

—¿Alguna vez has experimentado cosas que la Iglesia no podía explicar? —, pregunté.

La abuela sonrió, sus ojos brillando en la luz del portal. —Mi amor, he estado experimentando cosas inexplicables por más de setenta años. La Iglesia tiene su sabiduría, y la respeto. Pero la isla tiene su propia sabiduría también, y a veces eso es lo que una persona necesita seguir—.

—¿Incluso si es diferente de lo que todos los demás creen? —

—Especialmente entonces—, dijo firmemente. —Lo divino no siempre elige el camino más fácil, mija. A veces elige a las personas que son lo suficientemente valientes para caminar solas cuando sea necesario—.

Esa noche, me quedé dormida sintiéndome más en paz conmigo misma de lo que había estado en semanas. No tenía respuestas a todas mis preguntas, pero tenía algo tal vez más valioso: permiso para confiar en mis propios instintos espirituales, incluso cuando me llevaban lejos de caminos convencionales.

No tenía idea de que esta independencia espiritual recién encontrada pronto sería puesta a prueba de maneras que no podía imaginar.

Por esa noche, era suficiente saber que la fe y el miedo no tenían que ser compañeros constantes, y que a veces las experiencias más sagradas suceden fuera de las paredes de cualquier iglesia.

Capítulo 7: La Sangre del Guardián

La mañana después de mi conversación con Abuela sobre la independencia espiritual, desperté para encontrarla sentada en nuestra mesa de cocina con una taza de café y una expresión que nunca había visto antes. Se veía más vieja de alguna manera, como si la noche hubiera añadido años a su rostro, pero también más determinada, como alguien que había tomado una decisión difícil.

—Buenos días, mi niña, — dijo mientras me tambaleaba hacia la estufa, todavía medio dormida. —Siéntate. Necesitamos hablar. —

Algo en su tono hizo que mi estómago se tensara con ansiedad. —¿Está todo bien? —

—Eso depende, — dijo, envolviendo sus manos curtidas alrededor de su taza de café. —Depende de qué tan lista estés para escuchar ciertas verdades sobre nuestra familia. —

Me serví un vaso de jugo de guayaba fresco y me acomodé en la silla frente a ella, repentinamente completamente despierta. —¿Qué tipo de verdades? —

Abuela estudió mi rostro por un largo momento, como si tratara de medir mi preparación para lo que estaba a punto de revelar. —Ayer, me preguntaste sobre experimentar cosas que la Iglesia no podía explicar. Anoche me di cuenta de que es hora de que entiendas por qué tales experiencias corren en nuestro linaje. —

—¿Nuestro linaje? —

—Las mujeres de nuestra familia, mija, siempre han sido diferentes. Especiales. Vemos cosas que otros no pueden ver, sabemos cosas que otros no pueden saber, y a veces... somos llamadas a hacer cosas que otros no pueden hacer.—

Mi pulso se aceleró. —¿Qué tipo de cosas? —

—Somos lo que algunas personas llaman Guardianas, — dijo simplemente, como si la palabra no llevara el peso del destino. —Ayudamos a las almas a cruzar de este mundo al siguiente cuando no pueden encontrar el camino solas. —

La cocina pareció volverse más silenciosa a nuestro alrededor, como si incluso los sonidos matutinos de pájaros y tráfico se hubieran detenido para escuchar. —No entiendo. —

Abuela se inclinó hacia adelante, sus ojos oscuros sosteniendo los míos con intensidad gentil. —Cuando las personas mueren bajo circunstancias traumáticas -- a través de violencia, accidente repentino, o gran injusticia -- a veces sus almas se confunden. No se dan cuenta de que están muertas, o están demasiado enojadas o asustadas para aceptar su muerte. Estas almas perdidas vagan entre mundos, incapaces de avanzar hacia lo que venga después. —

—¿Como fantasmas? — pregunté, aunque la palabra se sentía inadecuada para lo que ella estaba describiendo.

—Los fantasmas son solo almas que no han aprendido a soltar, — dijo. —Pero hay destinos peores que convertirse en fantasma. Algunas almas quedan atrapadas por las mismas circunstancias de su muerte, atadas a lugares o personas específicas. Otras son reclamadas por fuerzas oscuras que se alimentan de energía espiritual. Y algunas...— hizo una pausa, persignándose reflexivamente, —algunas son deliberadamente mantenidas cautivas por seres malignos que las usan como fuentes de poder. —

Pensé en la leyenda del árbol de Ceiba, de las almas supuestamente sacrificadas allí y atrapadas por magia oscura. —¿Las personas que fueron asesinadas bajo el árbol de Ceiba? —

—Entre otras, sí. Nuestra isla tiene una larga historia de violencia espiritual, que se remonta a siglos atrás. Los conquistadores españoles, los traficantes de esclavos, los practicantes de magia oscura que vinieron aquí buscando poder -- todos ellos dejaron atrás almas traumatizadas que no podían encontrar paz. —

—¿Y las Guardianas ayudan a estas almas? —

—Las guiamos a donde necesitan ir,— confirmó Abuela. —Podemos verlas cuando otros no pueden, comunicarnos con ellas cuando otros solo escuchan viento. Más importante aún, podemos realizar los rituales necesarios para romper los lazos que las sostienen y abrir los caminos hacia el más allá. —

Mis manos temblaron ligeramente mientras dejaba mi vaso de jugo. —¿Estás diciendo que soy una de estas Guardianas? —

—Estoy diciendo que tienes el linaje para serlo, — respondió cuidadosamente. —Si eliges aceptar ese llamado depende de ti. Pero las señales han estado ahí desde que eras pequeña, y se están volviendo más fuertes. —

—¿Qué señales? —

—La forma en que siempre has sido atraída al agua, especialmente la laguna y sus cuevas. Los sueños que se sienten más reales que la vida despierta. La sensación de ser observada por presencias invisibles. El sentimiento de que ciertos lugares contienen memorias o energías que otros no pueden detectar. —

Todo lo que describió resonó con experiencias que había estado teniendo desde que tenía memoria. —Pensé que todos sentían esas cosas. —

—No, mi amor. La mayoría de las personas viven sus vidas enteras sin sentir el mundo espiritual en absoluto. Es una bendición y una carga que llega a muy pocos. —

—¿Una carga? —

La expresión de Abuela se volvió triste. —Ser Guardiana no es un camino fácil. Las almas que buscan nuestra ayuda a menudo están desesperadas, a veces enojadas. Pueden seguirnos, tratando de llamar nuestra atención. Pueden aparecer en nuestros sueños o incluso manifestarse físicamente. Y el proceso de ayudarlas a cruzar...— sacudió la cabeza. —Requiere gran fuerza, tanto espiritual como física. Puede ser peligroso. —

—¿Peligroso cómo? —

—Las fuerzas oscuras que mantienen cautivas a algunas almas no las entregan voluntariamente. A veces una Guardiana debe literalmente pelear con entidades demoníacas para liberar las almas bajo su custodia. Y siempre hay riesgos al abrir caminos entre mundos -- a veces cosas intentan cruzar que no deberían ser permitidas en nuestro reino. —

Me sentí abrumada por la magnitud de lo que me estaba diciendo. —¿Por qué me estás explicando esto ahora? —

—Porque el llamado se está fortaleciendo en ti, y quiero que entiendas lo que significa antes de que te enfrentes a una situación para la que no estás preparada. Y porque...— vaciló, viéndose repentinamente vulnerable. —Porque puede que no esté aquí mucho más tiempo para guiarte a través de esto. —

—¿Qué quieres decir? — El pánico se elevó en mi garganta. — ¿Estás enferma? —

—No enferma, exactamente. Pero soy vieja, mija, y he estado sirviendo como Guardiana por más de cincuenta años. Toma un precio en el cuerpo y el espíritu. Puedo sentir mi fuerza disminuyendo, y sé que mi tiempo está llegando a su fin. —

—No, — dije firmemente. —No vas a ningún lado. Vas a estar aquí para verme graduarme y casarme y tener hijos. —

Sonrió tristemente. —Eso está en las manos de Dios, no en las mías. Pero lo que sí puedo controlar es asegurarme de que tengas el conocimiento que necesitas para cumplir tu propio destino. —

—¿Y si no quiero este destino? — pregunté. —¿Y si quiero ser normal? —

—Puedes intentar ignorar el llamado, — dijo. —Algunas personas en nuestro linaje lo han intentado. Pero las almas que necesitan ayuda no simplemente desaparecen porque elijamos no verlas. Se vuelven más desesperadas, más insistentes.

Eventualmente, la mayoría de las personas con nuestro don descubren que abrazarlo es más fácil que pelearlo. —

—¿La mayoría de las personas? —

—Tu tía abuela Carmen intentó rechazar sus habilidades cuando era joven. Se mudó muy lejos, se casó con un hombre que no creía en 'supersticiones', intentó vivir una vida completamente normal. Pero las almas la encontraron de todos modos. La seguían, aparecían en su casa, aterrorizaban a sus hijos. Finalmente tuvo un colapso nervioso completo. —

—¿Qué le pasó? —

—Pasó años en instituciones mentales, drogada con medicamentos que nunca pudieron tocar el verdadero problema. Eventualmente, regresó a la familia y aceptó su llamado, pero el daño ya estaba hecho. Vivió el resto de su vida atormentada por las almas que había rechazado cuando más la necesitaban. —

El destino de mi tía abuela me llenó de terror y una extraña sensación de inevitabilidad. —Entonces realmente no hay elección. —

—Siempre hay elección, — Abuela dijo firmemente. —Pero algunas elecciones tienen consecuencias más fáciles de vivir que otras. Puedes elegir rechazar tu don, pero debes entender qué significa ese rechazo. —

—¿Y si lo acepto? ¿Qué pasa entonces? —

—Entonces yo te entreno. Te enseño los rituales, las oraciones, las protecciones que necesitarás. Te muestro cómo comunicarte con las almas sin ser abrumada por su dolor. Te guío a través de tus primeros cruces hasta que estés lista para trabajar independientemente. —

—¿Cuánto tiempo toma? —

—Eso depende de ti. Algunas Guardianas están listas después de unos pocos años. Otras necesitan una década o más. No hay prisa -- esto es aprendizaje de por vida, no un programa de entrenamiento con fecha de finalización. —

Me senté en silencio, tratando de procesar todo lo que me había dicho. Parte de mí quería huir, rechazar todo esto como fantasía o locura. Pero una parte más profunda -- la parte que siempre había sabido que era diferente -- reconoció la verdad en sus palabras.

—¿Cómo sabré si estoy haciendo lo correcto? — pregunté finalmente.

—Confía en tu instinto, — dijo. —Tu don viene con su propia guía interna. Cuando encuentres almas que necesiten ayuda, sabrás qué hacer. Puede que no lo entiendas conscientemente al principio, pero tu cuerpo y espíritu recordarán lo que tu mente ha olvidado. —

—¿Recordarán qué? —

—El conocimiento ancestral que corre en tu sangre. Cada Guardiana en nuestro linaje ha contribuido con su sabiduría a un depósito de entendimiento espiritual que se transmite a través de generaciones. Cuando comiences tu entrenamiento, comenzarás a acceder a ese depósito. Los sueños se volverán más claros. Las intuiciones se volverán más fuertes. Y gradualmente, sabrás cosas que nunca te enseñaron conscientemente. —

La idea sonaba tanto aterradora como extrañamente consoladora. —¿Y si fallo? ¿Y si no soy lo suficientemente fuerte para esto? —

Abuela alcanzó a través de la mesa para tomar mis manos, sosteniéndolas con la fuerza tranquilizadora que siempre había definido su presencia en mi vida.

—Mi niña, el hecho de que estés haciendo estas preguntas me dice que tienes exactamente la fortaleza que necesitas. Las

Guardianas no son personas sin miedo -- son personas que entienden el miedo, pero eligen servir de todos modos. Tu valentía no tiene que ser perfecta. Solo tiene que ser genuina. —

Lágrimas llenaron mis ojos, aunque no podía identificar exactamente qué emoción las estaba causando. Miedo, sí. Pero también alivio -- el alivio de finalmente entender por qué siempre me había sentido diferente, por qué el mundo siempre había parecido contener más de lo que la mayoría de las personas podían ver.

—¿Cuándo comenzamos? — pregunté, sorprendiéndome a mí misma con la pregunta.

Abuela sonrió, sus ojos brillando con orgullo y lágrimas. — Ahora mismo, si estás lista. Hay mucho que aprender, y cada día cuenta. —

—¿Qué hacemos primero? —

—Primero, aprendes a protegerte. Antes de que puedas ayudar a las almas, debes asegurarte de que su dolor y confusión no te abrumen. Construimos escudos espirituales, establecemos límites, creamos espacios sagrados que mantengan alejadas las energías no deseadas. —

—¿Cómo hago eso? —

—Con oración, con intención, y con las herramientas que nuestra familia ha usado durante generaciones. Voy a enseñarte a hacer agua bendita que es más potente que cualquier cosa que un sacerdote pueda crear. Voy a mostrarte cómo plantar hierbas de protección alrededor de tu casa. Voy a darte amuletos que han sido cargados con energía protectora por cada Guardiana en nuestra línea. —

Se levantó de su silla, moviéndose hacia la alacena donde guardaba sus hierbas medicinales. Regresó con una pequeña caja de madera tallada que nunca había visto antes.

—Esta caja ha sido transmitida a través de siete generaciones de Guardianas, — dijo, colocándola en la mesa entre nosotras. — Cada mujer ha añadido sus propias herramientas y sabiduría. Ahora es tu turno de aprender lo que contiene. —

Abrió la caja para revelar una colección de objetos que brillaban con importancia silenciosa -- un rosario de cuentas oscuras, pequeñas botellas de líquidos de varios colores, paquetes de hierbas secas atadas con hilo rojo, un cuchillo pequeño con mango tallado, y lo que parecía ser un espejo envuelto en seda.

—Cada uno de estos artículos tiene un propósito específico en el trabajo de Guardiana, — explicó. —Pasaremos semanas aprendiendo sobre cada uno -- su historia, sus usos, las oraciones y rituales que los activan. Pero por ahora, solo quiero que toques cada uno y veas qué sientes. —

Con manos temblorosas, alcancé el rosario primero. En el momento en que mis dedos hicieron contacto con las cuentas lisas, sentí una ola de calidez que se extendió por mi brazo -- no calor físico, sino algo más profundo, como si el objeto reconociera mi toque y me diera la bienvenida.

—Ese rosario perteneció a mi bisabuela, — dijo Abuela en voz baja. —Ella lo usó para realizar más de mil cruces exitosos durante su vida. Está imbuido con su fuerza, su fe, y su amor por las almas perdidas. Cuando lo uses, ella estará contigo. —

Pasé la siguiente hora tocando cada artículo, aprendiendo su historia básica y tratando de sentir la energía única que cada uno llevaba. Algunos objetos se sentían cálidos y acogedores. Otros se sentían poderosos de maneras que me hacían querer retroceder. Y algunos -- como el espejo envuelto en seda -- se sentían francamente peligrosos, como si sostuvieran fuerzas que aún no estaba lista para entender.

—El espejo es lo último que aprenderás a usar, — dijo Abuela cuando hice una pregunta sobre él. —Es una herramienta poderosa para comunicarse con los muertos, pero también puede ser peligrosa si no estás completamente preparada. Por ahora, simplemente sabe que existe y que eventualmente entenderás su propósito. —

Cuando el sol finalmente se elevó lo suficiente como para derramar luz dorada a través de las ventanas de la cocina, me di cuenta de que habíamos estado hablando durante horas. Mi mente bullía con nueva información, mi corazón latía con una mezcla de emoción y aprensión.

—Hay una cosa más que necesitas entender, — dijo Abuela mientras devolvíamos los artículos a su caja. —Una vez que comiences este camino -- una vez que reconozcas públicamente tu don y comiences a usarlo activamente -- no hay vuelta atrás. Las almas sabrán quién eres. Te buscarán. Y tendrás que encontrar formas de equilibrar tu trabajo como Guardiana con tu vida ordinaria como estudiante, hija, eventual esposa y madre. —

—¿Cómo lo haces? — pregunté. —¿Cómo equilibras ambos mundos? —

—No siempre bien, — admitió. —Ha habido momentos cuando el trabajo me consumió tanto que descuidé mi vida familiar. Momentos cuando estaba tan exhausta del trabajo espiritual que apenas podía funcionar en el mundo normal. Pero con el tiempo, aprendes a establecer límites. Aprendes cuándo decir sí a las almas que necesitan ayuda y cuándo decir 'todavía no' porque tienes que cuidarte primero. —

—¿Y si no puedo encontrar ese equilibrio? —

—Entonces lo descubres, — dijo simplemente. —Porque la alternativa -- ser consumida por el trabajo o rechazarlo por completo -- no es realmente vivir en absoluto. —

Sus palabras resonaron con verdad que tomaría años entender completamente. Pero en ese momento, sentada en nuestra cocina con la luz del sol derramándose sobre nosotras y la caja de herramientas de Guardiana entre nosotras, sentí algo cambiar dentro de mí. Un ajuste fundamental en cómo me veía a mí misma y mi lugar en el mundo.

Ya no era solo una niña con experiencias extrañas que no podía explicar. Era parte de un linaje que se extendía atrás generaciones y se extendería hacia adelante a hijas aún no nacidas. Era una Guardiana en entrenamiento, alguien llamada a servir en la antigua frontera entre la vida y la muerte.

Y por primera vez en mi vida, ese conocimiento no se sentía aterrador. Se sentía correcto.

Capítulo 8: Susurros en la Oscuridad

Esa noche, después de aprender sobre la herencia sobrenatural de mi familia, el sueño se volvió imposible. Yacía en mi cama mirando el techo, escuchando los sonidos familiares de nuestra casa asentándose y el ritmo distante de las olas contra la orilla. Pero debajo de esos ruidos ordinarios, comencé a notar otros sonidos -- susurros que podrían haber sido viento a través de frondas de palma, pasos que podrían haber sido mi imaginación, voces hablando en idiomas que no podía identificar.

Por primera vez en mi vida, me permití realmente escuchar.

Los susurros definitivamente estaban ahí, suaves y persistentes, como conversaciones sucediendo justo más allá del rango de audición normal. Mientras me concentraba en ellos, parecían volverse más claros, más distintos. Podía distinguir voces individuales ahora -- algunas suplicantes, algunas enojadas, algunas simplemente confundidas.

—Ayúdame a encontrar mi camino a casa, — una voz murmuraba repetidamente.

—¿Dónde están mis hijos? — preguntaba otra, la desesperación clara incluso en el tono etéreo.

—¿Por qué nadie me responde? — venía una tercera voz, esta teñida de frustración e ira creciente.

Mi corazón latía con fuerza mientras me daba cuenta de que estaba escuchando exactamente lo que Abuela había descrito -- almas perdidas tratando de comunicarse con alguien que pudiera percibir su presencia. Las voces probablemente siempre habían estado ahí, pero me había entrenado a no escucharlas, descartándolas como imaginación o ruido ambiental.

Ahora que estaba escuchando deliberadamente, parecían multiplicarse. Docenas de voces, quizás cientos, todas hablando a la vez en un coro sobrenatural de confusión y necesidad. Algunas hablaban en español, otras en idiomas que sonaban más antiguos, más primitivos. Unas pocas parecían estar tratando de comunicarse sin palabras del todo, proyectando emociones directamente en mi conciencia.

Me senté en la cama, abrazando mis rodillas contra mi pecho, sin saber si estar aterrorizada o fascinada. Estas eran almas reales, personas reales que una vez habían vivido y respirado y amado y sufrido. Ahora estaban atrapadas entre mundos, incapaces de encontrar paz, buscando desesperadamente a alguien que pudiera ayudarlas.

Y aparentemente, esa alguien era yo.

—Puedo escucharlos, — susurré en la oscuridad, sintiéndome tonta pero compelida a responder.

El efecto fue inmediato y abrumador. Los susurros se detuvieron abruptamente, como si alguien hubiera repentinamente apagado una radio. Luego, después de un momento de silencio profundo, se reanudaron con intensidad incrementada. Las voces eran más claras ahora, más enfocadas, todas pareciendo hablarme directamente.

—¡Puedes escucharnos! ¡Finalmente, alguien que puede escucharnos! —

—Ayúdame, por favor ayúdame, he estado perdida por tanto tiempo... —

—La oscuridad me tomó, y no puedo encontrar la luz... —

—Mi bebé, necesito encontrar a mi bebé antes de que sea demasiado tarde... —

Las voces se superponían y entrelazaban hasta que se convirtieron en una cacofonía de necesidad espiritual que hizo que mi cabeza diera vueltas. Presioné mis manos contra mis oídos, pero eso no hizo nada para amortiguar sonidos que no me estaban alcanzando a través de audición ordinaria.

—Por favor, — dije en voz alta, —una a la vez. Quiero ayudar, pero no puedo entender cuando todas hablan juntas. —

De nuevo, las voces cayeron en silencio. Entonces una se adelantó, más clara que las otras.

—Mi nombre es Isabel, — dijo la voz, y podía escuchar que pertenecía a una mujer joven, probablemente no mucho mayor que yo misma. —Morí en el huracán de 1932. El agua me llevó mientras trataba de salvar las joyas de mi abuela. He estado buscando a mi familia desde entonces, pero no puedo encontrarlos en ninguna parte. —

La tristeza en su voz trajo lágrimas a mis ojos. —Isabel, tu familia... probablemente también murieron, en el mismo huracán. Puede que ya hayan cruzado, a lo que sea que viene después de esta vida. —

—Pero ¿cómo los encuentro? ¿Cómo voy a donde ellos fueron? He estado vagando por tantos años, y estoy tan cansada de estar sola. —

No tenía idea de cómo responder su pregunta. Abuela había mencionado rituales y caminos, pero no me había enseñado ningún detalle específico. Estaba completamente desprevenida para esta conversación.

—Todavía estoy aprendiendo, — admití. —Solo descubrí hoy que tengo la habilidad de ayudar a almas como tú. Pero prometo que descubriré qué necesitas hacer. —

—Gracias, — dijo Isabel, y su voz llevaba tal alivio profundo que me sentí culpable por no poder ayudarla inmediatamente. —Esperaré. He esperado tanto tiempo; puedo esperar un poco más. —

Mientras su voz se desvanecía, otra alma se adelantó.

—Soy Manuel, — dijo una voz de hombre, más profunda y atribulada que la de Isabel. —Fui asesinado en 1847 por hombres que querían robar mi tierra. Enterraron mi cuerpo donde nadie lo encontraría, y he estado atado a ese lugar desde entonces. Pero la ira... la ira es tan fuerte. A veces pienso que me está convirtiendo en algo que no quiero ser. —

Sus palabras enviaron un escalofrío a través de mí. —¿Qué quieres decir, convirtiéndote? —

—La furia se acumula durante décadas, siglo tras siglo. Algunos de nosotros que morimos violentamente... si permanecemos atrapados demasiado tiempos, la ira nos consume. Nos convertimos en espíritus vengativos, enfocados solo en castigo y retribución. Puedo sentir que me está pasando, y no quiero convertirme en un monstruo. —

—¿Dónde estás enterrado? — pregunté.

—Cerca del viejo ingenio de azúcar, como dos millas tierra adentro desde la laguna. Los hombres que me mataron arrojaron mi cuerpo por un pozo y lo cubrieron con piedras. He estado atado a ese lugar desde entonces, incapaz de moverme más de unos cientos de yardas de mis restos. —

Hice una nota mental de preguntarle a Abuela sobre el viejo ingenio de azúcar. Si el cuerpo de Manuel podía encontrarse y enterrarse apropiadamente, podría ayudar a liberar su alma.

—Intentaré ayudarte también, — prometí.

—Que Dios te bendiga, niña. Pero ten cuidado. Hay otros aquí que ya han sido consumidos por su ira y dolor. Ya no son verdaderamente almas sino algo más oscuro, más peligroso. Pueden intentar evitar que nos ayudes. —

Antes de que pudiera preguntar qué quería decir, una nueva presencia se hizo conocida. Esta se sentía diferente de las otras -- más fría, más agresiva, llevando un aura de malevolencia que hizo que mi piel se erizara.

—¿Quién se atreve a entrometerse con fuerzas más allá de su comprensión? — siseó esta nueva voz. Sonaba como varias voces hablando al unísono, creando una armonía antinatural que dolía escuchar.

—Estoy tratando de ayudar a almas perdidas a encontrar paz, — dije, tratando de mantener mi voz firme a pesar del miedo que estaba subiendo en mi pecho.

—¿Paz? — La voz se rió, un sonido como vidrio rompiéndose. —No hay paz para aquellos que han sido agraviados. Solo hay justicia, y la justicia requiere sangre. —

—Eso no es verdad, — dije firmemente, aunque no tenía idea de dónde venía mi certeza. —Justicia y venganza no son lo mismo. La verdadera justicia incluye perdón y sanación. —

—Niña tonta. No sabes nada de sufrimiento, nada de la rabia que viene de ser asesinado y olvidado. Hemos esperado siglos para que alguien con tus habilidades aparezca. Usaremos tu poder para tomar venganza de los descendientes de aquellos que nos agraviaron. —

—No, — dije, sorprendiéndome a mí misma con la autoridad en mi voz. —No los ayudaré a lastimar a personas inocentes. —

La presencia malévola se presionó más cerca, y sentí un peso aplastante asentarse sobre mí, haciendo difícil respirar.

—No tienes opción, pequeña Guardiana. Somos más fuertes que tú, más antiguos que tú, más desesperados de lo que puedes imaginar. Servirás a nuestros propósitos lo quieras o no. —

—Ella no hará tal cosa. —

La nueva voz cortó a través de la opresión sobrenatural como una espada a través de la oscuridad. Era masculina, mayor, llevando autoridad absoluta y poder que hizo que la presencia malévola retrocediera.

—¿Bisabuelo? — susurré, reconociendo la voz de mis sueños.

—Sí, mi niña. Y no serás dañada mientras yo esté aquí para protegerte. —

El peso aplastante se levantó de mi pecho, y pude respirar libremente de nuevo. La presencia malévola se retiró, siseando con frustración.

—Esto no ha terminado, viejo. La niña nos servirá eventualmente. No tiene opción. —

—La niña tiene toda opción, — respondió el espíritu de mi bisabuelo firmemente. —Y tiene la protección de sus ancestros. Vete de este lugar. No eres bienvenido aquí. —

Sentí más que vi a la presencia oscura retirarse, dejando atrás una atmósfera de paz y seguridad.

—Gracias, — le dije al espíritu de mi bisabuelo.

—De nada, mi amor. Pero debes ser más cuidadosa. Aún no estás entrenada para lidiar con almas corrompidas, e intentarán usar tu inexperiencia en tu contra. Algunos espíritus han sido retorcidos por la ira y el dolor en algo que ya no es verdaderamente humano. Buscan solo esparcir su sufrimiento a otros. —

—¿Cómo me protejo? —

—Tu abuela te enseñará los rituales apropiados y protecciones. Pero por ahora, recuerda esto: tienes el derecho de rechazar cualquier alma que se acerque a ti con intención malévola. Tu propósito es ayudar a almas perdidas a encontrar paz, no servir como arma para su venganza. —

—¿Qué pasa con Isabel y Manuel? ¿Cómo los ayudo? —

—Isabel simplemente necesita que se le muestre el camino al más allá. Ese es un ritual básico que tu abuela puede enseñarte fácilmente. La situación de Manuel es más compleja -- sus restos terrenales deben encontrarse y enterrarse apropiadamente antes de que su alma pueda ser completamente liberada. Ambos pueden ser ayudados con el conocimiento y preparación correctos. —

—¿Y el ritual que querías que realizara? ¿El del hoyo y la casa? —

Su presencia se volvió más seria. —Esa es una empresa más peligrosa, una que no debería intentarse hasta que estés completamente entrenada. Pero sí, hay almas atrapadas por poderosa magia oscura que solo pueden ser liberadas a través de rituales específicos realizados en lugares específicos. Cuando estés lista, te guiaré a través de ello. –

–¿Cuándo estaré lista? –

–Eso depende de qué tan rápido aprendas y qué tan fuertes resulten ser tus habilidades naturales. Pero recuerda, mija -- este llamado no es algo que deba temerse. Nuestra familia ha estado sirviendo como Guardianas durante generaciones, ayudando a mantener el equilibrio entre la vida y la muerte, protegiendo a los vivos de espíritus malevolentes mientras guiamos a almas perdidas hacia la paz. Es una responsabilidad sagrada. –

–También es aterradora, – admití.

–Sí, – coincidió. –Pero el terror y lo sagrado a menudo van juntos. El trabajo más importante en este mundo rara vez es fácil o cómodo. –

Su presencia comenzó a desvanecerse. –Duerme ahora, si puedes. Mañana tu abuela comenzará tu educación real. Y recuerda -- no estás sola en esto. Los espíritus de tus ancestros velan por ti, y el poder divino que creó todas las almas guiará tus pasos. –

Mientras su voz desaparecía, los otros espíritus comenzaron a retirarse también. La voz de Isabel vino última, suave y agradecida.

—Gracias por escucharnos. Gracias por preocuparte por nuestro dolor. —

—Encontraré una forma de ayudarlos, — prometí. —A todos los que quieran encontrar paz. —

—Sabemos que lo harás, — respondió. —Tenemos fe en ti, joven Guardiana. —

Entonces el silencio se asentó sobre mi habitación, roto solo por los sonidos familiares de viento y olas. Sabía ahora que el silencio era una ilusión. El mundo espiritual siempre estaba presente, siempre activo, lleno de almas en varios estados de necesidad y confusión.

Y aparentemente había heredado la responsabilidad de ayudarlas.

Me acosté de nuevo, pero el sueño permaneció evasivo. Mi mente corría con preguntas sobre rituales y protecciones, sobre la diferencia entre almas perdidas y espíritus corrompidos, sobre la enorme responsabilidad que repentinamente había caído sobre mis hombros de dieciséis años.

Cuando el amanecer finalmente rompió, todavía estaba despierta, mirando por mi ventana hacia la laguna y preguntándome cómo mi vida se había vuelto tan complicada tan rápido.

Pero debajo del miedo y la confusión, sentí algo más creciendo: un sentido de propósito que nunca había experimentado antes. Estas almas necesitaban ayuda, y yo era aparentemente una de las pocas personas que podía proporcionarla.

Era aterrador y abrumador y completamente fuera de cualquier cosa que hubiera imaginado para mi vida.

También estaba comenzando a darme cuenta de que era exactamente lo que estaba destinada a hacer.

Capítulo 9: La Primera Advertencia

Encontré a Abuela en su jardín de hierbas a la mañana siguiente, arrodillada entre las hileras de cilantro y orégano con las manos hundidas en la tierra oscura. Levantó la vista cuando me acerqué, y vi inmediatamente que sabía que algo había sucedido durante la noche. Su rostro curtido tenía la expresión de alguien que había estado esperando noticias que temía recibir.

—Vinieron a ti, ¿verdad? —dijo sin preámbulos, sentándose sobre sus talones y sacudiendo la tierra de sus dedos.

—¿Cómo lo supiste?

—Porque luces como yo lucí la mañana después de mi primer contacto real con el mundo espiritual: exhausta, abrumada y fundamentalmente cambiada. —Se esforzó por ponerse de pie, aceptando la mano que le ofrecí para ayudarla a levantarse—. Cuéntame todo.

Nos sentamos en el pequeño banco de madera junto a su jardín, rodeadas por los aromas matutinos de albahaca y menta, mientras yo describía las voces que había escuchado y los espíritus que había encontrado. Abuela escuchó sin interrupción, su expresión volviéndose más preocupada con cada detalle.

Cuando terminé, permaneció en silencio por un largo momento, mirando la laguna visible a la distancia.

—Demasiado rápido —murmuró finalmente—. Esto está sucediendo demasiado rápido.

—¿Qué quieres decir?

—Normalmente, las habilidades se desarrollan gradualmente durante meses o incluso años. Una joven Guardiana podría primero escuchar susurros que no puede entender del todo, luego palabras ocasionales, y finalmente comunicación clara con espíritus individuales. La progresión permite tiempo para entrenamiento, para aprender protecciones y límites adecuados.

—¿Eso no es lo que me está pasando a mí?

—No, mi amor. Lo que experimentaste anoche sugiere habilidades que ya están completamente desarrolladas. Escuchaste docenas de espíritus claramente, pudiste distinguir entre almas benevolentes y corrompidas, e incluso lograste comunicarte con el espíritu de tu bisabuelo en tu primer intento. Un desarrollo tan rápido usualmente indica...

—¿Indica qué?

La expresión de Abuela se volvió aún más preocupada. —Usualmente significa que algo urgente se aproxima. El mundo espiritual no acelera el desarrollo de una Guardiana a menos que haya una necesidad inmediata de sus servicios.

Un escalofrío recorrió mi espalda a pesar del cálido aire matutino. —¿Qué tipo de necesidad urgente?

—Aún no lo sé. Pero el hecho de que espíritus corrompidos ya estuvieran intentando manipularte sugiere que fuerzas oscuras se están congregando. Y la intervención de tu bisabuelo... —Sacudió la cabeza—. Los Guardianes fallecidos no suelen manifestarse tan fuertemente a menos que la situación sea verdaderamente terrible.

—Mencionó un ritual que quiere que yo realice. Algo sobre liberar almas que fueron atrapadas por magia oscura poderosa.

—Dios mío —susurró Abuela, santiguándose—. Tenía miedo de esto.

—¿Miedo de qué?

Se puso de pie y comenzó a caminar de un lado a otro en el pequeño espacio junto a su jardín, sus movimientos agitados de una manera que nunca había visto antes. —Tu bisabuelo murió mientras trabajaba en un caso que lo había consumido durante años. Había un practicante de vudú, un hombre muy poderoso y muy malvado, que había estado atrapando almas y usándolas para alimentar su magia. Mi padre pasó meses intentando localizar la fuente de su poder y liberar las almas que mantenía cautivas.

—¿Y murió antes de poder terminar?

—Fue asesinado —dijo Abuela sin rodeos—. El practicante de vudú descubrió que alguien estaba interfiriendo con su trabajo y mandó matar a mi padre en lo que pareció ser un accidente agrícola. Pero yo sabía la verdad. Tenía diecisiete años entonces, apenas comenzando mi propio entrenamiento, y podía sentir la magia oscura involucrada en su muerte.

—¿Por qué no terminaste su trabajo?

—Porque no era lo suficientemente fuerte —admitió—. El ritual requerido para romper ataduras tan poderosas solo puede ser realizado por una Guardiana con habilidades excepcionales. Lo intenté una vez, cuando tenía veintitantos años, pero casi muero en el intento. Las fuerzas oscuras que guardaban esas almas eran demasiado fuertes para mí.

Mi estómago se contrajo con un pavor creciente. —¿Y ahora crees que mi bisabuelo quiere que yo intente lo que tú no pudiste hacer?

—Creo que la situación ha alcanzado un punto crítico —dijo—. Las almas que han estado atrapadas durante décadas o más no simplemente permanecen estáticas. Su sufrimiento se intensifica con el tiempo, y eventualmente su dolor se vuelve tan grande que puede desgarrar agujeros en el tejido espiritual de la realidad misma.

—¿Qué significa eso?

—Significa que el límite entre nuestro mundo y el reino de los muertos podría romperse, permitiendo que todo tipo de entidades malevolentes crucen a nuestra realidad. Las almas atrapadas serían liberadas, sí, pero el costo sería catastrófico.

Sentí el peso de una responsabilidad imposible asentándose sobre mis hombros. —Entonces, ¿si no realizo este ritual, algo terrible le sucederá a todo nuestro pueblo?

—Posiblemente. O quizás la presión espiritual continuará acumulándose hasta que explote hacia afuera, afectando un área mucho más grande. No hay manera de predecir exactamente qué sucedería, pero ninguna de las posibilidades es buena.

—¿Y si intento el ritual?

Abuela dejó de caminar y me miró directamente, sus ojos llenos de una mezcla de amor y terror. —Si lo intentas y fallas, probablemente morirás. Las fuerzas oscuras que guardan esas almas han tenido décadas para volverse más fuertes, alimentadas por el sufrimiento de sus cautivos. No entregarán su fuente de poder sin luchar.

—¿Y si tengo éxito?

—Si tienes éxito, liberarás docenas de almas atrapadas y prevendrás una catástrofe espiritual. Pero también te convertirás en un blanco para cada practicante oscuro en la isla. Te verán como una amenaza para su poder, e intentarán eliminarte antes de que puedas interferir con su trabajo nuevamente.

Miré la escena pacífica de su jardín, intentando reconciliar esta conversación sobre muerte y magia oscura con la belleza ordinaria de los vegetales creciendo en hileras ordenadas. —Esto es una locura. Tengo catorce años. Debería estar preocupada por la escuela y los chicos y si mis padres me dejarán ir al baile el próximo mes. No... esto.

—Lo sé, mi amor. Sé cuán injusto parece. Cuando tenía tu edad y estaba aprendiendo sobre nuestra herencia familiar, sentía lo mismo. Quería ser normal, tener problemas y sueños normales.

—¿Alguna vez intentaste huir de esto?

—Una vez. Cuando tenía dieciséis años, convencí a mis padres de que me dejaran visitar a mi tía en Santo Domingo. Pensé que si me alejaba lo suficiente del pueblo, el llamado sobrenatural se desvanecería y podría vivir una vida ordinaria.

—¿Qué pasó?

—Los espíritus me siguieron allí. Las almas perdidas existen en todas partes, no solo en nuestro pueblo. En una semana, estaba teniendo más encuentros sobrenaturales que nunca. El ambiente urbano parecía concentrar la energía espiritual, haciendo todo más intenso y más peligroso.

—¿Entonces regresaste?

—Regresé y acepté mi destino. Pero tomé mis propias decisiones sobre cómo cumplirlo. Me enfoqué en ayudar almas individuales en lugar de enfrentar problemas sobrenaturales a gran escala. Aprendí rituales de protección y técnicas para establecer límites. Construí una vida que incluía cosas normales junto con las responsabilidades sobrenaturales.

—¿Podría hacer lo mismo? ¿Simplemente ayudar almas como Isabel y Manuel y evitar el ritual peligroso que mi bisabuelo quiere que realice?

Abuela permaneció en silencio por un largo momento, considerando mi pregunta cuidadosamente. —En circunstancias normales, sí. Pero estas no son circunstancias normales. La crisis espiritual que se está gestando no esperará a que completes años de entrenamiento y aceptes gradualmente responsabilidades mayores. Está sucediendo ahora, y eres la única Guardiana disponible con el poder potencial para enfrentarla.

—¿Cómo sabes que tengo este poder potencial?

—Por la rapidez con que tus habilidades se están desarrollando, y por la forma en que el espíritu de tu bisabuelo pudo manifestarse tan claramente en tu presencia. El poder espiritual reconoce el poder espiritual. Él no te estaría pidiendo esto si no creyera que eres capaz de hacerlo.

Enterré mi rostro en mis manos, sintiéndome abrumada por la magnitud de lo que se me estaba pidiendo. —No me siento poderosa. Me siento aterrorizada y confundida y completamente no preparada.

—Esos sentimientos no te descalifican para este llamado —dijo Abuela gentilmente, sentándose junto a mí y colocando una mano reconfortante en mi espalda—. De hecho, sugieren que tienes la humildad y sabiduría para abordar un trabajo tan peligroso con la cautela apropiada.

—¿Qué implicaría el entrenamiento?

—Primero, necesitarías aprender rituales básicos de protección para protegerte de espíritus malevolentes. Luego técnicas para establecer límites y controlar cuándo y cómo los espíritus pueden contactarte. Después de eso, trabajaríamos en rituales para guiar almas y ayudar a los espíritus benevolentes a encontrar su camino al más allá.

—¿Cuánto tiempo tomaría todo eso?

—¿En circunstancias normales? Varios años. Pero dada la urgencia de la situación, tendríamos que comprimir todo en unos pocos meses como máximo.

—¿Y luego?

—Luego, si decides intentar el ritual peligroso, pasaríamos semanas preparándonos específicamente para esa empresa. Aprendiendo los procedimientos exactos, reuniendo los materiales necesarios, eligiendo el momento óptimo basado en ciclos lunares y condiciones espirituales.

Levanté mi cabeza y la miré. —¿Me ayudarías? ¿Aunque creas que es peligroso?

—Mi amor, todo sobre ser una Guardiana es peligroso. Por supuesto que te ayudaré. Si decides aceptar este llamado, te daré cada gramo de conocimiento y protección que pueda proporcionar. No enfrentarás esto sola.

—¿Y mis padres? ¿Qué les digo?

Abuela suspiró profundamente. —Ese es uno de los aspectos más difíciles de este camino. Tus padres te aman y quieren protegerte, pero no pueden protegerte de un llamado espiritual. De hecho, sus intentos de mantenerte a salvo podrían en realidad ponerte en más peligro al impedirte recibir el entrenamiento adecuado.

—¿Crees que debería decirles la verdad?

—Creo que deberías decirles tanta verdad como puedan manejar. Tu madre tiene cierta sensibilidad a lo sobrenatural, ella entenderá más que tu padre. Pero ambos van a estar asustados y confundidos, y pueden intentar evitar que sigas este camino.

—¿Podrían detenerme?

—Podrían intentarlo. Podrían enviarte a vivir con parientes, o inscribirte en un internado, o incluso hacerte examinar por doctores que probablemente te declararían mentalmente enferma. Quizás ninguna de esas medidas realmente te protegería de tu destino.

El pensamiento de ser separada de mi familia y de todo lo familiar hizo que mi pecho se apretara con ansiedad. —Entonces, estoy atrapada. Tengo que hacer esto, quiera o no.

—No estás atrapada —corrigió Abuela con firmeza—. Tienes opciones. Es solo que todas tus opciones vienen con consecuencias, y algunas de esas consecuencias afectan a otras personas además de a ti misma. Eso es lo que hace que el llamado espiritual sea tan difícil: no se trata solo de lo que quieres para tu propia vida.

Nos sentamos en silencio por varios minutos, observando mariposas moverse entre las hierbas florecidas y escuchando el sonido distante de niños jugando en la calle. La normalidad de la escena se sentía tanto reconfortante como surrealista.

—Si decido hacer esto —dije finalmente—, ¿cuándo comenzaríamos el entrenamiento?

—Inmediatamente. Esta noche, si estás dispuesta. Cuanto antes aprendas protecciones adecuadas, más segura estarás durante futuros encuentros con espíritus.

—¿Y el ritual peligroso? ¿Cuándo sucedería eso?

—Durante la próxima luna oscura, si el espíritu de mi padre está en lo correcto sobre el momento. Eso nos da aproximadamente tres semanas para prepararnos.

Tres semanas. El plazo se sentía imposiblemente corto para aprender habilidades que Abuela había desarrollado durante décadas.

—¿Puedo pensarlo hoy? —pregunté—. Sé que la situación es urgente, pero esto es...

—La decisión más grande de tu vida —terminó ella—. Sí, mi amor, puedes tomarte hoy para pensarlo. Pero recuerda: ya sea que elijas activamente este camino o no, el mundo espiritual ya te ha elegido. La única pregunta es si estarás preparada cuando llame.

Esa tarde, caminé hasta la laguna sola, necesitando la paz y soledad para pensar claramente sobre la elección que enfrentaba. El agua estaba tranquila y plateada bajo la luz de la luna, su superficie reflejando estrellas que parecían lo suficientemente cerca como para tocarlas.

Pensé en la voz de Isabel, tan agradecida solo por ser escuchada después de décadas de soledad. Pensé en Manuel, luchando contra la ira que amenazaba con consumir su alma. Pensé en los espíritus corrompidos sin nombre que buscaban usar mi poder para venganza.

Más que nada, pensé en la posibilidad de que mi inacción pudiera llevar a una catástrofe espiritual para todos los que amaba.

Cuando finalmente caminé de regreso a la casa, había tomado mi decisión.

Iba a convertirme en una Guardiana, sin importar el costo.

Solo esperaba sobrevivir la transformación.

Capítulo 10: Noche en el Árbol de Ceiba

La noche que lo cambió todo comenzó como cualquier otro sábado. Había completado mis tareas, asistido a la misa de la tarde con mi familia, y convencido a mis padres de que pasaría la noche en casa de María para ayudarla con un proyecto escolar. La mentira salió fácilmente, demasiado fácilmente quizás, pero me dije a mí misma que era necesaria.

Michael y yo habíamos arreglado encontrarnos junto a la laguna a las diez, después de que el último de los pescadores vespertinos hubiera regresado a casa y los restaurantes turísticos hubieran cerrado. Nos daría preciosas horas juntos sin el constante temor de ser descubiertos por alguien que pudiera reportarlo a nuestras familias.

Había estado recibiendo entrenamiento de Guardiana con Abuela durante dos semanas, aprendiendo rituales básicos de protección y técnicas de comunicación. El conocimiento se sentía tanto natural como abrumador, como recordar un idioma que una vez había conocido con fluidez pero que de alguna manera había olvidado. Cada noche traía nuevos encuentros con espíritus, y cada día traía nueva comprensión de la enorme responsabilidad que estaba heredando.

Esa noche, aparté todas las preocupaciones sobrenaturales de mi mente. Quería ser solo una adolescente normal encontrándose con su novio para una velada romántica junto al agua.

La caminata hasta la laguna se sintió diferente de lo usual. La oscuridad parecía más profunda, más completa, a pesar del cuarto de luna colgando bajo en el cielo. Los sonidos nocturnos que normalmente me reconfortaban —el susurro de las hojas de palma, el llamado distante de las aves nocturnas, el suave golpeteo de las olas contra la orilla— se sentían amortiguados y extraños.

Me encontré mirando sobre mi hombro con más frecuencia de lo usual, sintiendo una presencia que parecía seguir justo más allá del borde de la visión. Cada vez que me giraba, no había nada visible, pero la sensación persistía.

Michael me estaba esperando en nuestro lugar habitual, sentado en las rocas planas que bordeaban el extremo oriental de la laguna. Levantó la vista cuando me acerqué, su sonrisa brillante a la luz de la luna.

—Estaba comenzando a pensar que habías cambiado de opinión —dijo, poniéndose de pie para abrazarme.

—Nunca —respondí, derritiéndome en sus brazos con alivio. Estar cerca de él siempre me hacía sentir más segura, más arraigada en el mundo normal de las preocupaciones adolescentes y los placeres simples.

Nos besamos suavemente, luego nos acomodamos lado a lado en las rocas, mi cabeza descansando en su hombro mientras observábamos la luz de la luna danzar sobre la superficie del agua.

—¿Cómo estuvo tu semana? —preguntó, sus dedos trazando patrones en mi brazo.

—Complicada —dije, lo cual era un enorme eufemismo—. ¿Y la tuya?

—Lo de siempre. Ayudando a papá con la granja, practicando idiomas con turistas, soñando con viajar a lugares donde hablan los idiomas que estoy aprendiendo.

—¿Todavía planeas irte del pueblo?

—Algún día —dijo, pero su voz carecía de su convicción habitual—. Aunque irse se vuelve más difícil de imaginar cuando hay razones para quedarse.

La implicación hizo que mi corazón palpitara. —¿Qué tipo de razones?

—Razones hermosas e inteligentes con ojos oscuros y voces como música —dijo, presionando un beso en la parte superior de mi cabeza.

Hablamos tranquilamente sobre cosas ordinarias: su música, mis estudios, planes para el próximo festival de la cosecha. La normalidad de la conversación era exactamente lo que necesitaba después de semanas de revelaciones sobrenaturales y encuentros con espíritus.

Después de aproximadamente una hora, Michael sugirió que camináramos alrededor del perímetro de la laguna, algo que habíamos hecho muchas veces antes. El sendero nos era bien conocido, serpenteando a través de grupos de manglares y formaciones de coral que creaban un jardín de esculturas naturales a la luz de la luna.

Pero esta noche, de alguna manera, tomamos un giro equivocado.

Todavía no estoy segura de cómo sucedió. El sendero que seguimos parecía familiar, pero nos llevó más lejos del agua de lo que habíamos estado nunca antes. La vegetación se volvió más densa, la oscuridad más profunda, hasta que nos encontramos en un área que no reconocí.

—¿Estamos perdidos? —pregunté, comenzando a sentirme inquieta.

—No lo creo —respondió Michael, pero la incertidumbre coloreaba su voz—. La laguna debería estar justo a través de esos árboles.

Nos abrimos paso a través de una cortina de enredaderas colgantes y emergimos en un pequeño claro que inmediatamente supe que no deberíamos haber encontrado. En el centro del espacio se erguía un árbol enorme, su tronco masivo desapareciendo hacia arriba en la oscuridad y sus raíces creando una red compleja de cámaras y pasajes bajo la tierra.

El Árbol de Ceiba.

Me detuve tan abruptamente que Michael chocó conmigo por detrás.

—¿Qué pasa? —preguntó, luego siguió mi mirada hacia el árbol antiguo—. Dios mío —susurró—. ¿Es ese...?

—El Árbol de Ceiba —confirmé, mi voz apenas audible—. Necesitamos irnos. Ahora.

Pero incluso mientras hablaba, me encontré incapaz de moverme. Alguna fuerza parecía mantenerme en el lugar, arraigando mis pies al suelo tan seguramente como si hubiera crecido mis propias raíces.

Michael estaba igualmente paralizado a mi lado, su mano encontrando la mía y apretándola con fuerza.

El aire alrededor del árbol se sentía denso y opresivo, cargado con una energía que hacía que mi piel se erizara. Podía oler algo metálico y desagradable —sangre vieja, quizás, o el aroma del miedo hecho manifiesto. El silencio era completo, como si cada criatura viviente en el área hubiera huido o sido silenciada.

—Mira —susurró Michael, señalando hacia la base del árbol.

Al principio, solo vi sombras y el enredo complejo de raíces enormes. Pero a medida que mis ojos se ajustaron a la oscuridad más profunda, las formas comenzaron a emerger. Había aberturas entre las raíces —no formaciones naturales, sino cámaras deliberadamente talladas que desaparecían hacia abajo en la tierra.

Y había algo moviéndose cerca de esas aberturas.

Comenzó como solo una perturbación en las sombras, una sensación de movimiento sin forma clara. Gradualmente, lentamente, una forma comenzó a materializarse en la oscuridad bajo el árbol.

Era masiva —más grande que cualquier humano, pero moviéndose con una inteligencia que era inconfundiblemente consciente y malévola. La criatura parecía estar compuesta de oscuridad misma, oscuridad a la que se le había dado peso y sustancia y propósito terrible.

A medida que se movía más cerca de nosotros, los detalles se volvieron horriblemente claros. Tenía la forma básica de un humano pero corrompida más allá del reconocimiento. Brazos que eran demasiado largos, terminando en garras que raspaban contra el suelo. Piernas que se doblaban en ángulos equivocados, moviéndose con una gracia serpentina que desafiaba la anatomía. Ojos que brillaban con luz verde enfermiza, fijos directamente en nosotros con hambre depredadora.

Lo más aterrador de todo era su rostro —o lo que una vez había sido un rostro. Rasgos que podrían haber sido humanos alguna vez estaban ahora retorcidos en algo que pertenecía a las pesadillas, una boca llena de dientes que ninguna criatura terrenal debería poseer.

—Corre —susurró Michael urgentemente—. Tenemos que correr.

Ninguno de los dos podía moverse. La presencia de la criatura parecía crear un campo de parálisis a nuestro alrededor, manteniéndonos en el lugar para su conveniencia.

A medida que se acercaba, podía escuchar sonidos que hicieron que mi sangre se congelara —no del todo gruñidos, no del todo habla, sino algo que transmitía significado sin usar palabras. Estaba comunicándose con algo, o alguien, más.

Fue entonces cuando me di cuenta de que no estábamos solos con la criatura.

Otras formas comenzaron a emerger de las cámaras bajo las raíces del árbol. Formas humanas, pero equivocadas de alguna manera —demasiado pálidas, moviéndose con movimientos entrecortados y antinaturales. A medida que se acercaban, pude ver que eran personas, o habían sido personas alguna vez, pero algo fundamental les había sido arrebatado.

Sus ojos estaban vacíos, no reflejando luz, ni consciencia, ni humanidad. Se movían con el andar tambaleante de sonámbulos, pero su propósito estaba claramente enfocado en nosotros.

—Las almas —susurré, la comprensión fluyendo a través de mí con horror—. Estas son las almas que fueron sacrificadas aquí. Han sido corrompidas, convertidas en sirvientes de esa cosa.

La criatura oscura en el centro del grupo emitió un sonido que podría haber sido risa si la risa pudiera ser convertida en arma. Estaba respondiendo a mi comprensión, confirmando mis peores temores.

A medida que las almas corrompidas se cerraban alrededor de nosotros, sentí que mi entrenamiento de Guardiana se activaba. Estos no eran espíritus malevolentes eligiendo el mal —eran víctimas, atrapadas y retorcidas por décadas de tortura espiritual. Podían ser salvadas, pero primero teníamos que sobrevivir este encuentro.

Alcancé profundamente dentro de mí misma, convocando cada ritual de protección que Abuela me había enseñado. Palabras en español y lenguas más antiguas brotaron de mis labios, creando una barrera de energía espiritual alrededor de Michael y de mí.

El efecto fue inmediato. Las almas corrompidas detuvieron su avance, incapaces de cruzar el límite protector que había creado. Pero la criatura oscura —cualquier entidad demoníaca que estuviera orquestando esto— no se disuadió tan fácilmente.

Comenzó a circular nuestra barrera protectora, buscando debilidades, probando la fuerza de mis defensas espirituales. Con cada pase, la presión contra mi protección aumentaba, y podía sentir mi energía siendo drenada por el esfuerzo de mantenerla.

—No puedo sostener esto por mucho tiempo —le dije a Michael—. Cuando cuente hasta tres, corre hacia la laguna tan rápido como puedas.

—No te voy a dejar —dijo firmemente.

—Tienes que hacerlo. Necesito saber que estás a salvo para poder enfocarme en salir de esto.

Antes de que pudiera discutir más, algo inesperado sucedió.

Un mulo irrumpió en el claro desde la dirección de donde habíamos venido, moviéndose con propósito e inteligencia que ningún animal ordinario debería poseer. Se posicionó entre nosotros y la criatura oscura, encabritándose sobre sus patas traseras en una exhibición de desafío que habría sido cómica bajo otras circunstancias.

Pero no había nada gracioso sobre la energía que irradiaba de este animal. Brillaba con la misma luz espiritual que mi barrera protectora, claramente algún tipo de entidad benevolente tomando forma física.

La criatura oscura retrocedió ante la presencia del mulo, siseando con frustración y furia. Por primera vez desde que comenzó esta pesadilla, parecía genuinamente amenazada.

—¡Ahora! —le grité a Michael, dejando caer mi barrera protectora y canalizando toda mi energía restante en mis piernas—. ¡Corre!

Corrimos hacia el sendero que habíamos seguido al claro, los sonidos de batalla sobrenatural estallando detrás de nosotros. Podía escuchar el rebuzno desafiante del mulo, los rugidos enfurecidos de la criatura, y el lamento de las almas corrompidas mientras eran atrapadas en el conflicto entre la luz y la oscuridad.

No sé cuánto tiempo corrimos. El sendero parecía extenderse infinitamente delante de nosotros, y comencé a temer que estábamos atrapados en algún tipo de laberinto sobrenatural que nos mantendría corriendo hasta que el agotamiento nos venciera.

Bendecidamente, irrumpimos de la vegetación y nos encontramos de vuelta en terreno familiar cerca del borde de la laguna. Los sonidos nocturnos normales de nuestro pueblo —insectos, olas, viento a través de las hojas de palma— parecían la música más hermosa que jamás había escuchado.

Colapsamos en la arena, ambos respirando con dificultad y temblando con adrenalina y terror residual.

—¿Qué demonios era esa cosa? —jadeó Michael cuando finalmente pudo hablar.

—Creo —dije cuidadosamente— que era exactamente aquello contra lo que las historias de mi abuela nos advertían. El mal que se hizo bajo ese árbol dejó algo atrás, algo que se alimenta de las almas que fueron sacrificadas allí.

—¿Y esa gente? ¿Los que parecían zombis?

—Almas que han estado atrapadas y corrompidas durante tanto tiempo que han olvidado lo que alguna vez fueron. Son víctimas, no villanos.

Michael me miró con una expresión que nunca había visto antes —parte admiración, parte miedo, parte algo que podría haber sido reconocimiento.

—¿Cómo supiste qué hacer allá atrás? —preguntó—. Esas palabras que dijiste, esa barrera que creaste... ¿de dónde vino eso?

Este era el momento que había estado temiendo y anticipando en igual medida. El momento en que tendría que contarle a la persona que amaba sobre la herencia sobrenatural que estaba remodelando toda mi vida.

—Hay cosas sobre mi familia que no te he contado —comencé—. Cosas que todavía estoy aprendiendo yo misma.

Le conté todo —sobre el linaje de Guardianes, sobre mi entrenamiento con Abuela, sobre los espíritus que habían estado contactándome y el ritual peligroso que estaba siendo llamada a realizar. Él escuchó sin interrupción, su expresión volviéndose más preocupada con cada revelación.

Cuando terminé, permaneció en silencio por mucho tiempo, mirando la superficie pacífica de la laguna.

—Entonces, estás diciendo que puedes comunicarte con personas muertas y realizar rituales sobrenaturales —dijo finalmente.

—Sí.

—Y te están pidiendo que arriesgues tu vida para liberar almas que han sido atrapadas por magia oscura.

—Sí.

—Y este es el destino de tu familia, algo de lo que realmente no puedes escapar incluso si quisieras.

—Eso es lo que me han dicho.

Se giró para mirarme directamente, sus ojos serios, pero no asustados. —Entonces supongo que la pregunta es: ¿qué necesitas de mí?

La simple aceptación en su voz casi me hizo llorar. —¿No tienes miedo de mí?

—Estoy aterrorizado por ti —corrigió—. ¿Pero miedo de ti? No. Lo que vi allá atrás no fue algo maligno o peligroso, fue alguien con el poder de proteger a la gente del mal y el peligro. Eso no es algo que temer; es algo que admirar.

—¿Incluso si significa que mi vida nunca será normal?

—Lo normal está sobrevalorado —dijo con una sonrisa que no ocultaba del todo su preocupación—. Además, siempre supe que eras extraordinaria. Ahora solo entiendo por qué.

Mientras caminábamos a casa esa noche, manteniéndonos cuidadosamente en los senderos bien iluminados cerca del pueblo, sentí una mezcla compleja de emociones. El terror de nuestro encuentro con la criatura oscura todavía estaba fresco, pero estaba equilibrado por la aceptación de Michael de mi herencia sobrenatural y su disposición a apoyarme a pesar de los peligros involucrados.

También sentí una nueva comprensión de la urgencia detrás de los llamados de mi bisabuelo a la acción. Las almas corrompidas bajo el Árbol de Ceiba estaban sufriendo más allá de la imaginación, y la entidad oscura que las mantenía estaba volviéndose más fuerte con cada día que pasaba.

El ritual que estaba siendo llamada a realizar no se trataba solo de liberar espíritus atrapados —se trataba de prevenir que ese mal se propagara más, posiblemente consumiendo otras almas y volviéndose lo suficientemente poderoso como para amenazar tanto a los vivos como a los muertos.

Tres semanas de repente se sintieron como un tiempo insuficiente para prepararme para lo que se avecinaba.

Lista o no, ahora estaba comprometida con el camino de la Guardiana.

La única pregunta era si sobreviviría lo suficiente para cumplir el destino que me había elegido.

Capítulo 11: Sueños Universitarios

Tres días después de nuestro aterrador encuentro en el Árbol de Ceiba, mis padres anunciaron que habían hecho arreglos para que yo asistiera a la universidad en la capital. Viviría con mi tía Carmen, la ayudaría con sus tres hijos pequeños, y perseguiría mi educación en un —ambiente más apropiado— del que nuestro pequeño pueblo costero podría proporcionar.

El momento parecía más que una coincidencia.

—¿Abuela les contó lo que pasó? —le pregunté a mamá mientras me ayudaba a empacar mis pertenencias en dos maletas gastadas que habían pertenecido a mi abuela.

—Mencionó que has estado teniendo algunas... dificultades... ajustándote a la adolescencia —respondió mamá cuidadosamente, sin mirarme a los ojos—. Ella piensa que un cambio de escenario podría ser beneficioso.

—¿Dificultades de ajuste? —La frase era tan inadecuada para describir encuentros sobrenaturales con almas corrompidas que casi me reí—. ¿Así lo llamó ella?

—Dijo que has estado teniendo sueños vívidos y mostrando signos de estrés. Tu padre y yo estamos de acuerdo en que la vida universitaria te dará nuevos intereses y te ayudará a enfocarte en preocupaciones más prácticas.

Preocupaciones prácticas. Como si el cálculo y la literatura pudieran de alguna manera hacerme olvidar que había heredado la habilidad de comunicarme con personas muertas y batallar entidades demoníacas.

No discutí. Parte de mí estaba realmente aliviada por la perspectiva de dejar el pueblo, al menos temporalmente. La presión espiritual que había estado experimentando se había intensificado dramáticamente desde el encuentro en el Árbol de Ceiba. Cada noche traía nuevos espíritus buscando mi ayuda, y estaba luchando por mantener cualquier apariencia de vida adolescente normal.

Quizás la distancia proporcionaría el espacio que necesitaba para descubrir cómo equilibrar mi llamado sobrenatural con mi deseo de un futuro ordinario.

El viaje en autobús a la capital tomó cuatro horas, serpenteando a través de pasos de montaña y valles donde las plantas de café crecían en hileras ordenadas en terrazas. Presioné mi rostro contra la ventana, observando paisajes familiares dar paso a escenarios cada vez más urbanos, sintiendo como si estuviera dejando atrás no solo mi pueblo natal sino toda mi identidad.

La tía Carmen me recibió en la estación de autobuses, luciendo exactamente como una versión más joven de mi madre pero vestida al estilo moderno de las estudiantes universitarias: jeans y una blusa amarilla brillante en lugar de las faldas y vestidos conservadores favorecidos por las mujeres en nuestro pequeño pueblo.

—¡Mírate! —exclamó, abrazándome calurosamente—. Tan adulta y sofisticada. Te va a encantar la vida universitaria.

Tenía veintiséis años, estaba casada con un estudiante de medicina llamado Roberto, y criaba tres hijos mientras perseguía su propio título en educación. Su energía era contagiosa, y a los minutos de conocerla, sentí que parte de mi ansiedad sobre este nuevo capítulo de mi vida comenzaba a desvanecerse.

La ciudad era abrumadora de la mejor manera posible. Calles llenas de autos en lugar de mulos, edificios que se extendían varios pisos hacia el cielo, tiendas vendiendo todo, desde electrónicos hasta libros y estilos de ropa que solo había visto en revistas. El ruido era constante —tráfico, construcción, miles de personas realizando sus vidas diarias— pero se sentía energizante en lugar de opresivo.

—Este es tu nuevo hogar —anunció la tía Carmen mientras nos detuvimos frente a una modesta casa de dos pisos en un vecindario lleno de estructuras similares—. Sé que no es tan espaciosa como la casa de tus padres, pero hemos tratado de hacerla cómoda.

La casa era de hecho pequeña, pero estaba llena del caos alegre de la vida familiar. Juguetes dispersos por el piso de la sala, obras de arte de los niños pegadas al refrigerador, el olor a arroz y frijoles hirviendo a fuego lento en la estufa. Mis primos —de seis, cuatro y dieciocho meses— me saludaron con el entusiasmo desinhibido que solo los niños pequeños pueden reunir.

—¿Nos leerás? —exigió Elena, la de seis años, metiendo un libro ilustrado en mis manos.

—¿Puedes ayudarme a construir un castillo? —preguntó Anthony, el de cuatro años, señalando una pila de bloques de madera.

La pequeña Sofía, la bebé, simplemente extendió sus brazos regordetes hacia mí con una sonrisa desdentada que derritió mi corazón instantáneamente.

—Han estado tan emocionados por tener una prima mayor que venga a quedarse —explicó la tía Carmen, rescatándome del entusiasta comité de bienvenida—. Espero que no te importe ayudar con el cuidado de los niños. Es parte del acuerdo: tú me ayudas con los niños, y nosotros proporcionamos alojamiento y comida mientras asistes a la universidad.

—No me importa en absoluto —dije honestamente. Había algo maravillosamente normal sobre las necesidades y preocupaciones de los niños. Querían historias y juegos y atención, no guía sobrenatural o protección espiritual.

Esa primera semana en la ciudad pasó en un torbellino de nuevas experiencias. Me inscribí en clases en la universidad, compré libros de texto que se sentían imposiblemente sofisticados, y asistí a sesiones de orientación donde conocí a otros jóvenes de toda la República Dominicana.

Mis compañeros estudiantes parecían tan mundanos y seguros comparados con los adolescentes de mi pequeño pueblo natal. Discutían filosofía y política con experiencia casual, planeaban carreras en negocios internacionales, medicina o derecho, hablaban múltiples idiomas y soñaban con viajar a Europa o Norteamérica.

Por primera vez en mi vida, me sentí intelectualmente desafiada de maneras que no tenían nada que ver con fenómenos sobrenaturales. Mi profesora de literatura asignó novelas que exploraban temas complejos de identidad y justicia social. Mis clases de historia examinaron el complicado pasado colonial de la República Dominicana y su relación continua con naciones más poderosas. Incluso mis cursos de matemáticas se sentían relevantes y atractivos de maneras que la educación del pequeño pueblo nunca había logrado.

Me lancé a la vida universitaria con un entusiasmo que me sorprendió. Me uní a grupos de estudio, asistí a conferencias de académicos visitantes, pasé horas en la biblioteca leyendo sobre temas que nunca habían estado disponibles para mí antes. La estimulación intelectual era embriagadora, ofreciendo perspectivas sobre la experiencia humana que parecían empequeñecer mis preocupaciones sobrenaturales.

Pero el mundo espiritual, parecía, me había seguido a la capital.

Al principio, los encuentros sobrenaturales fueron sutiles. Susurros en pasillos vacíos que casi me convencí a mí misma eran solo ecos de otros pisos. Sombras que se movían independientemente en mi visión periférica mientras estudiaba hasta tarde en la noche. La sensación ocasional de ser observada por ojos invisibles mientras caminaba por el campus.

Me dije a mí misma que estas experiencias eran solo restos de estrés de mi entrenamiento reciente, efectos psicológicos posteriores del trauma en el Árbol de Ceiba. Seguramente, si me enfocaba lo suficiente en mis estudios y mis nuevas responsabilidades, los elementos sobrenaturales de mi vida se desvanecerían en el fondo.

Estaba equivocada.

El ambiente urbano parecía concentrar la energía espiritual en lugar de dispersarla. Donde mi pueblo natal tenía quizás docenas de almas perdidas vagando por el paisaje familiar, la ciudad capital contenía miles: víctimas de accidentes automovilísticos, crímenes violentos, ataques cardíacos repentinos, y todas las diversas tragedias que acompañan a la densa población humana.

Y todas estaban atraídas hacia mí como polillas a la llama.

El primer encuentro claro sucedió durante mi tercera semana en la universidad. Estaba estudiando en la biblioteca tarde una noche, el edificio casi vacío excepto por unos pocos otros estudiantes dedicados dispersos entre las estanterías. Había encontrado un rincón tranquilo en el cuarto piso donde podía extender mis materiales y trabajar sin distracción.

Estaba profundamente concentrada, leyendo sobre la cultura taína precolombina para mi clase de antropología, cuando alguien se sentó frente a mí en la mesa de estudio.

Levanté la vista, esperando ver a otro estudiante, pero en su lugar me encontré mirando a un joven que definitivamente no estaba entre los vivos.

Parecía tener poco más de veinte años, vestido con ropa que parecía venir de la década de 1950: pantalones planchados, una camisa blanca con las mangas enrolladas y tirantes. Su apariencia era lo suficientemente sólida como para que pudiera haberlo confundido con una persona viva, excepto por sus ojos.

Tenían esa calidad inconfundible que estaba aprendiendo a reconocer en los espíritus: una profundidad de tristeza y confusión que pertenecía a almas atrapadas entre mundos.

—Disculpe —dijo cortésmente—, pero creo que puede verme.

Miré alrededor de la biblioteca, confirmando que estábamos solos en esta sección. —Sí, puedo verte.

—He estado intentando llamar la atención de alguien durante décadas —dijo, el alivio evidente en su voz—. Nadie más parece notarme ya.

—¿Cómo te llamas? —pregunté, cerrando mi libro de texto y dándole mi completa atención.

—Eduardo Ramírez. Morí en 1953 en un accidente de construcción. Estaba trabajando en uno de los nuevos edificios del centro cuando el andamio se derrumbó. He estado vagando por la ciudad desde entonces, tratando de entender por qué no puedo encontrar a mi familia.

—Eduardo, tu familia... —comencé gentilmente.

—Todos están muertos también, ¿verdad? —interrumpió—. Han pasado setenta años. Por supuesto que están muertos.

—Probablemente, sí. Pero eso no significa que no puedas reunirte con ellos. Hay maneras de cruzar a lo que venga después de esta vida.

—¿Cómo? —preguntó ansiosamente—. He estado buscando durante tanto tiempo, pero no sé qué se supone que debo hacer.

Me di cuenta con el corazón hundiéndose que estaba a punto de realizar mi primera guía espiritual en solitario. Abuela me había enseñado el ritual básico, pero nunca lo había intentado sin su supervisión.

—Puedo ayudarte —dije—, pero no aquí. ¿Puedes encontrarme en algún lugar más privado?

—Puedo ir a donde sea que vayas —dijo—. No estoy atado a una ubicación específica como algunos espíritus.

—Entonces encuéntrame en la casa de mi tía esta noche, después de que todos estén dormidos. Realizaré el ritual para ayudarte a cruzar.

—Gracias —dijo, y la gratitud en su voz casi me hizo llorar—. No tienes idea de lo que esto significa para mí.

Se desvaneció entonces, desapareciendo tan repentinamente como había aparecido, dejándome sola con mi libro de antropología y la creciente comprensión de que mi llamado sobrenatural definitivamente no había sido dejado atrás en el pueblo.

Esa noche, después de que la tía Carmen y su familia estuvieran dormidos, reuní discretamente los materiales que necesitaría para el ritual de cruce: una vela blanca, un tazón con agua salada, y un pequeño espejo que había pertenecido a mi bisabuela. Me escabullí al pequeño jardín detrás de la casa, donde podía trabajar sin arriesgar ser descubierta.

Eduardo apareció tan pronto como encendí la vela, luciendo nervioso pero esperanzado.

—¿Estás segura de que esto funcionará? —preguntó.

—Estoy segura de que puede funcionar —respondí honestamente—. Nunca lo he hecho sola antes. Necesitarás confiar en mí, y yo necesitaré confiar en mi entrenamiento.

Comencé el ritual como Abuela me había enseñado, hablando las palabras en español y en el antiguo idioma taíno que parecía resonar más profundamente con el mundo espiritual. Creé un círculo de protección alrededor de nosotros, luego abrí mi conciencia para percibir los caminos entre mundos.

Lo que vi me dejó sin aliento.

El ambiente urbano estaba entrecruzado con caminos espirituales como un vasto sistema de metro: corrientes de luz conectando diferentes reinos de existencia. Algunos caminos conducían hacia la brillantez y la paz, mientras que otros desaparecían en una oscuridad que instintivamente sabía era peligrosa.

Había algo mal con el patrón general. Varios de los caminos brillantes parecían estar bloqueados o dañados, como si alguna fuerza estuviera deliberadamente restringiendo el acceso al más allá pacífico.

—Puedo ver el camino —le dije a Eduardo—, pero hay... complicaciones.

—¿Qué tipo de complicaciones?

Antes de que pudiera responder, fuimos interrumpidos por la llegada de otros espíritus. Se materializaron alrededor de nosotros en el jardín: docenas de almas perdidas que aparentemente habían sido atraídas por la energía ritual que estaba generando.

—Eres una Guardiana —dijo uno de ellos con asombro—. No hemos visto una en la ciudad durante muchos años.

—Por favor —dijo otro—, ayúdanos a nosotros también. Hemos estado esperando tanto tiempo.

En minutos, estaba rodeada por una multitud de espíritus desesperados, todos suplicando asistencia para cruzar. La energía de su necesidad combinada era abrumadora, amenazando con interrumpir la cuidadosa estructura ritual que había creado para Eduardo.

—Uno a la vez —dije firmemente, extrayendo la autoridad que Abuela me había enseñado a proyectar—. Ayudaré a todos los que pueda, pero solo si mantienen orden y respetan el proceso.

Para mi sorpresa, realmente escucharon. Los espíritus se organizaron en una línea aproximada, esperando pacientemente su turno para recibir guía.

Trabajando durante la noche, realicé rituales de cruce para diecisiete almas diferentes. Algunas eran muertes recientes que simplemente necesitaban dirección hacia el camino apropiado. Otras eran espíritus más antiguos que requerían trabajo más complejo para romper los apegos que los ataban al mundo físico.

Al amanecer, estaba exhausta pero exaltada. Había ayudado exitosamente a múltiples almas a encontrar paz, y lo había hecho completamente por mi cuenta. El entrenamiento que Abuela me había dado era más completo de lo que me había dado cuenta.

Pero también había confirmado mi sospecha de que algo estaba interfiriendo con el orden espiritual natural en la ciudad capital. Demasiados de los caminos al más allá pacífico estaban bloqueados o corrompidos, forzando a las almas a permanecer atrapadas en el reino físico mucho más tiempo del que debería haber sido necesario.

Alguien, o algo, estaba deliberadamente creando estos bloqueos.

Mientras limpiaba mis materiales rituales y me preparaba para escabullirme de vuelta a la casa, me encontré pensando en la criatura oscura que habíamos encontrado en el Árbol de Ceiba. ¿Era posible que entidades similares estuvieran operando en la ciudad, atrapando almas para sus propios propósitos?

El pensamiento era profundamente perturbador, pero explicaría por qué tantos espíritus estaban concentrados en el área urbana a pesar de la falta de cualquier significado sobrenatural obvio en la ubicación.

Durante las siguientes semanas, establecí una rutina de ayudar almas perdidas mientras mantenía mis responsabilidades académicas. Estudiaría durante el día, cuidaría a mis primos por la tarde, y realizaría rituales de cruce tarde en la noche cuando la casa estaba tranquila.

El trabajo era gratificante pero cada vez más exigente. La palabra parecía correr entre la comunidad espiritual de que una Guardiana estaba operando en la ciudad, y más almas buscaban mi ayuda cada noche. Comencé a sentir el costo físico y emocional de canalizar tanta energía espiritual regularmente.

También estaba comenzando a notar que no todos los espíritus que se me acercaban eran benevolentes. Algunos llevaban la misma corrupción que había sentido en las almas bajo el Árbol de Ceiba: ira y dolor que habían festejado durante tanto tiempo que se habían transformado en algo más oscuro y peligroso.

Estos espíritus corrompidos eran más difíciles de ayudar y más propensos a intentar manipulación o coerción cuando no podía proporcionar inmediatamente la asistencia que demandaban. Estaba aprendiendo a distinguir entre almas que genuinamente querían encontrar paz y aquellas que habían sido retorcidas por su sufrimiento en algo que solo buscaba propagar ese sufrimiento a otros.

El panorama espiritual de la capital era mucho más complejo y peligroso que cualquier cosa que hubiera encontrado en la isla. Me encontré extrañando la guía y protección de Abuela más de lo que había esperado.

También sentí una confianza creciente en mis habilidades y una comprensión más profunda de mi rol como Guardiana. Esto no se trataba solo de ayudar almas individuales: se trataba de mantener la salud espiritual de comunidades enteras, previniendo el tipo de corrupción y desequilibrio que podría afectar tanto a los vivos como a los muertos.

Tres meses después de comenzar mi carrera universitaria, recibí una carta de casa que lo cambió todo.

Abuela se estaba muriendo.

Y necesitaba que regresara inmediatamente para realizar el ritual peligroso que podría salvar el equilibrio espiritual de nuestra isla o matarme en el intento.

Mi tiempo de preparación había terminado.

Estuviera lista o no, mi verdadero llamado como Guardiana estaba a punto de comenzar.

Capítulo 12: Náuseas Matutinas, Visiones Nocturnas

—¡Despierta! ¡Despierta! —La voz cortó mi sueño como una navaja, urgente y dominante.

Me incorporé de golpe en la estrecha cama que compartía con la pequeña Sofía, mi corazón martillando contra mis costillas y el sudor formando gotas en mi frente a pesar del fresco aire matutino. El sueño había sido más vívido que nunca: el hombre con el rostro serio de pie junto a un hoyo profundo, sus ojos perforando los míos con intensidad desesperada.

—Debes cavar —había dicho, su voz llevando el peso de décadas de frustración—. Las almas están sufriendo más allá de lo soportable. El tiempo se agota.

Esta vez, el sueño había sido diferente. Esta vez, podía ver la casa más claramente: una estructura modesta con un techo de hojalata y paredes que parecían que podrían colapsar en cualquier momento. El hoyo que quería que cavara estaba en el patio delantero, quizás de siete pies de profundidad y perfectamente redondo, como si hubiera sido medido con precisión sobrenatural.

Había algo más en este sueño que hacía que mi estómago se revolviera con más que solo miedo residual. Mientras miraba hacia abajo al hoyo, había sentido náuseas violentas, una ola de malestar tan intensa que me había despertado del sueño más profundo.

Balanceé mis piernas sobre el lado de la cama, cuidadosa de no perturbar a la bebé, y me tambaleé hacia el baño. Las náuseas me golpearon de nuevo, más fuertes esta vez, y apenas llegué al inodoro antes de que mi cena de la noche anterior hiciera una reaparición violenta.

—¿Todo bien ahí dentro? —llamó la tía Carmen desde la cocina, donde podía escucharla preparando el desayuno para la familia.

—Solo un virus estomacal —respondí débilmente, aunque algo profundo dentro de mí sabía que no era ninguna enfermedad ordinaria.

Salpiqué agua fría en mi rostro y estudié mi reflejo en el pequeño espejo sobre el lavabo. Mi tez lucía pálida, casi gris, y había círculos oscuros bajo mis ojos que hablaban de demasiadas noches pasadas ayudando almas perdidas a cruzar. Pero había algo más, algo que no había notado antes.

Mi cuerpo lucía diferente. No dramáticamente: los cambios eran lo suficientemente sutiles como para que pudiera haberlos pasado por alto si no hubiera estado prestando atención. Pero mis senos se sentían sensibles, mi cintura parecía ligeramente más gruesa, y mi rostro tenía una plenitud que no había estado ahí un mes atrás.

La comprensión me golpeó como un golpe físico.

Estaba embarazada.

Me hundí en el borde de la bañera, mi mente tambaleándose mientras intentaba calcular fechas y posibilidades. ¿Cuándo había tenido mi último sangrado mensual? Había sido... ¿hace dos meses? ¿Quizás más?

La noche con Michael junto a la laguna, antes de nuestro encuentro en el Árbol de Ceiba, de repente tomó un significado completamente diferente. Habíamos estado tan perdidos el uno en el otro, tan seguros de que el amor podía superar cualquier obstáculo, que no habíamos pensado en consecuencias más allá de la potencial desaprobación de nuestras familias.

Ahora esas consecuencias estaban creciendo dentro de mí, invisibles, pero innegablemente reales.

—Dios mío —susurré a mi reflejo—. ¿Qué voy a hacer?

La magnitud de la situación era abrumadora. Tenía diecisiete años, no estaba casada, vivía lejos de casa mientras perseguía una educación que mis padres se habían sacrificado para proporcionar. El embarazo descarrilaría todo: mis estudios, la reputación de mi familia, mi futuro cuidadosamente planeado.

Peor aún, estaba llevando al hijo de un chico que mis padres nunca aprobarían, una relación que se había llevado a cabo en secreto porque todos los involucrados sabían que era inapropiada.

Y bajo todas estas preocupaciones prácticas estaba el miedo más profundo: ¿qué le pasaría a mi llamado sobrenatural si era responsable de un niño? ¿Podría una madre adolescente también servir como Guardiana? ¿Las demandas del embarazo y la crianza interferirían con mi habilidad de ayudar almas perdidas?

Pensé en los sueños que se habían estado intensificando, los llamados urgentes del espíritu de mi bisabuelo para realizar el ritual peligroso que podría liberar las almas atrapadas bajo el Árbol de Ceiba. ¿Cómo podría arriesgar mi vida en combate sobrenatural cuando estaba llevando nueva vida dentro de mí?

—Estás tardando mucho ahí dentro —llamó la tía Carmen—. Los niños quieren que los ayudes a vestirse para la escuela.

—Ya voy —respondí, forzando mi voz a sonar normal.

Salpiqué más agua fría en mi rostro y practiqué sonreír en el espejo hasta que pude producir algo que lucía razonablemente convincente. Luego abrí la puerta del baño y volví al mundo ordinario de responsabilidades familiares y rutinas matutinas.

Las siguientes semanas pasaron en una neblina de pánico secreto y ocultamiento cuidadoso. Continué asistiendo a clases, cuidando a mis primos, y realizando guía espiritual nocturna, pero todo se sentía diferente ahora. Estaba constantemente consciente de la vida creciendo dentro de mí, una presencia que todavía era demasiado pequeña para mostrarse, pero imposible de ignorar.

Las náuseas matutinas continuaron, pero aprendí a manejarlas manteniendo galletas junto a mi cama y comiendo pequeñas cantidades durante todo el día. Comencé a usar ropa más holgada, alegando que el estilo era más cómodo en el clima urbano húmedo.

Lo más desafiante de todo, tuve que encontrar excusas para evitar ciertos alimentos y actividades que podrían revelar mi condición. Cuando la tía Carmen me ofreció café en la mañana, alegué estar tratando de reducir mi consumo de cafeína. Cuando sugirió que fuéramos a bailar a un festival del vecindario, dije que necesitaba estudiar para un examen importante.

El engaño se sentía mal en múltiples niveles. Estaba mintiendo a la familia que me había recibido con tal calidez y generosidad. Estaba guardando secretos que podrían afectar su reputación y posición en la comunidad. Y estaba tomando decisiones sobre mi futuro sin consultar a nadie que se preocupara por mi bienestar.

¿Qué opción tenía? Si decía la verdad, la tía Carmen se sentiría obligada a contactar a mis padres inmediatamente. Mis padres exigirían que regresara a casa, probablemente para enfrentar castigo y vergüenza que eclipsarían todo lo demás en mi vida. Mi educación terminaría, mis sueños de independencia se evaporarían, y mi relación con Michael sería destruida por la intervención familiar.

La única solución era ocultar el embarazo tanto tiempo como fuera posible mientras descubría qué hacer.

Pasaron tres meses antes de que admitiera a mí misma que la situación se estaba volviendo imposible de ocultar por mucho más tiempo. Mi cuerpo estaba cambiando de maneras que la ropa más holgada no podía disfrazar completamente. Me encontraba necesitando más sueño, comiendo constantemente para satisfacer antojos extraños, y luchando por concentrarme durante las conferencias.

Peor aún, el embarazo parecía estar afectando mis habilidades sobrenaturales de maneras impredecibles. Algunas noches, mi conexión con el mundo espiritual se sentía más fuerte que nunca, como si la vida creciendo dentro de mí estuviera amplificando mis dones naturales. Otras noches, apenas podía percibir espíritus en absoluto, como si la presencia del bebé estuviera creando interferencia con mis habilidades de Guardiana.

Los sueños sobre el hoyo ritual continuaron, pero ahora incluían nuevos detalles que me hacían sentir aún más inquieta. El hombre que creía era mi bisabuelo lucía cada vez más desesperado, sus advertencias sobre quedarse sin tiempo tomando mayor urgencia.

—La corrupción se está propagando —me dijo en un sueño particularmente vívido—. Las almas que han estado atrapadas durante tanto tiempo están comenzando a transformarse en algo más oscuro. Si no son liberadas pronto, se convertirán en sirvientes permanentes del mal que las sostiene.

—No puedo —le dije—. Estoy embarazada. No puedo arriesgar la vida del bebé.

—El bebé no sobrevivirá si el equilibrio espiritual de la isla colapsa —respondió sombríamente—. Las fuerzas oscuras se alimentan de nueva vida, de inocencia y potencial. Si la corrupción se propaga sin control, tu hijo nacerá en un mundo donde tales entidades deambulan libremente.

Los sueños me dejaban desgarrada entre responsabilidades competitivas: proteger la vida creciendo dentro de mí versus proteger a la comunidad mayor de amenaza sobrenatural. Ninguna elección parecía aceptable, y la presión de tomar una decisión tan enorme sola se estaba volviendo insoportable.

Fue durante este período de turbulencia interna que Marcus apareció en la casa de la tía Carmen.

Estaba en el jardín colgando ropa cuando escuché el timbre de la puerta principal sonar, seguido de voces familiares en la sala. Mi corazón saltó con reconocimiento y pavor al darme cuenta de que mi mejor amigo de alguna manera me había rastreado en la capital.

—Está justo afuera —escuché decir a la tía Carmen—. Estoy segura de que estará encantada de verte.

Marcus entró al jardín luciendo más viejo y más serio que cuando había dejado la isla tres meses antes. Estaba vestido con su mejor ropa: la camisa blanca y pantalones oscuros que usaba para la iglesia, y su expresión tenía una mezcla de preocupación y determinación que reconocí de la infancia.

—Hola, extraña —dijo, su voz cuidadosamente neutral—. ¿Sorprendida de verme?

—Marcus —dije, dejando caer la camisa que había estado colgando y corriendo a abrazarlo—. ¿Qué estás haciendo aquí? ¿Cómo me encontraste?

—Tus padres me dieron la dirección —respondió, devolviéndome el abrazo, pero con menos entusiasmo del que había esperado—. Dijeron que no habías estado escribiendo a casa tanto como prometiste.

—He estado ocupada con la escuela y ayudando a la tía Carmen con los niños —dije, lo cual era técnicamente cierto, pero lejos de completo.

—¿De verdad? —preguntó, estudiando mi rostro con la mirada perceptiva que siempre le había hecho imposible mentirle—. Porque desde donde estoy parado, luces como alguien que ha estado cargando un secreto bastante pesado.

Mi corazón se hundió. Si Marcus podía ver a través de mi engaño tan fácilmente, ¿cuánto tiempo pasaría antes de que otros lo notaran?

—No sé de qué hablas —dije débilmente.

—No me mientas —dijo firmemente—. Hemos sido amigos desde que éramos bebés. Sé cuándo estás ocultando algo importante.

Hizo una pausa, mirando alrededor del jardín para asegurarse de que no pudiéramos ser escuchados. —Más importante, sé sobre tus habilidades sobrenaturales. Siempre lo he sabido, incluso cuando estábamos fingiendo que todo era solo imaginación y coincidencia.

La revelación no debería haberme sorprendido, pero lo hizo. —¿Sabes sobre lo de Guardiana?

—Sé que puedes ver y comunicarte con personas muertas, sí. Sé que has estado ayudando almas perdidas a encontrar paz. Y sé que estás siendo llamada a hacer algo peligroso que está conectado con todas esas viejas leyendas que nuestros abuelos solían contar.

—¿Cuánto tiempo lo has sabido?

—Desde que éramos niños —admitió—. ¿Recuerdas todas esas veces que de repente cambiabas de dirección mientras caminábamos, o insistías en evitar ciertos lugares sin razón aparente? ¿Recuerdas cómo siempre parecías saber cuándo algo malo estaba a punto de suceder?

Asentí, recordando docenas de incidentes que había descartado como coincidencia o adivinanzas afortunadas.

—Puede que no tenga las mismas habilidades que tú —continuó Marcus—, pero soy lo suficientemente sensible como para reconocer actividad sobrenatural cuando la veo. Y ahora mismo, puedo sentir que algo importante está sucediendo contigo que va más allá de simplemente comenzar la universidad.

La amabilidad y aceptación en su voz finalmente rompió mis defensas emocionales. —Oh, Marcus —dije, las lágrimas comenzando a fluir—. Estoy en tantos problemas.

—Dime —dijo simplemente, y el apoyo incondicional en esas dos palabras me dio el coraje para compartir la verdad que había estado cargando sola.

Le conté todo: sobre el embarazo, sobre mis miedos por el futuro, sobre la elección imposible entre mi llamado sobrenatural y mi responsabilidad hacia el niño que estaba llevando. Le conté sobre los sueños que no me dejaban en paz y la sensación creciente de que el tiempo se estaba acabando para más que solo mi situación personal.

Escuchó sin juzgar, ocasionalmente haciendo preguntas aclaratorias, pero principalmente solo proporcionando el apoyo emocional que había estado necesitando desesperadamente.

Cuando terminé, permaneció en silencio por un largo momento, procesando todo lo que había compartido.

—Entonces —dijo finalmente—, estás embarazada de Michael, estás siendo llamada a realizar un ritual sobrenatural peligroso, y estás tratando de manejar todo esto mientras finges ser una estudiante universitaria normal.

—Eso es más o menos —dije miserablemente.

—Bueno —dijo con una ligera sonrisa—, nunca fuiste de hacer las cosas de la manera fácil.

A pesar de todo, me encontré riendo. —Esto no es gracioso, Marcus.

—No, no lo es —estuvo de acuerdo—. Pero tampoco es desesperanzador. Estos problemas pueden resolverse, pero no si sigues tratando de manejarlos sola.

—¿Qué sugieres?

—Primero, necesitas decirle a Michael sobre el embarazo. Se merece saberlo, y tú mereces su apoyo. Segundo, necesitas decidir si vas a intentar este ritual o no: esa decisión debe tomarse con el consejo apropiado de personas que entienden las implicaciones sobrenaturales.

—¿Y tercero?

—Tercero, necesitas aceptar que tu vida ha tomado un camino que tus padres no aprobarán, y prepararte para las consecuencias de esa realidad.

Su enfoque práctico a mis problemas abrumadores los hizo sentir de alguna manera más manejables. —¿Me ayudarás?

—Por supuesto —dijo sin vacilación—. Para eso están los amigos.

Mientras el sol se ponía sobre la ciudad capital, Marcus y yo nos sentamos en el jardín de la tía Carmen haciendo planes para un futuro que parecía imposiblemente complicado, pero quizás no del todo desesperanzado.

Estaba embarazada, llamada al deber sobrenatural, y enfrentando desaprobación familiar que podría destrozar mi mundo.

Pero ya no estaba sola.

Y a veces, eso hace toda la diferencia.

Capítulo 13: El Peso de la Verdad

Después de la visita de Marcus, el secreto de mi embarazo se sentía tanto más ligero como más pesado. Más ligero porque ya no estaba cargando el peso completamente sola, más pesado porque compartir la verdad lo había hecho innegablemente real de una manera que el conocimiento privado nunca pudo.

Me encontraba constantemente consciente de la vida creciendo dentro de mí, protectora de maneras que me sorprendían por su intensidad. Cuando caminaba a clases, era más cuidadosa al cruzar calles concurridas. Cuando ayudaba a mis primos pequeños con sus juegos, encontraba excusas para evitar actividades que involucraran levantar cosas o correr. Cuando realizaba rituales de guía espiritual por la noche, creaba barreras protectoras más fuertes que nunca, instintivamente protegiendo no solo a mí misma sino al niño que llevaba.

El embarazo estaba cambiando más que solo mi cuerpo: estaba cambiando toda mi relación con el riesgo y la responsabilidad.

Esto se hizo particularmente evidente durante mis encuentros sobrenaturales. Los espíritus que buscaban mi ayuda parecían sentir algo diferente en mí, aunque ninguno de ellos comentaba directamente sobre mi condición. Algunos se volvieron más protectores, rodeándome con barreras espirituales adicionales durante los rituales de cruce. Otros parecían más desesperados, suplicando con mayor urgencia como si temieran que su ventana de oportunidad se estuviera cerrando.

Fueron los espíritus corrompidos los que mostraron el cambio más dramático en su comportamiento.

Donde previamente se habían acercado a mí con ofertas manipuladoras y amenazas veladas, ahora parecían activamente hostiles, irradiando una malevolencia que hacía que mi piel se erizara. Durante un encuentro particularmente inquietante, un espíritu que había sido retorcido por décadas de ira y dolor miró directamente a mi vientre aún plano y sonrió con hambre depredadora.

—Nueva vida —siseó—. Tan pura, tan llena de potencial. Las fuerzas oscuras pagarían generosamente por tal premio.

Lo había desterrado inmediatamente, pero el encuentro me dejó temblando con un miedo que iba más allá de la preocupación por mi propia seguridad. Estas entidades ya no solo me amenazaban a mí: estaban amenazando a mi hijo no nacido.

La comprensión me obligó a confrontar una posibilidad terrible: ¿estaba mi embarazo poniendo en riesgo no solo mi propio futuro, sino también convirtiéndome en un blanco para fuerzas sobrenaturales que se alimentaban de la inocencia y la nueva vida?

Comencé a tener pesadillas sobre criaturas oscuras robando bebés de sus cunas, sobre recién nacidos siendo sacrificados en rituales impíos, sobre mi hijo creciendo en un mundo donde el mal había triunfado porque yo había tenido demasiado miedo de cumplir mis responsabilidades de Guardiana.

Los sueños sobre el ritual urgente de mi bisabuelo se volvieron aún más vívidos y perturbadores. Ahora aparecía con otros espíritus: ancestros que no reconocía pero cuyo parecido familiar era inconfundible. Hablaban de una oscuridad reuniéndose, de almas corrompidas liberándose de sus ataduras y propagando caos por todo el mundo físico.

—El niño que llevas heredará tus dones —me dijo mi bisabuelo en un sueño particularmente intenso—. Pero ¿de qué sirven las habilidades sobrenaturales en un mundo invadido por demonios? Si no actúas pronto, darás a luz a un niño destinado a luchar batallas que podrían haberse prevenido.

—Pero si intento el ritual y muero, el niño nunca nacerá en absoluto —argumenté.

—Mejor nunca nacer que nacer en un mundo consumido por la corrupción espiritual —respondió sombríamente.

Me despertaba de estos sueños sintiéndome desgarrada entre imperativos morales competitivos. ¿Estaba siendo egoísta al priorizar la seguridad inmediata de mi hijo no nacido sobre la amenaza sobrenatural más grande? ¿O estaba siendo realista sobre las limitaciones de lo que una chica de diecisiete años podría lograr, incluso con poderosas habilidades heredadas?

El conflicto interno estaba afectando mi vida diaria de maneras que se volvían cada vez más difíciles de ocultar. Luchaba por concentrarme durante las conferencias, mis calificaciones comenzaron a bajar, y me encontraba reaccionando bruscamente con mis primos pequeños por infracciones menores que normalmente me habrían divertido.

La tía Carmen notó los cambios, por supuesto.

—Pareces estresada últimamente —observó una tarde mientras limpiábamos después de la cena—. ¿La universidad es más desafiante de lo que esperabas?

—Un poco —dije, lo cual era cierto pero incompleto—. Todavía me estoy ajustando al ritmo y a la carga de trabajo.

—Y has estado levantándote por la noche —continuó, observando mi rostro cuidadosamente—. Te escucho moviéndote por la casa después de medianoche a veces.

Mi corazón dio un salto. Si había notado mis actividades nocturnas, ¿cuánto sospechaba? —Tengo problemas para dormir a veces. Salgo a tomar aire fresco.

—Mmm. —No sonaba del todo convencida—. Sabes, cuando estaba embarazada de Elena, tuve un insomnio terrible durante los primeros meses. Algo sobre los cambios hormonales hacía imposible dormir toda la noche.

El comentario fue casual, entregado mientras limpiaba el mostrador de la cocina, pero me golpeó como un golpe físico. ¿Lo sabía? ¿Me estaba dando una apertura para confesar?

—Eso debe haber sido difícil —logré decir.

—Lo fue. Pero hablar de ello ayudó. A veces mantener los síntomas del embarazo en secreto los empeora, especialmente cuando eres joven y estás asustada.

Ahí estaba: una invitación directa para compartir la verdad. La tía Carmen estaba ofreciendo comprensión y apoyo sin juicio, exactamente lo que necesitaba desesperadamente.

No pude obligarme a correr el riesgo.

—No estoy embarazada —dije firmemente—. Solo estoy estresada por la escuela.

Asintió y no presionó el tema, pero la sorprendí observándome más de cerca durante los días siguientes. El escrutinio me hizo aún más cuidadosa sobre ocultar mi condición, pero también más ansiosa sobre cuánto tiempo podría mantener el engaño.

Para mi cuarto mes, los cambios físicos se estaban volviendo imposibles de ocultar. Mi cintura se había engrosado notablemente, y mis senos habían crecido lo suficiente como para que necesitara comprar ropa nueva y más holgada. Comencé a usar suéteres demasiado grandes y vestidos sueltos, alegando que el estilo era más cómodo y de moda.

Fueron los antojos de comida los que casi me delataron.

Desarrollé una necesidad intensa, casi obsesiva, de piña: piña fresca, piña enlatada, jugo de piña, cualquier cosa que tuviera ese sabor particular agridulce. Me despertaba en medio de la noche desesperadamente antojando la fruta, a veces caminando al mercado al amanecer para comprar las piezas más frescas disponibles.

—Gracias a Dios vivimos en una isla tropical —me murmuré a mí misma después de una sesión de antojos particularmente intensa, inconscientemente haciendo eco de lo que mi madre había dicho sobre sus propios antojos de embarazo años atrás.

La ironía no se me escapó de que estaba agradecida por la vida en la isla incluso mientras me escondía de las responsabilidades sobrenaturales que la herencia isleña me había dado.

Marcus había tenido razón en que Michael merecía saber, pero estaba aterrorizada de su reacción. ¿Estaría feliz por el bebé? ¿Enojado de que lo hubiera mantenido en secreto durante tanto tiempo? ¿Ofrecería casarse conmigo, aunque ambos éramos todavía adolescentes sin medios para mantener una familia?

Peor aún, ¿esperaría que abandonara mi llamado sobrenatural para enfocarme en responsabilidades familiares convencionales?

Pasé la semana ensayando diferentes maneras de dar la noticia, pero ninguna de ellas se sentía adecuada para la magnitud de lo que necesitaba comunicar.

Capítulo 14: Viaje a Casa

La decisión de regresar a casa llegó repentinamente, desencadenada por un sueño tan vívido y urgente que me desperté con lágrimas corriendo por mi rostro y las palabras de mi bisabuelo resonando en mi mente: —No hay más tiempo para vacilaciones. El ritual debe realizarse durante la próxima luna oscura, o todo estará perdido—.

Había calculado las fechas obsesivamente. La próxima luna oscura ocurriría en poco más de dos semanas: apenas suficiente tiempo para viajar a casa, prepararme para el peligroso trabajo sobrenatural, y de alguna manera encontrar una manera de contarles a mis padres sobre el embarazo que ahora era imposible de ocultar bajo incluso la ropa más holgada.

Más que la urgencia sobrenatural, sentía una necesidad desesperada de ver a Michael nuevamente y tener la conversación sobre nuestro futuro que la distancia había hecho imposible de completar. Nuestro fin de semana juntos en la capital había planteado más preguntas de las que había respondido, y no podía enfrentar las enormes decisiones que tenía por delante sin saber dónde realmente estábamos parados.

—Necesito ir a casa por unos días —le dije a la tía Carmen durante el desayuno, tratando de mantener mi voz casual—. Hay algunos asuntos familiares que necesito atender.

Levantó la vista de alimentar a la bebé Sofía, su expresión inmediatamente preocupada. —¿Está todo bien? ¿Tus padres están bien?

—Todos están bien —le aseguré, lo cual era técnicamente cierto si no contabas las crisis sobrenaturales y los embarazos secretos—. Solo necesito manejar algunos asuntos personales que no pueden hacerse por carta.

—Por supuesto —dijo, aunque pude ver preguntas en sus ojos que era demasiado educada para expresar—. ¿Cuándo estabas pensando en irte?

—Esta tarde, si es posible. Sé que es con poco aviso, pero el momento es importante.

La tía Carmen estudió mi rostro con la mirada perceptiva que me había estado incomodando durante semanas. —Sabes, has parecido diferente últimamente. Más ansiosa, más reservada. Si hay algo de lo que necesites hablar...

—Aprecio tu preocupación —dije, forzando una sonrisa—. De verdad. Pero esto es algo que necesito manejar en casa.

Asintió, aunque su expresión permaneció preocupada. —Bueno, siempre eres bienvenida aquí, sin importar qué tipo de asuntos personales necesites atender. Espero que sepas eso.

La amabilidad en su voz casi rompió mi resolución de mantener mis secretos. La tía Carmen no había sido nada más que generosa y solidaria durante mis meses en la capital, y odiaba pagar esa amabilidad con engaño y partidas repentinas.

Pero algunas conversaciones solo podían tenerse en ciertos lugares, con ciertas personas, y esta era una de ellas.

Empaqué rápidamente, llevando solo artículos esenciales y dejando la mayoría de mis materiales universitarios atrás. Si las cosas salían mal, si mis padres reaccionaban a mi embarazo prohibiéndome regresar a la escuela, necesitaría que la tía Carmen enviara el resto de mis pertenencias después.

El viaje en autobús a casa se sintió tanto interminable como demasiado corto. Cuatro horas de carreteras de montaña y autopistas costeras, observando paisajes familiares rodar por la ventana mientras mi mente corría con anticipación y pavor.

¿Qué le diría a Michael? ¿Cómo le explicaría que nuestro futuro romántico estaba complicado no solo por un embarazo inesperado sino también por responsabilidades sobrenaturales que literalmente podrían costarme la vida?

¿Qué les diría a mis padres cuando inevitablemente notaran mi condición? ¿Cómo podría hacerles entender que su visión cuidadosamente planeada de mi futuro había sido descarrilada por fuerzas más allá del control de cualquiera?

¿Y qué le diría a Abuela cuando se diera cuenta de que había regresado para realizar el ritual peligroso que podría liberar las almas atrapadas, pero también podría dejar huérfano a mi hijo no nacido?

Para cuando el autobús se detuvo en la estación familiar en nuestro pequeño pueblo, me sentía enferma de ansiedad que no tenía nada que ver con síntomas de embarazo.

El calor de la tarde me golpeó como una fuerza física cuando bajé del autobús con aire acondicionado. Los olores familiares de aire salado y vegetación tropical deberían haber sido reconfortantes, pero en su lugar parecían llevar una corriente subyacente de tensión sobrenatural que hacía que mi piel se erizara con inquietud.

Algo había cambiado en la isla durante mis meses fuera. La atmósfera espiritual se sentía más densa, más opresiva, como si la corrupción sobre la que me habían advertido estuviera de hecho propagándose más allá de sus límites originales.

Podía sentir almas perdidas vagando en mayor número que antes, su confusión y desesperación creando un zumbido de fondo de angustia psíquica que solo alguien con mis habilidades podía percibir. Pero más perturbador que su aumento en número era su condición: muchas de ellas mostraban signos de la corrupción espiritual que transformaba espíritus benevolentes en entidades malevolentes.

Las fuerzas oscuras que habían estado atrapando y retorciendo almas durante décadas claramente estaban ganando fuerza.

Marcus me estaba esperando en la estación de autobuses, habiendo intuido de alguna manera que regresaría pronto a pesar de que no había enviado aviso. Su rostro se iluminó con una sonrisa genuina cuando me vio, pero la expresión rápidamente cambió a preocupación mientras captaba mi apariencia.

—Luces cansada —dijo, abrazándome calurosamente—. Y preocupada. Y... —hizo una pausa, estudiando mi silueta con la atención cuidadosa de alguien que me había conocido toda la vida—. Diferente.

—¿Diferente cómo? —pregunté, aunque sospechaba que sabía lo que estaba notando.

—Como alguien que ha estado cargando más que solo cargas emocionales —dijo diplomáticamente—. ¿Cómo te sientes?

—Nerviosa. Abrumada. Asustada por conversaciones que necesito tener y decisiones que necesito tomar.

—¿Y el bebé?

Miré alrededor de la concurrida estación, bajando mi voz. —Creciendo. Haciendo su presencia conocida de maneras que se están volviendo más difíciles de ocultar.

—¿Ya le dijiste a Michael?

—Hablamos cuando visitó la capital, pero no sobre... todo. Hay complicaciones de las que no estaba lista para discutir.

Marcus asintió, entendiendo sin necesidad de explicaciones detalladas. —Ha estado preguntando por ti. Preguntándose cuándo podrías venir a casa de visita.

—¿Qué le dijiste?

—Que estabas ocupada con la vida universitaria pero que esperaba que regresaras pronto. Pensé que querrías controlar el momento de ese reencuentro tú misma.

—Gracias. Necesito verlo esta noche, pero primero probablemente debería ir a casa y enfrentar a mis padres. Van a notar los cambios en mi apariencia, y preferiría tener esa conversación en privado.

—¿Vas a decirles la verdad?

—Algo de ella. Quizás no todo de una vez.

La caminata a casa desde la estación de autobuses nos llevó a través del corazón de nuestro pequeño pueblo, pasando por el juzgado donde papá presidía cada mañana y la escuela donde mamá enseñaba a niños ansiosos sobre matemáticas y literatura. Todo lucía exactamente como lo recordaba, pero se sentía fundamentalmente diferente a través de mi perspectiva cambiada.

Ya no era la niña inocente que había partido para la universidad cuatro meses atrás. Era una mujer embarazada llevando responsabilidades sobrenaturales que podrían afectar el equilibrio espiritual de toda la isla. Las calles y edificios familiares se sentían más pequeños de alguna manera, menos significativos en el contexto de las fuerzas más grandes que estaba aprendiendo a navegar.

—¿Estás segura de que estás lista para esto? —preguntó Marcus mientras nos acercábamos a la casa de mi familia.

—No creo que nadie esté nunca listo para conversaciones como las que necesito tener —respondí—. Pero lista o no, tienen que suceder.

Mis padres estaban ambos en casa cuando llegué, sentados en el porche delantero en sus sillas favoritas y compartiendo el periódico mientras esperaban que la cena terminara de cocinarse. Levantaron la vista con sorpresa y deleite cuando me vieron caminando por el sendero.

—¡Mija! —exclamó mamá, levantándose de su silla para abrazarme—. ¡Qué sorpresa tan maravillosa! ¿Por qué no escribiste para decir que venías?

—Decidí en el último momento —dije, aceptando su abrazo y tratando de no tensarme cuando sus manos presionaron contra mi cintura engrosada—. Extrañaba a todos y quería ver cómo estaban las cosas en casa.

Papá se puso de pie más lentamente, su expresión complacida pero ligeramente desconcertada. —¿Está todo bien en la universidad? ¿No estás teniendo problemas con tus estudios?

—No, papá. Mis calificaciones están bien. Solo necesitaba un descanso de la vida en la ciudad.

Pero incluso mientras hablaba, podía verlos a ambos estudiando mi apariencia con la atención cuidadosa de padres que conocían a su hija mejor que nadie más en el mundo. La expresión de mamá, en particular, estaba volviéndose cada vez más preocupada.

—Luces cansada, mi amor —dijo gentilmente—. Y has ganado peso. ¿Estás comiendo apropiadamente? ¿Haciendo suficiente ejercicio?

—La comida universitaria es diferente de la comida casera —dije, lo cual era cierto pero inadecuado—. He estado estudiando mucho y no moviéndome tanto como solía.

—Mmm. —El tono de mamá sugería que no estaba del todo convencida por mi explicación—. Bueno, estás en casa ahora. Te alimentaremos apropiadamente y nos aseguraremos de que descanses mucho antes de que regreses a la escuela.

La suposición de que definitivamente regresaría a la universidad hizo que mi estómago se contrajera con culpa. Dependiendo de cómo se desarrollaran los próximos días, continuar mi educación podría volverse imposible.

Pasamos la tarde poniéndonos al día con noticias locales y chismes familiares, evitando cuidadosamente cualquier mención de temas sobrenaturales o relaciones románticas. Me enteré de que la pesca había sido pobre últimamente, que varias familias habían reportado sueños extraños y fenómenos inexplicables, y que Abuela había estado pasando más tiempo de lo usual realizando lo que llamaba —mantenimiento espiritual— alrededor del pueblo.

—Se está haciendo vieja —dijo mamá con obvia preocupación—. Creo que todos esos años de contar historias de fantasmas y practicar remedios populares finalmente la están alcanzando. A veces la encuentro deambulando por la noche, alegando que está revisando cosas que solo ella puede ver.

—Quizás solo está inquieta —sugerí cuidadosamente—. Algunas personas mayores tienen problemas para dormir.

—Quizás —estuvo de acuerdo mamá, pero su expresión permaneció preocupada—. Solo me preocupa que se esté volviendo... confundida... sobre la diferencia entre sus historias y la realidad.

Si tan solo supiera cuán completamente invertida estaba esa preocupación.

Después de la cena, me excusé para visitar a Abuela, alegando que quería escuchar sus últimos cuentos y ver cómo se sentía. Mis padres aprobaron mi atención a los ancianos de la familia, aunque me advirtieron que no alentara lo que veían como su creciente excentricidad.

Encontré a Abuela en su jardín, cuidando sus hierbas a la luz de una lámpara a pesar de la hora tardía. Levantó la vista cuando me acerqué, y pude ver inmediatamente que me había estado esperando.

—Has venido a casa —dijo simplemente—. Bien. No queda mucho tiempo.

—¿Para el ritual?

—Para muchas cosas. La corrupción espiritual se está propagando más rápido de lo que anticipé. Varias almas más han sido retorcidas en entidades malevolentes solo esta semana. Si no actuamos durante la próxima luna oscura, el equilibrio podría inclinarse más allá de nuestra capacidad de restaurarlo.

Me senté junto a ella en el banco de madera familiar, respirando los aromas reconfortantes de cilantro y menta que habían perfumado mi infancia.

—Abuela, hay algo que necesito decirte. Algo que podría cambiar si puedo intentar este ritual.

Se giró para mirarme directamente, su rostro curtido amable pero serio. —Estás embarazada.

La declaración no era una pregunta, y me golpeó con la fuerza de la certeza absoluta. —¿Cómo lo supiste?

—He sido partera durante más de cincuenta años, mi niña. Conozco las señales. Más importante, puedo sentir los cambios espirituales que el embarazo trae a alguien con tus habilidades.

—¿Qué tipo de cambios?

—Tu poder se está intensificando a medida que el bebé crece, pero también se está volviendo más inestable. La vida que llevas está amplificando tus dones naturales mientras simultáneamente los hace más difíciles de controlar.

Eso explicaba la naturaleza impredecible de mis encuentros sobrenaturales recientes. —¿Eso hace el ritual más peligroso o menos peligroso?

—Ambos —dijo sombríamente—. Tu poder aumentado podría hacer posible romper lazos que normalmente serían demasiado fuertes para que alguien de tu edad los maneje. Pero la inestabilidad de ese poder también hace más probable que algo pueda salir catastróficamente mal.

—¿Entonces crees que no debería intentarlo?

Abuela permaneció en silencio por un largo momento, mirando sus manos dobladas en su regazo. —Creo que eres la única que puede intentarlo —dijo finalmente—. Y creo que si no lo haces, tanto tú como tu bebé enfrentarán peligros mucho peores que cualquier cosa que el ritual pueda traer.

—¿Qué quieres decir?

—Los espíritus corrompidos saben sobre tu embarazo. Pueden sentir la nueva vida que llevas, y la ven como un premio digno de reclamar. Si el equilibrio espiritual continúa deteriorándose, eventualmente se liberarán de los límites que actualmente los contienen. Cuando eso suceda, vendrán por tu hijo.

El pensamiento de entidades sobrenaturales amenazando a mi bebé no nacido envió un escalofrío de puro terror a través de mí. —Entonces tengo que realizar el ritual.

—Tienes que decidir qué estás dispuesta a arriesgar y qué estás dispuesta a sacrificar —corrigió—. Nadie puede tomar esa decisión por ti.

—¿Pero me ayudarás a prepararme, si decido seguir adelante con esto?

—Te daré cada gramo de conocimiento y protección que pueda proporcionar —prometió—. Pero mija, debes saber: si intentas este ritual y lo sobrevives, tu vida nunca será la misma. Serás marcada como una Guardiana poderosa, lo que significa que otras entidades sobrenaturales te buscarán para pedir ayuda, para conflicto, o para destrucción. No es una carga que puedas dejar una vez que la hayas recogido.

—¿Y si no lo intento?

—Entonces la corrupción espiritual continuará propagándose hasta que consuma toda la isla. Tu hijo crecerá en un mundo donde el mal ha triunfado, donde el límite entre la vida y la muerte ha sido destrozado más allá de la reparación.

Mientras caminaba a casa a través de las calles familiares de mi infancia, llevaba el peso de una decisión imposible. Mañana, tendría que decirle a Michael sobre el embarazo y la crisis sobrenatural que se estaba gestando a nuestro alrededor. Tendría que encontrar una manera de explicarles a mis padres por qué su visión cuidadosamente planeada de mi futuro podría necesitar ser abandonada.

Y tendría que decidir si era lo suficientemente valiente, o lo suficientemente tonta, para arriesgar todo lo que amaba por el bien de almas que nunca había conocido y un equilibrio espiritual que apenas estaba comenzando a entender.

La luna oscura estaba a menos de dos semanas de distancia.

El tiempo se estaba acabando para la vacilación, y se estaba acabando para el lujo de la incertidumbre.

Cualquiera que fuera la decisión que tomara, tendría que tomarla pronto.

Capítulo 15: Sueños Destrozados

Me encontré con Michael en nuestro lugar habitual junto a la laguna justo cuando el sol se estaba poniendo, pintando el agua en tonos de dorado y carmesí que deberían haber sido románticos, pero se sentían ominosos dada la conversación que necesitaba tener. Estaba sentado en nuestras rocas favoritas, rasgueando su guitarra suavemente y tarareando una melodía que no reconocí.

Cuando me vio acercarme, su rostro se iluminó con alegría genuina, y dejó la guitarra a un lado para abrazarme con un entusiasmo que hizo que mi corazón doliera con culpa por todos los secretos que había estado guardando.

—No puedo creer que estés aquí —dijo, sosteniéndome cerca y respirando el aroma de mi cabello—. Te he extrañado tanto. Cuatro meses se sintieron como cuatro años.

—Yo también te extrañé —respondí, y eso al menos era completamente cierto.

Nos sentamos juntos en las rocas, observando los últimos rayos de sol danzar sobre la superficie de la laguna, ambos contentos por un momento de simplemente estar en la presencia del otro sin la presión de conversaciones difíciles.

Pero eventualmente, el peso de las verdades no dichas se volvió demasiado pesado para ignorar.

—Michael —comencé cuidadosamente—, hay cosas de las que necesitamos hablar. Cosas importantes que afectarán ambos nuestros futuros.

—Lo sé —dijo, su expresión volviéndose seria—. He estado pensando en nuestra conversación en la capital, sobre matrimonio y familia y hacer planes juntos. Yo también tengo algunas cosas que decirte.

Algo en su tono hizo que mi estómago se apretara con inquietud. —¿Qué tipo de cosas?

Permaneció en silencio por un momento, mirando fijamente al agua con una expresión que no pude leer. —Quizás deberías ir primero tú. ¿Qué necesitabas decirme?

Respiré profundamente, reuniendo coraje para la revelación que cambiaría todo entre nosotros. —Estoy embarazada, Michael. Vamos a tener un bebé.

Las palabras colgaron en el aire entre nosotros como un puente que podría conectarnos o colapsar bajo el peso de sus implicaciones.

La reacción de Michael no fue lo que había esperado.

En lugar de sorpresa o alegría o incluso preocupación, su rostro se volvió completamente blanco, y dejó caer su cabeza en sus manos con lo que sonó como un gemido de desesperación.

—Dios mío —susurró—. Esto es... esto complica todo.

—¿Complica qué? —pregunté, aunque algo frío y pesado se estaba asentando en mi pecho.

Me miró entonces, y vi algo en sus ojos que nunca había visto antes: culpa tan profunda que lo hacía parecer un extraño.

—Hay algo que debería haberte dicho cuando visité la capital —dijo lentamente—. Algo que he estado tratando de descubrir cómo explicar.

—¿Qué?

—Después de que te fuiste a la universidad, estaba solo. Confundido. Te extrañaba tanto que se sentía como un dolor físico, pero también sabía que cuatro años era mucho tiempo para esperar, y que la universidad te expondría a oportunidades y personas con las que nunca podría competir.

Una certeza terrible estaba comenzando a formarse en mi mente, pero me obligué a escuchar sin interrumpir.

—Martha vino a verme aproximadamente un mes después de que te fuiste —continuó, su voz apenas audible sobre el suave golpeteo de las olas contra la orilla—. Dijo que había escuchado que estaba solo e infeliz, y ofreció... consuelo.

Martha. Su ex novia, la hija del alcalde, hermosa y sofisticada y todo lo que yo nunca sería.

—¿Qué tipo de consuelo? —pregunté, aunque ya sabía la respuesta.

—Comenzamos a pasar tiempo juntos. Solo hablando al principio, sobre ti y sobre cuánto ambos extrañábamos tener a alguien a quien cuidar. Pero luego... —Se detuvo, incapaz o no dispuesto a completar el pensamiento.

—Pero luego se convirtió en más que hablar —terminé por él.

—Sí.

La simple palabra me golpeó como un golpe físico. Sentí el aliento salir de mis pulmones y luché por recuperarlo.

—¿Cuánto más?

—Ella también está embarazada —dijo con una voz tan baja que casi no pude escucharlo—. Nos casamos hace tres semanas.

El mundo se inclinó de lado. Las rocas familiares debajo de mí se sintieron de repente inestables, la laguna pacífica transformada en algo alienígena y amenazante. Podía escuchar los latidos de mi corazón retumbando en mis oídos, ahogando los sonidos normales de la tarde de pájaros y agua y viento.

—Casados —repetí estúpidamente.

—Iba a decirte cuando visité la capital, pero no pude encontrar las palabras. Y luego cuando parecías tan feliz de verme, cuando hablamos sobre construir un futuro juntos... —Levantó la vista hacia mí con ojos llenos de lágrimas—. Lo siento tanto. Nunca quise que nada de esto sucediera.

—Estás casado —dije de nuevo, como si la repetición pudiera de alguna manera hacer que las palabras tuvieran sentido—. Con Martha. Quien está embarazada de tu hijo.

—Sí.

—Mientras yo estoy embarazada de tu hijo.

—Sí.

La magnitud de la traición era tan completa, tan devastadora, que no podía procesarla toda a la vez. Mi mente seguía tratando de encontrar maneras de hacer que sus palabras significaran algo diferente de lo que claramente significaban.

—Pero me amas —dije desesperadamente—. Dijiste que me amabas.

—Te amo —dijo, extendiendo la mano hacia la mía—. Siempre te amaré. Pero el amor no es suficiente para resolver esta situación.

Retiré mi mano de su toque como si me hubiera quemado. —¿El amor no es suficiente? ¿Qué más hay?

—Responsabilidad —dijo firmemente—. Martha ya tiene tres meses de embarazo. Su padre sabe sobre el bebé y ha dejado claro que me casaré con su hija y proveeré para su nieto, o me encontraré enfrentando problemas legales que podrían destruir la granja de mi familia.

—Entonces la elegiste a ella porque era más fácil.

—La elegí a ella porque tuve que hacerlo —corrigió—. Porque la supervivencia de mi familia dependía de ello. Porque su padre tiene el poder de arruinar a todos los que me importan si no hago lo que espera.

—¿Y qué hay de mí? ¿Qué hay de nuestro bebé?

Michael permaneció en silencio por un largo momento, mirando sus manos. —Proveeré apoyo financiero —dijo finalmente—. Lo que sea que pueda manejar sin despertar sospechas. Y siempre estaré ahí si necesitas ayuda o protección.

—Apoyo financiero —repetí, mi voz elevándose con ira e incredulidad—. ¿Crees que el dinero es lo que necesito de ti?

—No sé qué más puedo ofrecer —dijo miserablemente—. Ya estoy casado. No puedo deshacer eso, incluso si quisiera.

—¿Quieres hacerlo?

Otro largo silencio. —Ya no importa lo que yo quiera. Solo importa lo que es posible.

Me puse de pie abruptamente, necesitando distancia de él y de la forma casual en que estaba discutiendo la destrucción de todo lo que había creído sobre nuestro futuro.

—Eres un cobarde —dije, sorprendida por la firmeza de mi propia voz—. No pudiste esperar cuatro años a que terminara la universidad, así que te arrastraste de vuelta a tu ex novia por consuelo. Y cuando ese consuelo resultó en consecuencias, tomaste el camino fácil en lugar de luchar por lo que decías amar.

—No es tan simple...

—Es exactamente así de simple —interrumpí—. Tuviste una elección entre fácil y correcto, y elegiste fácil. Tuviste una elección entre enfrentarte al padre de Martha y proteger la comodidad de tu familia, y elegiste la comodidad.

—¿Y qué habrías querido que hiciera? —preguntó, su propia ira finalmente mostrándose—. ¿Negarme a casarme con Martha y ver a mi familia perderlo todo? ¿Dejarla tener un hijo sola mientras esperaba a que decidieras si siquiera querías volver a este pequeño pueblo?

—Habría querido que confiaras en mí lo suficiente como para decirme la verdad —dije—. Habría querido que creyeras que el amor podría superar obstáculos en lugar de rendirte a la primera señal de dificultad.

—El amor no supera la pobreza —dijo amargamente—. El amor no supera la presión social y el poder político. El amor no pone comida en la mesa ni mantiene a los acreedores lejos de apoderarse de la tierra de tu familia.

—Entonces supongo que tenemos definiciones muy diferentes del amor —dije.

La ira se sentía más limpia que la angustia, dándome fuerza para decir lo que necesitaba ser dicho.

—Felicitaciones por tu matrimonio —continué con toda la dignidad que pude reunir—. Espero que tú y Martha sean muy felices juntos. Y espero que tu hijo crezca sabiendo que su padre es alguien que honra sus compromisos y respalda sus decisiones.

—¿Qué hay de nuestro hijo? —preguntó en voz baja.

—Nuestro hijo crecerá sabiendo que su padre fue alguien que hizo promesas que no cumplió y eligió la conveniencia sobre el coraje cuando más importaba.

Me di la vuelta para irme entonces, antes de que las lágrimas que amenazaban pudieran caer frente a él.

—Espera —me llamó—. Necesitamos descubrir cómo manejar esta situación. La gente hará preguntas cuando vean que estás embarazada. Habrá chismes y especulaciones.

—Que chismeen —dije sin girarme—. Manejaré mi situación de la misma manera que tú manejaste la tuya: haciendo las mejores elecciones que pueda con las opciones disponibles para mí.

—¿Qué significa eso?

—Significa que ya no tienes derecho a opinar sobre mis decisiones, Michael. Renunciaste a ese derecho cuando decidiste que nuestro futuro era menos importante que tu comodidad.

Me alejé entonces, dejándolo sentado junto a la laguna con su guitarra y su culpa y su traición cuidadosamente racionalizada.

La caminata a casa pasó en una nube de shock y rabia y dolor tan profundo que se sentía como ahogarme. Para cuando llegué a la casa de mi familia, las lágrimas fluían libremente, y tuve que sentarme en los escalones del frente por varios minutos para componerme lo suficiente como para enfrentar a mis padres.

Pero lo peor no era la traición en sí misma: era la comprensión de que Michael probablemente tenía razón sobre una cosa. El amor no era suficiente para superar todos los obstáculos. A veces las consideraciones prácticas y las presiones sociales y las responsabilidades familiares sí importaban más que los ideales románticos.

Lo que significaba que todo lo que había creído sobre mi futuro, todo lo que había planeado y esperado, había sido construido sobre fundamentos que eran mucho más frágiles de lo que jamás había imaginado.

Tenía diecisiete años, estaba embarazada y completamente sola.

El llamado sobrenatural que había estado tratando de equilibrar contra la vida familiar convencional de repente parecía el único terreno sólido que me quedaba para pararme.

Al menos el mundo espiritual no hacía promesas que no podía cumplir.

Al menos los fantasmas y demonios eran honestos sobre sus intenciones.

Mientras finalmente me ponía de pie y entraba a la casa para enfrentar las conversaciones que me esperaban allí, sentí que algo fundamental cambiaba dentro de mí. La parte de mí que había estado aferrándose a sueños de vida adolescente normal, romance normal, problemas normales con soluciones normales, finalmente se dejó ir.

Si iba a sobrevivir lo que venía —el embarazo, la crisis familiar, el ritual sobrenatural que podría salvar o destruir todo lo que me importaba— tendría que hacerlo en mis propios términos, con mi propia fuerza, guiada por mi propia comprensión de lo que era correcto y necesario.

Michael me había enseñado una lección importante, aunque no la que había intentado.

A veces las personas que más amas son las que más profundamente te lastiman.

Y a veces la única persona en la que realmente puedes confiar es en ti misma.

Capítulo 16: El Fantasma Que Sabía Mi Nombre

Esa noche, después de la revelación devastadora del matrimonio de Michael, yacía en mi cama de la infancia mirando el techo y sintiendo como si todo mi mundo se hubiera colapsado a mi alrededor. Los sonidos familiares del hogar —la conversación tranquila de mis padres en la habitación contigua, el distante estrellarse de las olas contra la orilla, el susurro de las hojas de palma en los vientos alisios— se sentían como ecos de la vida de alguien más.

Estaba embarazada, abandonada, y enfrentando responsabilidades sobrenaturales que literalmente podrían matarme. El futuro romántico que había imaginado se había ido, reemplazado por duras realidades para las que no estaba ni remotamente preparada para manejar.

Pero el mundo espiritual, parecía, no tenía interés en mi crisis emocional.

A las tres de la madrugada exactamente, fui despertada por una presencia en mi habitación que se sentía diferente de cualquier encuentro sobrenatural que hubiera experimentado antes. Esto no era un alma perdida buscando guía o un espíritu corrompido tratando de manipularme. Esto era algo más antiguo, más poderoso, y mucho más peligroso.

La temperatura en la habitación bajó notablemente, mi aliento volviéndose visible en pequeñas bocanadas de vapor a pesar del clima tropical. La oscuridad parecía espesarse, volviéndose casi sólida, presionando sobre mí con un peso que hacía difícil respirar.

Y entonces habló.

—Sé tu nombre, Guardiana.

La voz venía de todas partes y de ninguna, rodeándome como agua, penetrando no solo mis oídos sino toda mi conciencia. Era masculina, antigua, y llevaba una autoridad que hablaba de siglos de poder acumulado.

Me senté en la cama, mi corazón latiendo con fuerza, y traté de mirar a través de la oscuridad sobrenatural que había llenado mi habitación. —¿Quién eres?

—Soy el que ha estado esperando a que regreses a casa. El que ha estado observando tu desarrollo con gran interés. El que ha estado... anticipando... nuestro encuentro.

Lentamente, una figura comenzó a materializarse en la esquina lejana de mi habitación. Al principio era solo una sugerencia de forma en la oscuridad, pero gradualmente tomó más sustancia y detalle.

Era alto e imponente, vestido con ropa que parecía venir del período colonial: un largo abrigo oscuro, camisa blanca con volantes, y botas que llegaban casi hasta sus rodillas. Su rostro era aristocrático, con pómulos afilados y ojos que brillaban con inteligencia y malevolencia en igual medida.

Pero había algo mal con su apariencia que iba más allá del hecho obvio de que estaba muerto. Sus bordes parecían desdibujarse y cambiar, como si su forma no pudiera mantener estabilidad en el mundo físico. Y el aire a su alrededor llevaba el aroma metálico de sangre vieja.

—Eres tú —dije, la comprensión fluyendo a través de mí con horrible claridad—. Eres el practicante de vudú. El que atrapó todas esas almas.

—Qué término tan feo, 'practicante de vudú' —dijo con una sonrisa que revelaba dientes demasiado afilados para anatomía humana—. Prefiero pensar en mí mismo como un erudito del poder espiritual. Un investigador de las conexiones ocultas entre la vida y la muerte.

—Eres el que mi bisabuelo murió tratando de detener.

—Efectivamente. Un hombre valiente, tu ancestro. Tonto, pero valiente. Llegó muy cerca de interrumpir mi trabajo antes de que arreglara su... accidente.

La rabia fluyó a través de mí ante la admisión casual de asesinato. —Lo mataste.

—Eliminé una amenaza para mi investigación —corrigió—. Así como eliminé otras amenazas a lo largo de los años. La autopreservación es un instinto natural, incluso para aquellos de nosotros que ya no calificamos técnicamente como vivos.

Intenté invocar los rituales de protección que Abuela me había enseñado, pero algo estaba interfiriendo con mi capacidad de concentrarme. La presencia de la entidad parecía interrumpir mi concentración, haciendo imposible formar las barreras espirituales que necesitaba.

—No te molestes con tus pequeñas protecciones —dijo, aparentemente consciente de mis intentos de protegerme—. Soy demasiado poderoso para defensas tan básicas. Además, no he venido aquí para hacerte daño. Todo lo contrario, de hecho.

—¿Qué quieres?

—Hacerte una oferta. Una proposición que podría resolver todos tus problemas actuales mientras me proporciona la asistencia que requiero.

Se acercó más a mi cama, su forma volviéndose más sólida y amenazante con cada paso. —Verás, he estado observando tu desarrollo como Guardiana con gran admiración. Tu poder natural es excepcional, particularmente para alguien tan joven. Y tus recientes... dificultades personales... te han dejado en una posición donde mi oferta podría parecer bastante atractiva.

—¿Qué tipo de oferta?

—Puedo darte todo lo que has perdido y más. Amor que nunca te traicionará. Seguridad para ti y tu hijo. Poder más allá de cualquier cosa que los métodos tradicionales de tu familia pudieran proporcionar. Todo lo que pido a cambio es tu cooperación con mi trabajo.

—¿Tu trabajo de atrapar y torturar almas?

—Mi trabajo de aprovechar energía espiritual para propósitos prácticos —corrigió suavemente—. Las almas que reúno sirven a un bien mayor: proporcionan el poder necesario para mantener el equilibrio entre mundos, para prevenir que el caos consuma tanto a los vivos como a los muertos.

—Eso no es lo que mi bisabuelo creía.

—Tu bisabuelo era un tradicionalista que no podía ver más allá de los confines estrechos de sus prejuicios heredados. Pensaba que el poder espiritual solo debería usarse para propósitos 'buenos', sin entender que el bien y el mal son simplemente constructos humanos que no tienen significado en el orden cósmico más grande.

La entidad había alcanzado mi mesita de noche ahora, y podía verlo en horrible detalle. Su rostro era apuesto en un sentido clásico, pero había algo fundamentalmente equivocado con sus ojos: tenían profundidades que hablaban de conocimiento que ninguna persona viva debería poseer y hambres que nunca podrían ser satisfechas.

—Considera tu situación —continuó conversacionalmente—. Estás embarazada de un chico que te ha abandonado por otra mujer. Tu familia estará escandalizada cuando se entere de tu condición. Tu educación será interrumpida, tus perspectivas futuras severamente limitadas. Lucharás por mantenerte a ti misma y a tu hijo, probablemente pasando el resto de tu vida en pobreza y desgracia social.

Cada palabra me golpeó como un golpe físico porque todas eran verdaderas. —¿Y estás ofreciendo cambiar eso?

—Estoy ofreciendo darte poder que hará que tales preocupaciones sean irrelevantes. Une tus habilidades a las mías, ayúdame a reunir la energía espiritual que necesito para completar mi gran trabajo, y me aseguraré de que tú y tu hijo no carezcan de nada. Amor, riqueza, respeto, influencia: todo puede ser tuyo.

—¿Y el costo?

—Meramente unas pocas almas que ya están sufriendo, ya perdidas. En lugar de ayudarlas a cruzar a cualquier dudoso más allá que les espera, me ayudarías a canalizar su energía hacia propósitos más prácticos. Servirían a una causa mayor que su propia paz.

La tentación era real y aterradora. Después de la traición de Michael, después de la comprensión devastadora de que el amor no era suficiente para superar obstáculos prácticos, la idea de poder que pudiera remodelar la realidad a mi voluntad era casi irresistible.

—¿Qué garantía tengo de que cumplirías tus promesas? —pregunté.

—¿Qué garantía tienes de que algo en la vida saldrá de la manera que esperas? —contrarrestó—. Al menos con mi oferta, tendrías el poder para imponer tus deseos en lugar de depender de la buena voluntad incierta de otros.

Pensé en las promesas rotas de Michael, en la inevitable decepción de mis padres, en el futuro precario que enfrentaba como madre adolescente soltera. La oferta de la entidad prometía resolver todos esos problemas con eficiencia sobrenatural.

Pero luego pensé en Isabel, la joven mujer que había estado atrapada durante décadas después de morir en un huracán, desesperada por nada más que paz y reunión con su familia. Pensé en Manuel, el granjero asesinado luchando contra la ira que amenazaba con corromper su alma. Pensé en todos los espíritus perdidos a los que había ayudado a cruzar durante mis meses en la capital, la gratitud en sus voces cuando finalmente encontraban el camino a lo que viniera después.

—No —dije firmemente—. No te ayudaré a torturar almas por poder.

Su rostro apuesto se retorció en una expresión de rabia que reveló al verdadero monstruo bajo el exterior civilizado. —¿Me rechazas? ¿Tú, una niña embarazada sin perspectivas y sin futuro, rechazas la oferta de tu vida?

—Me niego a convertirme en el tipo de persona que usa el sufrimiento de otros para ganancia personal.

—Entonces eres aún más tonta que tu bisabuelo —gruñó—. Y como él, descubrirás que las intenciones nobles son pobre protección contra las consecuencias prácticas.

La temperatura en la habitación comenzó a bajar aún más, y pude ver mi aliento formando cristales de hielo en el aire. La forma de la entidad se estaba volviendo menos humana y más monstruosa, revelando al depredador sobrenatural que acechaba bajo su fachada civilizada.

—Te arrepentirás de esta decisión —dijo, su voz ahora llevando matices que hacían que mis huesos dolieran—. He sido paciente durante décadas, reuniendo poder lenta y cuidadosamente. Pero mi paciencia tiene límites, y acabas de excederlos.

—¿Me estás amenazando?

—Te estoy prometiendo —respondió, su forma comenzando a desvanecerse de vuelta en la oscuridad sobrenatural—. Si no te unirás a mí voluntariamente, encontraré otras maneras de obtener lo que necesito. Y cuando lo haga, descubrirás que tus nobles principios proporcionan pobre consuelo cuando todo lo que amas está destruido.

—Sal de mi habitación —dije, encontrando fuerza que no sabía que poseía—. Sal de mi casa. No eres bienvenido aquí.

—Voy donde elijo, Guardiana. Pero tienes razón en que esta conversación ha llegado a su conclusión. Por ahora.

Desapareció entonces, llevándose el frío antinatural y la oscuridad opresiva con él, dejándome sola en mi habitación familiar con solo el aroma persistente de sangre vieja para probar que el encuentro había sido real.

Me senté allí temblando por varios minutos, procesando lo que acababa de suceder. El practicante de vudú que había sido el tema de tantas leyendas familiares no era solo una figura histórica: era una amenaza sobrenatural activa. Había estado observándome, estudiando mi desarrollo, esperando el momento correcto para hacer su acercamiento.

Y me había ofrecido todo lo que pensaba que quería —amor, seguridad, poder, libertad de las consecuencias de mis decisiones— a cambio de traicionar todo lo que creía sobre lo correcto y lo incorrecto.

El hecho de que hubiera sido tentada, incluso brevemente, me aterrorizaba casi tanto como sus amenazas.

Más inmediata que mis preocupaciones filosóficas era la comprensión práctica de que ahora estaba activamente opuesta a una entidad con siglos de poder acumulado e inteligencia malévola. Había matado a mi bisabuelo por interferir con su trabajo. ¿Qué me haría a mí por negarme a ayudarlo?

Necesitaba hablar con Abuela inmediatamente.

Me escabullí de la casa tan silenciosamente como fue posible, agradecida por años de práctica escapándome para encuentros románticos junto a la laguna. El aire nocturno se sentía cálido y acogedor después del frío sobrenatural que había llenado mi habitación, y los sonidos familiares de insectos y olas ayudaron a anclarme en la realidad normal.

Mientras caminaba por el pueblo dormido hacia la casa de Abuela, me di cuenta de que no estaba sola.

Otros espíritus me estaban siguiendo —no las almas perdidas buscando guía a las que estaba acostumbrada, sino algo completamente diferente. Estas presencias se sentían más antiguas, más sofisticadas, llevando una conciencia que hablaba de inteligencia y propósito en lugar de confusión y necesidad.

Aceleré el paso, pero las presencias mantuvieron el ritmo fácilmente, manteniendo una distancia que sugería vigilancia en lugar de amenaza inmediata. Me estaban observando, evaluándome, reportando a alguien o algo sobre mis movimientos y condición.

Para cuando llegué a la casa de Abuela, prácticamente estaba corriendo.

La encontré sentada en su porche delantero en su mecedora, envuelta en un chal a pesar de la noche cálida y mirando fijamente a la laguna con una expresión de profunda preocupación.

—Tú también lo sentiste —dijo mientras subía los escalones, sin molestarse con saludos o explicaciones.

—Vino a mi habitación —dije sin aliento—. El practicante de vudú. El que mató a mi bisabuelo. Me ofreció poder a cambio de ayudarlo a torturar almas.

—Y lo rechazaste.

—Por supuesto que lo rechacé. Pero Abuela, era tan poderoso. Ni siquiera pude formar barreras protectoras mientras estaba allí. Y me amenazó cuando lo rechacé.

Asintió sombríamente. —Ha estado acumulando fuerza durante décadas, alimentándose de la energía espiritual de las almas que ha atrapado. Para ahora, probablemente es más poderoso de lo que cualquier Guardiana sola podría manejar.

—Entonces, ¿cómo se supone que voy a realizar el ritual para liberar esas almas? Si es demasiado fuerte para que yo luche...

—No estarás luchando contra él directamente durante el ritual —interrumpió—. La ceremonia está diseñada para cortar las conexiones entre él y sus almas cautivas de una sola vez, antes de que pueda movilizar sus defensas. Es como cortar las cuerdas de un titiritero en lugar de luchar contra el titiritero mismo.

—Pero intentará detenerme.

—Sí. Por eso el momento y la preparación son tan críticos. Necesitarás realizar el ritual durante la luna oscura, cuando su poder esté en su punto más débil. Necesitarás amuletos protectores y barreras espirituales que prepararé específicamente para este propósito. Y necesitarás completar toda la ceremonia sin vacilación ni demora.

—¿Qué pasa si no soy lo suficientemente fuerte? ¿Qué pasa si mis habilidades no están lo suficientemente desarrolladas para manejar algo tan peligroso?

Abuela se puso de pie y colocó sus manos curtidas en mis hombros, mirándome directamente a los ojos con la intensidad de alguien impartiendo conocimiento crucial.

—Mi niña, tienes más poder del que te das cuenta. El embarazo ha estado amplificando tus habilidades naturales, y tus experiencias recientes con espíritus corrompidos te han enseñado a distinguir entre entidades benevolentes y malevolentes. Más importante, tienes algo que esa entidad carece: el apoyo de tus ancestros y la bendición de fuerzas divinas que honran la compasión sobre la ambición.

—Parecía tan seguro de que podría destruirme si me oponía a él.

—La confianza y la habilidad no son lo mismo. Ha estado operando sin desafíos durante tanto tiempo que ha olvidado cómo se siente enfrentar a un oponente verdaderamente hábil. Tu bisabuelo casi lo derrotó hace décadas, y has heredado habilidades que son incluso más fuertes que las suyas.

—¿Qué hay de mi bebé? ¿Qué pasa si el ritual daña al niño que llevo?

—¿Qué pasa si negarte a realizar el ritual daña no solo a tu hijo sino a cada niño nacido en esta isla durante generaciones? —contrarrestó gentilmente—. Mi amor, no puedo decirte que el ritual está sin riesgo. No puedo prometer que saldrás de él sin cambios o sin daño. Todo lo que puedo decirte es que la alternativa —permitir que esa entidad continúe volviéndose más fuerte mientras el equilibrio espiritual se deteriora— es mucho más peligrosa para todos los que te importan.

Pasamos la siguiente hora discutiendo preparaciones prácticas para el ritual. Los materiales que necesitaría, la ubicación donde debía realizarse, las fases específicas de la ceremonia y las protecciones que me protegerían durante los momentos más peligrosos.

Mientras hablábamos, me hice cada vez más consciente de que estábamos siendo observadas. Las presencias sofisticadas que había sentido mientras caminaba por el pueblo ahora estaban reunidas alrededor de la casa de Abuela, invisibles pero innegablemente presentes.

—Tenemos una audiencia —le dije en voz baja.

—Lo sé. Han estado observándonos a ambas durante semanas. Exploradores y espías reportando a su maestro sobre nuestras actividades y preparaciones.

—¿Deberíamos estar preocupadas?

—Deberíamos ser cuidadosas —dijo—. Recuerda, pueden observar, pero no pueden interferir directamente sin gastar enormes cantidades de energía. Mientras no hagamos nada para provocarlos activamente, mantendrán su distancia.

—¿Y cuándo realice el ritual?

—Cuando realices el ritual, todas las apuestas están canceladas. Harán todo lo posible para detenerte, lo que significa que necesitarás trabajar rápida y decisivamente una vez que comiences.

Para cuando caminé a casa, el cielo oriental estaba comenzando a iluminarse con la aproximación del amanecer. Las presencias sobrenaturales que me habían estado siguiendo durante toda la noche se desvanecieron con la luz creciente, pero sabía que regresarían tan pronto como cayera la oscuridad nuevamente.

Me deslicé de vuelta a la casa y a mi cama, exhausta pero demasiado estimulada para dormir. En poco más de una semana, la luna oscura llegaría, y con ella mi oportunidad de intentar el trabajo sobrenatural más peligroso de mi vida.

Tenía diecisiete años, estaba embarazada, con el corazón roto, y enfrentando a una entidad con siglos de poder acumulado e inteligencia malévola.

También era una Guardiana, heredera de habilidades que se extendían a través de generaciones de mujeres que habían servido como guardianas de la frontera entre la vida y la muerte.

Y por primera vez desde la traición devastadora de Michael, sentí un sentido de propósito que iba más allá de mis problemas personales y dolor privado.

Pasara lo que pasara durante el ritual, cualquier precio que pudiera tener que pagar por oponerme a una oscuridad tan poderosa, lo enfrentaría con el conocimiento de que estaba luchando por algo más grande que yo misma.

Las almas atrapadas bajo el Árbol de Ceiba habían estado sufriendo durante décadas, y merecían a alguien dispuesto a arriesgarlo todo por su libertad.

Si ese alguien tenía que ser yo, que así fuera.

Estaba lista para aceptar el peso completo y la responsabilidad de mi herencia sobrenatural.

La pregunta ahora era si mi herencia sobrenatural estaba lista para mí.

Capítulo 17: Marcus y el Secreto

La siguiente mañana amaneció gris y húmeda, con nubes de tormenta reuniéndose en el horizonte y el aire espeso de humedad que parecía presionar sobre la isla como una manta pesada. Me desperté sintiendo como si no hubiera dormido en absoluto, mi cuerpo adolorido por la tensión y mi mente todavía tambaleándose por el encuentro sobrenatural de la noche.

No tenía el lujo del descanso o la recuperación. La luna oscura estaba a solo ocho días de distancia, y había preparaciones que hacer, conversaciones que tener, y decisiones que finalizar antes de que pudiera intentar el ritual que podría salvar o destruir todo lo que me importaba.

Primero en mi lista estaba contarle a Marcus sobre mi embarazo. Había sido mi amigo más cercano desde la infancia, la única persona además de Abuela que entendía tanto mi herencia sobrenatural como mis luchas personales. Si alguien podría ayudarme a navegar las elecciones imposibles que tenía por delante, sería él.

Lo encontré en los muelles, ayudando a su tío a reparar redes de pesca que habían sido dañadas por el clima difícil de la semana anterior. Levantó la vista cuando me acerqué, su rostro iluminándose con una sonrisa que rápidamente cambió a preocupación cuando vio mi expresión.

—Luces como alguien que no durmió anoche —observó, dejando la red que había estado remendando—. ¿Malos sueños?

—Malas visitas —corregí—. Necesitamos hablar. En privado.

Miró a su tío, quien estaba trabajando en otra sección de la red y no prestaba atención a nuestra conversación. —¿Puede esperar hasta que terminemos aquí? El tío Pedro necesita estas redes listas para la pesca de esta noche.

—Es importante, Marcus. Realmente importante.

Algo en mi tono lo hizo mirarme más cuidadosamente. —¿Qué tan importante?

—Importante que cambia la vida.

Sin decir otra palabra, dejó sus herramientas y le dijo a su tío que regresaría en una hora. Caminamos en silencio hacia un lugar aislado en la playa donde podíamos hablar sin ser escuchados, el ritmo familiar de las olas contra la arena proporcionando un telón de fondo reconfortante para la conversación difícil que venía.

—Entonces —dijo Marcus una vez que estuvimos acomodados en un pedazo de madera flotante que servía como nuestro banco improvisado—, ¿cuál es esta noticia que cambia la vida que no podía esperar hasta la tarde?

Había ensayado esta conversación en mi mente docenas de veces, ahora que había llegado el momento, me encontré luchando por encontrar las palabras correctas.

—¿Recuerdas cuando te conté sobre la visita de Michael a la capital? —comencé cuidadosamente.

—Sí. Dijiste que la pasaste bien juntos, que había complicaciones de las que no estabas lista para hablar.

—Bueno, ahora estoy lista para hablar de ellas. Algunas de ellas, al menos.

Marcus esperó pacientemente mientras reunía coraje para continuar.

—Estoy embarazada —dije finalmente, las palabras saliendo en una avalancha—. Michael y yo... durante su visita... y ahora voy a tener un bebé.

Por un momento, Marcus simplemente me miró, su expresión pasando por sorpresa, preocupación, y algo que podría haber sido tristeza.

—¿Cuánto tiempo lo has sabido? —preguntó finalmente.

—Unos cuatro meses. Desde antes de venir a casa.

—¿Y Michael? ¿Lo sabe?

Esta era la parte que había estado temiendo. —Se lo dije ayer. Cuando nos encontramos junto a la laguna.

—¿Y?

Respiré profundamente y me obligué a decir las palabras que hacían real la traición. —Y me dijo que se casó con Martha hace tres semanas porque ella también está embarazada de su hijo.

La reacción de Marcus fue inmediata y violenta. Se puso de pie de un salto, sus manos apretadas en puños, su rostro enrojecido con una ira que nunca había visto antes.

—Ese bastardo —dijo entre dientes apretados—. Ese cobarde y egoísta bastardo.

—Marcus...

—No —interrumpió, comenzando a caminar de un lado a otro en la arena—. No lo defiendas. No pongas excusas por él. Lo que hizo es imperdonable.

—No lo estoy defendiendo. Pero enojarse no cambiará la situación.

—Quizás no, pero me hace sentir mejor. Y ahora mismo, necesito sentirme mejor porque de lo contrario voy a caminar hasta su casa y hacer algo que probablemente me llevará a la cárcel de tu padre.

A pesar de todo, me encontré sonriendo ante su feroz protección. —Aprecio el sentimiento, pero la violencia no resolverá nada.

—Puede que no resuelva nada, pero ciertamente satisfaría algo —murmuró, finalmente sentándose de nuevo a mi lado—. ¿Cómo estás? De verdad.

—¿Honestamente? Siento como si todo mi mundo se hubiera derrumbado. Ayer pensaba que me iba a casar con Michael y construir una vida con él. Hoy soy una adolescente embarazada soltera sin perspectivas y con un llamado sobrenatural que podría matarme.

—Tienes perspectivas —dijo Marcus firmemente—. Eres inteligente, educada, y capaz de mucho más de lo que Michael jamás mereció. Esta situación es terrible, pero no es el final de tu historia.

—Fácil para ti decirlo. Tú no eres la que va a aparecer visiblemente embarazada en la misa dominical mientras todos susurran sobre qué tipo de chica se mete en tales problemas.

—Déjalos susurrar. La gente en este pueblo ha estado chismeando unos de otros durante generaciones. Encontrarán algo nuevo de qué hablar en un mes.

—¿Y qué se supone que haga mientras tanto? ¿Cómo se supone que me mantenga a mí misma y a un niño sin esposo y sin ingresos?

Marcus permaneció en silencio por un momento, considerando los desafíos prácticos que el embarazo traería. —¿Has pensado en quedarte en la capital? ¿Terminar tu educación y construir una carrera allá?

—¿Con qué dinero? Mis padres ya están sacrificándose para pagar mis gastos universitarios. No pueden permitirse mantenerme a mí y a un bebé indefinidamente.

—Entonces regresa aquí. Vive con tu familia hasta que descubras un plan a largo plazo.

—¿Y someter a mis padres a la vergüenza y el chisme que seguirá? ¿Destruir su reputación en la comunidad porque su hija no pudo mantener las piernas cerradas?

—Tus padres te aman —dijo Marcus gentilmente—. Te apoyarán una vez que superen el shock inicial.

—¿Lo harán? ¿O se sentirán obligados a enviarme lejos para evitar escandalizar a sus amigos y vecinos?

—No lo sé —admitió—. Sé que no puedes tomar decisiones basadas en el miedo de lo que otras personas podrían pensar o hacer. Solo puedes controlar tus propias elecciones y respuestas.

Nos sentamos en silencio por varios minutos, observando nubes de tormenta acumularse sobre el océano y sintiendo las primeras gotas de lluvia comenzar a caer.

—Hay algo más —dije finalmente—. Algo aún más complicado que el embarazo.

—¿Más complicado que estar embarazada de un chico que se casó con otra persona?

—Sí. Tiene que ver con mi herencia sobrenatural.

Le conté sobre los intensificados encuentros espirituales que había estado experimentando, sobre los sueños urgentes de mi bisabuelo, y sobre el ritual peligroso que estaba siendo llamada a realizar durante la próxima luna oscura.

Marcus escuchó sin interrupción, su expresión volviéndose más preocupada con cada detalle.

—Entonces déjame entender esto correctamente —dijo cuando terminé—. Estás embarazada, con el corazón roto, y te están pidiendo que arriesgues tu vida en combate sobrenatural contra una entidad que ha tenido siglos para acumular poder.

—Eso es más o menos.

—¿Y realmente estás considerando intentar este ritual?

—No creo que tenga opción. Según Abuela, si no libero esas almas atrapadas pronto, la corrupción espiritual se propagará hasta que afecte toda la isla. Incluyendo cualquier niño que nazca aquí.

—Incluyendo tu hijo.

—Sí.

Marcus permaneció en silencio por mucho tiempo, mirando la tormenta que se aproximaba y procesando todo lo que había compartido.

—¿Qué necesitas de mí? —preguntó finalmente.

La simple oferta de apoyo, sin juicio ni condiciones adjuntas, casi me hizo llorar. —No lo sé. Quizás solo alguien que conozca la verdad y no piense que estoy completamente loca por considerar esto.

—No estás loca. Aterrorizada, probablemente. Abrumada, definitivamente. Pero no loca. —Hizo una pausa, considerando sus próximas palabras cuidadosamente—. Siempre he sabido que había algo diferente en ti, algo que te conectaba con cosas que el resto de nosotros no podíamos ver o entender. Si dices que este ritual es necesario, entonces te creo.

—¿Incluso si me mata?

—Incluso si te mata. Aunque obviamente espero que no llegue a eso.

—¿Y si sobrevivo pero el bebé no? ¿Si el estrés y la energía sobrenatural dañan al niño que llevo?

—Entonces habrás tomado una decisión imposible entre responsabilidades competitivas, y tendrás que vivir con las consecuencias. Al menos habrás tomado la decisión basada en lo que creías que era correcto en lugar de lo que era fácil o seguro.

Un trueno retumbó sobre nuestras cabezas, y la lluvia comenzó a caer en serio, obligándonos a buscar refugio bajo una palmera cercana.

—Tengo miedo, Marcus —admití—. No solo del ritual, sino de todo. De ser madre soltera, de decepcionar a mis padres, de criar a un hijo sola mientras lidio con responsabilidades sobrenaturales que la mayoría de la gente ni siquiera cree que existan.

—El miedo es comprensible —dijo—. Pero no es lo mismo que la desesperanza. Tienes gente que se preocupa por ti, habilidades que te hacen especial, y fuerza que probablemente ni siquiera te das cuenta que posees.

—¿Qué pasa si no es suficiente?

—Entonces descubriremos qué hacer después. Pero ahora mismo, hoy, tiene que ser suficiente porque es todo con lo que tienes que trabajar.

La tormenta se estaba intensificando, enviando cortinas de lluvia a través de la playa y haciendo imposible continuar la conversación. Corrimos hacia el refugio del edificio más cercano, riendo a pesar de todo por nuestra condición empapada.

Mientras estábamos en la entrada sacudiendo el agua de nuestro cabello y ropa, Marcus hizo la pregunta que había estado temiendo.

—¿Cuándo vas a decirles a tus padres?

—Esta noche, creo. Después de la cena, cuando todos estemos sentados en el porche. No puedo posponerlo mucho más: el embarazo se está volviendo imposible de ocultar.

—¿Quieres que esté allí? ¿Para apoyo moral?

—¿Lo harías?

—Por supuesto. Tus padres me conocen desde que nací. Quizás tener una cara familiar alrededor ayudará a evitar que la conversación se vuelva demasiado explosiva.

—O quizás los hará más molestos porque pensarán que has estado ayudándome a guardar secretos.

—Déjame preocuparme por eso. Tienes suficiente de qué ocuparte sin agregar mis problemas a la lista.

Mientras la tormenta pasaba y nos preparábamos para regresar al pueblo, sentí algo que no había experimentado desde que me enteré de la traición de Michael: esperanza.

No esperanza de que todo saliera perfectamente: era demasiado realista para ese tipo de optimismo. Pero esperanza de que no tendría que enfrentar los desafíos que venían completamente sola.

Marcus no podía resolver mis problemas o tomar mis decisiones difíciles por mí. Podía estar a mi lado mientras tomaba esas decisiones, y a veces ese tipo de apoyo marca toda la diferencia entre sobrevivir una crisis y ser destruida por ella.

La conversación con mis padres sería difícil. El ritual sobrenatural sería peligroso. El futuro como madre soltera sería desafiante.

Pero por primera vez en días, esos desafíos se sentían manejables en lugar de insuperables.

Tenía un amigo que creía en mí, una abuela que entendía mi llamado, y un hijo en camino que necesitaría que fuera más fuerte de lo que jamás había sido antes.

Tendría que ser suficiente.

Porque lista o no, la luna oscura estaba llegando, y con ella el momento en que todo cambiaría para siempre.

Capítulo 18: Ajuste de Cuentas Familiar

Esa tarde, como estaba planeado, Marcus se unió a nuestra familia para la cena. Era una tradición que se remontaba a nuestra infancia: había comido en nuestra mesa incontables veces a lo largo de los años, y mis padres lo trataban como un segundo hijo. Su presencia en las comidas familiares era tan normal que no despertaría sospechas sobre la conversación que planeaba iniciar después.

Pero nada sobre esta cena se sentía normal para mí.

Picoteé mi comida, demasiado nerviosa para comer más que unos pocos bocados a pesar del hecho de que mi cuerpo embarazado ansiaba nutrición constante. Cada comentario casual de mis padres sobre mis planes futuros o progreso académico se sentía como un giro de cuchillo, recordándome cuán completamente mis revelaciones destrozarían sus expectativas.

Mamá había preparado mi comida favorita: pollo asado con arroz y frijoles, plátanos frescos, y una ensalada hecha con vegetales cultivados en el jardín de Abuela. En circunstancias normales, habría comido con entusiasmo y pedido segundas porciones. En su lugar, empujé la comida por mi plato y luché por contribuir a la conversación de la cena.

—Estás muy callada esta noche, mi amor —observó mamá mientras recogía el plato principal—. ¿Todo está bien?

—Solo cansada —dije, lo cual era cierto pero incompleto—. El viaje en autobús fue largo, y me está tomando tiempo reajustarme a la vida en la isla después de meses en la capital.

—Comprensible —dijo papá, acomodándose en su silla con la expresión satisfecha de alguien que había disfrutado de una buena comida—. La universidad debe ser bastante diferente de la vida aquí. Más desafiante, imagino.

—De algunas maneras —estuve de acuerdo, pensando en los encuentros sobrenaturales que se habían convertido en rutina nocturna durante mis meses fuera.

—¿Estás manteniendo el ritmo con tus estudios? —continuó—. ¿Tus calificaciones permanecen aceptables?

—Sí, papá. Mis profesores parecen complacidos con mi trabajo.

—Bien. La educación es el fundamento de todo lo demás que lograrás en la vida. Cualesquiera dificultades temporales que puedas enfrentar, tu conocimiento y habilidades siempre proporcionarán opciones.

La ironía de sus palabras —habladas justo minutos antes de que revelara circunstancias que podrían terminar mi educación completamente— hizo que mi estómago se contrajera con culpa y ansiedad.

Después del postre, nos mudamos al porche delantero como era nuestra costumbre. El aire de la tarde era cálido y húmedo, pesado con el aroma de jazmín que florece de noche y el distante olor a sal del océano. Papá se acomodó en su mecedora favorita con el periódico, mientras mamá sacó su canasta de remiendos y comenzó a reparar una camisa rasgada a la luz de la lámpara.

Marcus y yo nos sentamos lado a lado en el columpio del porche, ambos tensos con anticipación por la conversación que estaba a punto de cambiarlo todo.

—Mamá, papá —comencé, mi voz cuidadosamente estable—, hay algo importante que necesito discutir con ustedes.

Papá levantó la vista de su periódico, inmediatamente alerta al tono serio en mi voz. —¿Qué tipo de algo?

—Algo que afectará los planes de nuestra familia para mi futuro.

Mamá dejó su remiendo y me dio su completa atención. —¿Estás teniendo problemas en la universidad? ¿Dificultades académicas? ¿Preocupaciones financieras?

—No exactamente. —Respiré profundamente, extrayendo fuerza de la presencia solidaria de Marcus a mi lado—. Estoy embarazada.

Las palabras cayeron en el aire de la tarde como piedras arrojadas al agua quieta, creando ondas de shock que parecían expandirse en todas direcciones.

Por un momento, nadie se movió ni habló. El periódico de papá permaneció congelado medio levantado en sus manos. La aguja de mamá se cernió inmóvil sobre la tela que había estado reparando. Incluso los sonidos normales de la tarde —insectos chirriando, olas a la distancia— parecieron hacer una pausa en respeto por la magnitud de lo que acababa de revelar.

Entonces mamá se puso de pie tan abruptamente que su canasta de remiendos se volcó, derramando hilo y tela por el piso del porche.

—¿Embarazada? —repitió, su voz elevándose con incredulidad y horror naciente—. ¿Dijiste embarazada?

—Sí.

—¿Cómo es eso posible? Has estado fuera en la universidad, estudiando, viviendo con tu tía...

—Mamá, creo que sabes cómo es posible.

La realidad de la situación comenzó a asentarse, y la expresión de mamá cambió de shock a ira a algo que parecía dolor.

—¿Quién? —exigió—. ¿Quién es el padre?

Miré a Marcus, extrayendo coraje de su presencia firme. —Michael Vargas.

—Michael... —La voz de papá era tranquila, controlada, pero podía escuchar la furia acumulándose bajo la superficie—. El chico del otro lado de la laguna. El que te dijimos que era inapropiado.

—Sí.

—¿Cuándo? —preguntó mamá, su voz temblando—. ¿Cuándo sucedió esto?

—Antes de irme a la universidad. Estábamos... estábamos enamorados. Pensábamos que nos casaríamos después de que terminara mi educación.

—Pensabas que te casarías —repitió papá lentamente, dejando su periódico con cuidado deliberado—. ¿Y dónde está este chico ahora? ¿Por qué no está aquí pidiendo la mano de mi hija y tomando responsabilidad por sus acciones?

Esta era la parte que más había estado temiendo. —Se casó con otra persona. Hace tres semanas. Martha Rivera también está embarazada, y su padre... convenció... a Michael de que casarse con ella era su única opción.

El silencio que siguió era ensordecedor. Podía ver a mis padres procesando las implicaciones: su hija no casada estaba embarazada de un chico que había elegido casarse con otra persona, dejándola para enfrentar las consecuencias sola.

—Dios mío —susurró mamá, hundiéndose de vuelta en su silla como si sus piernas ya no pudieran soportarla—. Nuestra hija está embarazada de un hombre casado. El escándalo... la vergüenza... ¿qué pensará la gente?

—No me importa lo que piense la gente —dije firmemente—. Esta es mi situación que lidiar, y la manejaré como me parezca conveniente.

—¿La manejarás? —La voz de papá era mortalmente tranquila, el tono que usaba en la corte cuando dictaba sentencias particularmente duras—. Tienes diecisiete años. No tienes ingresos, ni educación, ni perspectivas. ¿Cómo exactamente planeas 'manejar' criar a un hijo sola?

—Lo descubriré.

—Lo descubrirás —repitió—. ¿De la misma manera que descubriste cómo meterte en esta situación en primer lugar?

El desprecio en su voz dolió más de lo que había esperado. —Los errores suceden, papá. Incluso a personas que usualmente son cuidadosas.

—¿Errores? —La voz de mamá se estaba volviendo más aguda con cada palabra—. Esto no es un error: esto es una catástrofe. Hemos sacrificado todo para darte oportunidades que nunca tuvimos, ¿y las has tirado por qué? ¿Unos momentos de placer con un chico que claramente nunca se preocupó por ti en absoluto?

—Sí se preocupaba por mí —dije, aunque las palabras se sentían huecas incluso mientras las pronunciaba—. La situación es complicada.

—La situación es simple —dijo papá, poniéndose de pie y comenzando a caminar por el porche con energía enojada—. Un chico se aprovechó de la inocencia de mi hija, luego la abandonó cuando enfrentó las consecuencias de sus acciones. Y ahora la reputación de nuestra familia será destruida porque fallamos en protegerla apropiadamente.

—No fallaron en protegerme. Tomé mis propias decisiones.

—Tomaste decisiones infantiles con consecuencias adultas —espetó—. Decisiones que afectarán no solo a ti sino a toda nuestra familia. ¿Crees que puedo continuar sirviendo como juez en una comunidad donde todos saben que mi hija es madre soltera? ¿Crees que tu madre puede continuar enseñando a niños cuando los padres ven a nuestra familia como moralmente comprometida?

El peso de sus preocupaciones profesionales me golpeó como un golpe físico. Había estado tan enfocada en mi propio futuro que no había considerado completamente cómo mi embarazo afectaría sus carreras y posición social.

—Quizás el escándalo pasará —dije débilmente—. Quizás la gente será más comprensiva de lo que esperan.

—¿Comprensiva? —Mamá rió amargamente—. ¿En una comunidad católica donde el embarazo fuera del matrimonio es visto como un pecado contra Dios y la familia? Estás viviendo en una fantasía si piensas que esto pasará.

Marcus aclaró su garganta suavemente. —Sr. y Sra. Villalba, entiendo que están molestos, pero quizás podríamos enfocarnos en soluciones prácticas en lugar de...

—Tú —dijo papá, girándose para enfrentarlo con una furia que nunca había visto antes—. ¿Cuánto tiempo has sabido sobre esto? ¿Cuánto tiempo has estado ayudando a mi hija a guardar secretos de su familia?

—Solo me enteré recientemente —dijo Marcus con calma—. Y no he estado guardando secretos: he estado tratando de ayudarla a descubrir cómo manejar una situación difícil.

—¿Alentándola a mentirnos? ¿Apoyándola en este engaño?

—Siendo su amigo cuando necesitaba apoyo.

—Vaya amigo —dijo mamá ácidamente—. Un verdadero amigo la habría alentado a venir a nosotros inmediatamente en lugar de dejarla vivir con este secreto durante meses.

—Un verdadero amigo escucha sin juzgar y ofrece ayuda sin condiciones —respondió Marcus—. Que es lo que he tratado de hacer.

—Vete —dijo papá en voz baja.

—Papá, no culpes a Marcus por...

—Sal de mi casa —repitió, su voz volviéndose más alta—. Has hecho suficiente daño al permitir este engaño. No quiero verte cerca de mi familia hasta que haya decidido cómo manejar esta situación.

Marcus me miró con preocupación, claramente reacio a dejarme sola con mis padres furiosos. Asentí hacia la puerta, sabiendo que su presencia solo empeoraría las cosas en este punto.

—Hablaré contigo mañana —dijo en voz baja, luego se fue sin otra palabra.

Tan pronto como se fue, mamá volvió toda su atención a mí. —¿De cuánto estás?

—Unos cuatro meses y medio.

—Cuatro meses y medio —repitió—. Nos has estado mintiendo durante cuatro meses y medio. Viviendo en nuestra casa, comiendo nuestra comida, aceptando nuestro apoyo, todo mientras ocultabas algo tan enorme.

—Tenía miedo. No sabía cómo decírselos.

—No sabías cómo decirnos porque sabías que estaba mal —dijo papá—. Sabías que este comportamiento era inaceptable, y elegiste hacerlo de todos modos.

—Elegí amar a alguien. Eso no es inaceptable.

—¿Amor? —La voz de mamá goteaba sarcasmo—. ¿Es así como llamas cuando un chico te usa para sexo y luego te abandona por alguien más conveniente?

Las duras palabras cortaron profundo porque contenían suficiente verdad para ser devastadoras. —No fue así.

—¿Entonces cómo fue? Explícame cómo esta situación representa algo más que mal juicio y debilidad moral.

Sentí lágrimas comenzando a formarse pero me negué a dejarlas caer. —No puedo explicárselo a alguien que está determinado a ver solo la peor interpretación posible de todo lo que he hecho.

—¿La peor interpretación posible? —La voz de papá estaba subiendo de nuevo—. Mi hija está embarazada de un hombre casado, ¿y crees que estoy siendo injusto al llamar a eso un desastre?

—Creo que estás siendo injusto al tratarme como una criminal en lugar de tu hija que necesita ayuda.

—Eres una criminal —dijo tajantemente—. El adulterio es un crimen bajo la ley dominicana, y como juez, estoy jurado para hacer cumplir esas leyes independientemente de mis sentimientos personales.

La amenaza legal colgó en el aire entre nosotros como una espada. Sabía que papá nunca procesaría realmente a su propia hija, pero el hecho de que siquiera lo hubiera mencionado reveló cuán profundamente mi embarazo había sacudido su sentido de lo correcto y lo incorrecto.

—¿Entonces qué pasa ahora? —pregunté en voz baja.

Mis padres se miraron el uno al otro, comunicándose de la manera silenciosa que las parejas desarrollan a lo largo de años de matrimonio.

—Ahora —dijo mamá finalmente—, decidimos cómo minimizar el daño a la reputación de nuestra familia mientras aseguramos que enfrentes consecuencias apropiadas por tus decisiones.

—¿Qué tipo de consecuencias?

—Eso depende —dijo papá—. ¿Planeas quedarte con este bebé?

La pregunta me tomó por sorpresa. —Por supuesto que me quedaré con el bebé. ¿Por qué siquiera preguntarías eso?

—Porque hay alternativas —dijo cuidadosamente—. Arreglos que podrían hacerse discretamente, problemas que podrían resolverse sin consecuencias permanentes.

La implicación me golpeó como una bofetada. —¿Están sugiriendo que me deshaga de mi bebé?

—Estoy sugiriendo que exploremos todas las opciones disponibles antes de tomar decisiones irreversibles.

—Esta no es una situación reversible, papá. Estoy embarazada. Voy a tener este bebé. Esos son los hechos con los que necesitamos trabajar.

Mamá y papá intercambiaron otra mirada, y pude verlos comenzando a aceptar la realidad que no podían cambiar.

—Entonces necesitaremos hacer nuevos planes —dijo mamá con resignación—. Planes diferentes a los que teníamos para tu futuro.

Mientras la tarde avanzaba y discutimos arreglos prácticos —dónde viviría, cómo me mantendría, qué explicación daríamos a la comunidad— sentí que los últimos restos de mi infancia se deslizaban.

Mis padres todavía me amaban, pero su decepción era una presencia tangible en cada palabra que hablaban. El futuro que habían imaginado para mí se había ido, reemplazado por algo incierto y difícil que ninguno de nosotros había querido o preparado.

Pero bajo su ira y decepción, podía sentir algo más: miedo. Miedo por mi futuro, miedo por sus propias reputaciones, y miedo de fuerzas que no podían controlar o entender.

Si tan solo supieran cuánto más había de qué tener miedo.

La crisis sobrenatural construyéndose hacia la luna oscura todavía estaba a ocho días de distancia, y ni siquiera había comenzado a explicar esa parte de mi situación.

Algunas conversaciones, estaba aprendiendo, tenían que suceder en etapas.

Esta noche había sido la etapa uno.

Mañana traería la etapa dos, y la revelación de que su hija embarazada también estaba siendo llamada a arriesgar su vida en combate sobrenatural.

Apenas podía esperar para ver cómo reaccionarían a esas noticias.

Capítulo 19: La Casa de Mis Sueños

Tres días después de la revelación explosiva a mis padres, anunciaron su decisión con el tipo de determinación sombría que sugería que el asunto no estaba abierto a discusión.

—Nos mudamos a la ciudad —dijo papá durante el desayuno, su voz llevando la autoridad que usualmente reservaba para procedimientos judiciales—. Permanentemente. He arreglado una transferencia a un juzgado en la capital, y tu madre ha encontrado una posición de enseñanza allá.

Dejé mi vaso de jugo, mi estómago contrayéndose con algo más allá de las náuseas matutinas. —¿Están desarraigando todas sus vidas por mi embarazo?

—Estamos protegiendo el futuro de nuestra familia —corrigió mamá, aunque su voz carecía de convicción—. En la capital, nadie conoce nuestra historia. Puedes tener tu bebé sin el peso del chisme local y el juicio. Todos podemos empezar de nuevo.

—¿Qué hay de Abuela? ¿Qué hay de nuestra casa, nuestros amigos, todo lo que hemos construido aquí?

—Tu abuela estará bien —dijo papá, aunque podía ver el dolor en sus ojos ante el pensamiento de dejarla atrás—. Tiene otros miembros de la familia que pueden cuidarla. Y en cuanto a nuestros amigos... —Hizo una pausa, su expresión endureciéndose—. Los verdaderos amigos nos apoyarían en tiempos difíciles en lugar de juzgarnos por circunstancias fuera de nuestro control.

La practicidad de su decisión era innegable, pero el momento no podía ser peor. La luna oscura estaba a solo cinco días de distancia, y se suponía que debía realizar el ritual que podría liberar las almas atrapadas o morir en el intento. Mudarme a la capital haría imposible cumplir mis responsabilidades sobrenaturales.

—No puedo irme ahora —dije desesperadamente—. Hay cosas de las que necesito ocuparme aquí primero.

—¿Qué tipo de cosas? —preguntó mamá con sospecha.

Luché por encontrar una explicación que no sonara completamente demente. —Obligaciones familiares. Promesas que le hice a Abuela. Tradiciones culturales que necesitan ser honradas.

—¿Tradiciones culturales? —La voz de papá era escéptica—. ¿Qué tradiciones culturales requieren que una adolescente embarazada permanezca en un pueblo pequeño donde su presencia avergüenza a su familia?

—No lo entenderías.

—Inténtalo.

Miré de un lado a otro entre mis padres, viendo amor y frustración y miedo en sus rostros, y tomé una decisión que sabía haría una situación ya imposible aún peor.

—Hay responsabilidades sobrenaturales que vienen con nuestro linaje familiar —dije cuidadosamente—. Abuela me ha estado entrenando para cumplir ciertos deberes que solo pueden realizarse aquí, en la isla, durante momentos específicos.

El silencio que siguió fue profundo e incómodo.

—Responsabilidades sobrenaturales —repitió papá lentamente.

—Sí.

—Te refieres a las historias de fantasmas y remedios populares con los que tu abuela te ha estado llenando la cabeza desde la infancia.

—No son solo historias, papá. Son tradiciones reales con consecuencias reales para personas reales.

Mamá y papá intercambiaron el tipo de mirada que los padres comparten cuando están cuestionando la estabilidad mental de su hija.

—Mi amor —dijo mamá gentilmente—, entiendo que los cuentos de tu abuela siempre te han fascinado, pero estás confundiendo fantasía con realidad. No hay responsabilidades sobrenaturales que requieran que arriesgues tu reputación y el futuro de tu hijo.

—Hay almas que necesitan ayuda —insistí—. Almas que han estado atrapadas durante décadas por magia oscura, sufriendo de maneras que no pueden imaginar. Si no las ayudo, la corrupción espiritual se propagará hasta que afecte a todos en la isla.

—Almas —dijo papá tajantemente—. Atrapadas por magia oscura.

—Sí.

—Y crees que tienes el poder de ayudar a estas almas.

—Sé que lo tengo. He estado ayudando a espíritus perdidos a cruzar desde que estaba en la capital. Es parte de lo que heredé de nuestro linaje familiar.

Mis padres me miraron con expresiones de creciente preocupación que no tenían nada que ver con mi embarazo.

—Mija —dijo mamá cuidadosamente—, ¿nos estás diciendo que crees que puedes comunicarte con personas muertas?

—No lo creo. Lo sé. Lo he estado haciendo durante meses.

—¿Y estas conversaciones con personas muertas te han convencido de que necesitas realizar algún tipo de ritual sobrenatural?

—Sí. Durante la luna oscura, que está a solo cinco días de distancia.

Papá se puso de pie abruptamente, su silla raspando contra el piso. —Es suficiente. Obviamente estás bajo más estrés del que nos dimos cuenta. El embarazo, los cambios hormonales, la presión social: todo está afectando tu juicio y tu conexión con la realidad.

—Mi conexión con la realidad está bien. Es su comprensión de la realidad la que es limitada.

—Nuestra comprensión de la realidad —dijo mamá con paciencia forzada— está basada en educación, experiencia y pensamiento racional. Tu comprensión parece estar basada en las supersticiones de tu abuela y tu propio malestar psicológico.

—Entonces expliquen qué pasó en el Árbol de Ceiba —dije desesperadamente—. Pregúntenle a Marcus sobre lo que vimos allí. Pregúntenle a Michael. Hay testigos de eventos sobrenaturales que su visión racional del mundo no puede explicar.

—¿Qué pasó en el Árbol de Ceiba? —exigió papá.

Les conté sobre nuestro encuentro con la criatura oscura y las almas corrompidas, sobre el mulo que había aparecido para protegernos, sobre la batalla sobrenatural que nos había permitido escapar. Les conté sobre el espíritu de mi bisabuelo visitándome en sueños, sobre el practicante de vudú que me había ofrecido poder a cambio de ayudarlo a torturar almas.

Con cada detalle, sus expresiones se volvieron más preocupadas y más convencidas de que su hija estaba sufriendo algún tipo de colapso psicológico.

—Suficiente —dijo papá finalmente—. Nos vamos a la capital esta tarde. Claramente, el estrés de tu situación ha sido más dañino de lo que nos dimos cuenta. Te encontraremos atención médica apropiada y asesoramiento psicológico para ayudarte a distinguir entre realidad y fantasía.

—No estoy teniendo un colapso psicológico —dije, mi voz elevándose con frustración—. Estoy tratando de explicar responsabilidades sobrenaturales que se niegan a reconocer que existen.

—Y yo estoy tratando de proteger a mi hija de delirios que podrían destruir lo que queda de su futuro —respondió firmemente—. La decisión está tomada. Nos vamos hoy.

—¿Qué pasa si me niego a ir?

—Entonces te encontrarás en una situación mucho más difícil de lo que posiblemente puedas imaginar —dijo mamá en voz baja—. Tienes diecisiete años y estás embarazada. No tienes derechos legales que superen nuestra autoridad como tus padres. Si determinamos que estás sufriendo malestar psicológico que te hace un peligro para ti misma o tu hijo no nacido, podemos hacer que te internen para evaluación y tratamiento.

La amenaza colgó en el aire como una espada. Sabía que no querían tomar medidas tan extremas, pero también sabía que estaban lo suficientemente asustados como para considerar cualquier opción que pareciera protegerme de lo que veían como delirios autodestructivos.

—Bien —dije, reconociendo la derrota cuando me miraba a la cara—. Empacaré mis cosas.

Dos horas más tarde, estábamos conduciendo hacia la capital en la vieja camioneta de papá, nuestras pertenencias amontonadas en la parte de atrás y cubiertas con una lona. Me senté en el asiento del pasajero observando el paisaje familiar de mi infancia desaparecer detrás de nosotros, sintiendo como si estuviera abandonando no solo mi hogar, sino mi destino.

La casa que papá había alquilado estaba ubicada en un suburbio fuera de la ciudad principal, donde el costo de vida era más asequible, los vecindarios estaban menos desarrollados. Mientras nos acercábamos a la dirección, sentí que mi sangre se convertía en agua helada.

Era la casa de mis sueños.

La estructura modesta con el techo de hojalata y paredes que parecían listas para colapsar en cualquier momento. El patio delantero donde el espíritu de mi bisabuelo me había estado diciendo que cavara un hoyo de siete pies de profundidad. La ubicación desolada junto a un canal, con pocas otras casas cerca.

—Es aquí —anunció papá, estacionando la camioneta y comenzando a descargar nuestras cajas—. No es mucho, pero es lo que podemos permitirnos con poco aviso.

Salí de la camioneta con piernas inestables, mirando fijamente la casa que había perseguido mis sueños durante meses. Cada detalle era exactamente como lo había visto en mis visiones sobrenaturales: el porche destartalado, el techo de hojalata que parecía que un solo viento fuerte podría arrancarlo, el patio estéril donde algo terrible estaba esperando ser desenterrado.

—¿Cómo encontraron este lugar? —pregunté, mi voz apenas audible.

—A través de una amiga que tiene propiedades en alquiler —respondió mamá, llevando una caja de ropa hacia la puerta principal—. Nos dio un buen precio porque la ubicación está algo aislada.

—¿Qué amiga?

—Grace Santos. La recuerdas: solía vivir aquí antes de mudarse a la capital. Ha sido muy útil en arreglar nuestra transición.

Grace Santos. El nombre no significaba nada para mí, pero algo sobre él hizo que mi piel se erizara con inquietud. Seguí a mis padres a la casa, temiendo lo que encontraría adentro.

El interior era incluso peor de lo que el exterior había sugerido. Los pisos eran concreto desnudo, manchados y agrietados en varios lugares. Las paredes eran de madera delgada que se había deformado con el tiempo, creando huecos que dejaban entrar insectos y probablemente animales pequeños. El techo estaba de hecho hecho de láminas delgadas de metal corrugado que no ofrecerían protección contra clima serio.

Era la atmósfera del lugar lo que realmente me perturbaba.

La casa se sentía pesada con residuo espiritual, como si múltiples trabajos sobrenaturales se hubieran realizado dentro de sus paredes durante muchos años. Podía sentir capas de energía mágica que se habían empapado en la estructura misma, creando un ambiente que era más taller sobrenatural que vivienda humana.

—Este lugar ha sido usado para prácticas mágicas —les dije a mis padres mientras desempacábamos nuestras pertenencias.

—Más tonterías sobrenaturales —murmuró papá, pero noté que miraba alrededor de la casa con nueva atención, como si alguna parte de él pudiera sentir de lo que estaba hablando.

—Hablo en serio. Quien sea el dueño de esta casa la ha estado usando para rituales y ceremonias. No deberíamos estar quedándonos aquí.

—Nos quedamos aquí porque es lo que podemos permitirnos —dijo mamá firmemente—. Y vas a detener esta tontería sobrenatural ahora mismo. No permitiré que asustes a tu padre y a mí con delirios y fantasías.

Esa noche, después de que mis padres se habían ido a la cama, me escabullí de la casa y caminé alrededor de la propiedad, tratando de entender en qué me había metido. La atmósfera espiritual era aún más opresiva en la oscuridad, y podía sentir múltiples entidades moviéndose por los terrenos: no almas perdidas buscando ayuda, sino algo más deliberado y organizado.

Estaba parada en el patio delantero, tratando de identificar la ubicación exacta donde mis sueños me habían dicho que cavara, cuando una voz habló desde las sombras.

—Has venido al fin.

Me giré para ver a una mujer emergiendo de la oscuridad cerca del canal. Tenía quizás sesenta años, con cabello plateado y ojos oscuros que tenían profundidades de conocimiento que reconocí de la mirada de Abuela. Pero donde la sabiduría de

Abuela se sentía cálida y protectora, el conocimiento de esta mujer se sentía frío y calculador.

—Debes ser Grace Santos —dije, aunque algo me advirtió ser cautelosa.

—En efecto. Y tú debes ser la joven Guardiana de la que tanto he estado escuchando.

—¿Sabes sobre mis habilidades?

—Sé sobre muchas cosas, niña. Incluyendo el ritual que se supone debes realizar en dos días.

Mi corazón dio un salto. —¿Cómo podrías posiblemente saber sobre eso?

—Porque soy la que ha estado preparándose para él. Esta casa, esta ubicación, este momento: todo ha sido arreglado específicamente para el trabajo que necesitas realizar.

—No entiendo.

Grace sonrió, pero la expresión no llegó a sus ojos. —El espíritu de tu bisabuelo ha sido bastante insistente sobre la urgencia de liberar esas almas atrapadas. Cuando quedó claro que sus mensajes solos no eran suficientes para motivarte a la acción, otros arreglos tuvieron que hacerse.

—¿Qué tipo de arreglos?

—El tipo que asegura que no tendrás opción sino cumplir tu destino, sin importar la interferencia de tus padres o tu propia reticencia.

Sentí un escalofrío que no tenía nada que ver con el aire nocturno. —¿Estás diciendo que manipulaste a mis padres para mudarse aquí?

—Estoy diciendo que a veces el universo requiere un poco de asistencia para traer a las personas correctas al lugar correcto en el momento correcto.

—¿Y si me niego a realizar el ritual?

La sonrisa de Grace se desvaneció, reemplazada por una expresión de determinación fría. —Entonces descubrirás que esta casa guarda otras sorpresas, y que algunas deudas espirituales no pueden evitarse indefinidamente.

Mientras desaparecía de vuelta en las sombras, me quedé sola en el patio donde aparentemente estaba destinada a cavar un hoyo que liberaría docenas de almas torturadas o me costaría la vida.

Mis padres pensaban que nos habían mudado a la seguridad, pero en realidad me habían entregado directamente al corazón de la crisis sobrenatural que había estado tratando de evitar.

La luna oscura estaba a solo dos días de distancia.

Y lista o no, el momento de la verdad se estaba acercando rápidamente.

Capítulo 20: El Consejo de la Bruja

La siguiente mañana trajo una atmósfera de tensión que parecía permear toda la casa. Mis padres se ocuparon del negocio de desempacar y acomodarse en nuestra nueva situación de vivienda, podía ver la tensión en sus rostros y escucharla en sus conversaciones cuidadosamente medidas.

Estaban teniendo dudas sobre su decisión dramática de dejar la isla, pero el orgullo y las circunstancias habían hecho imposible retroceder ahora.

Pasé la mañana ayudando a arreglar muebles y organizar nuestras pertenencias, todo mientras estaba agudamente consciente de la energía espiritual que parecía pulsar a través de las paredes y pisos. Cada habitación en la casa llevaba trazas de trabajos mágicos: círculos protectores dibujados en sal que habían sido barridos, pero dejaron sus improntas psíquicas, velas quemadas para propósitos rituales, hierbas esparcidas y recogidas para ceremonias sobrenaturales.

Grace Santos, quienquiera que realmente fuera, había estado usando este lugar como base de operaciones durante años.

Alrededor del mediodía, mientras mis padres conducían a la ciudad para manejar papeleo relacionado con sus transferencias de trabajo, Grace apareció en nuestra puerta principal.

—Buenas tardes —dijo agradablemente, como si nuestra conversación de medianoche no hubiera sucedido—. Pensé en pasar para ver cómo se están acomodando y presentarme apropiadamente a tu familia.

—Mis padres no están aquí ahora mismo —dije cuidadosamente.

—Perfecto. Entonces podemos hablar libremente sobre el asunto en cuestión.

Pasó junto a mí hacia la casa sin esperar una invitación, moviéndose por las habitaciones con la familiaridad de alguien que conocía cada rincón y sombra.

—Has estado ocupada —observé, señalando el residuo espiritual que podía sentir por todo el edificio.

—Esta casa ha servido muchos propósitos a lo largo de los años —estuvo de acuerdo—. Pero ninguno más importante que el que servirá mañana en la noche.

—Mañana en la noche es la luna oscura.

—En efecto. El momento óptimo para el ritual que has sido llamada a realizar.

La seguí a lo que habría sido la sala si hubiéramos tenido muebles apropiados. En su lugar, era un espacio escaso con unas pocas sillas y cajas todavía esperando ser desempacadas.

—Cuéntame sobre ti —dije—. ¿Eres una practicante? ¿Una curandera? ¿Qué eres exactamente?

Grace se acomodó en una de las sillas y me estudió con ojos que parecían ver mucho más que mi apariencia física.

—Soy lo que tu gente podría llamar una bruja —dijo simplemente—. Una practicante de las viejas formas, guardiana del conocimiento que hace puente entre el mundo de los vivos y el reino de los muertos.

—¿Y me estás ayudando porque...?

—Porque el equilibrio espiritual de toda esta región está en juego, y pareces ser la única persona con suficiente poder para restaurarlo.

Metió la mano en una bolsa grande que había estado llevando y comenzó a sacar objetos que hicieron que mi piel hormigueara con energía sobrenatural: velas de varios colores, cristales que parecían pulsar con su propia luz interior, paquetes de hierbas que llenaron la habitación con aromas tanto familiares como exóticos.

—Estos son los materiales que necesitarás para el trabajo de mañana en la noche —explicó—. Cada objeto ha sido cargado con energía protectora y consagrado para este propósito específico.

Recogí uno de los cristales, sintiéndolo tibio en mi palma y sintiendo las capas cuidadosas de preparación mágica que habían entrado en su creación.

—¿Cuánto tiempo has estado planeando esto? —pregunté.

—Desde que el espíritu de tu bisabuelo hizo contacto conmigo hace seis meses. Fue bastante insistente en que se hicieran arreglos para que su descendiente cumpliera el destino que él había sido incapaz de completar.

—¿Y manipular a mis padres para mudarse aquí fue parte de esos arreglos?

La expresión de Grace se volvió ligeramente incómoda. —A veces el reino espiritual nos requiere tomar acciones que parecen engañosas desde una perspectiva puramente humana. Tus padres necesitaban ser removidos de su ambiente familiar donde podrían interferir con tu llamado. Esta casa necesitaba ser preparada como una ubicación adecuada para el ritual. Y tú necesitabas ser colocada en circunstancias donde evitar tu destino se volvería imposible.

—Entonces has estado moviendo hilos detrás de escena, orquestando eventos para forzarme a esta situación.

—He estado asegurando que las fuerzas cósmicas que te eligieron para esta tarea tendrían la oportunidad de completar su trabajo.

Dejé el cristal y la miré directamente. —¿Qué sacas tú exactamente de esto? ¿Por qué tomarte tantas molestias para ayudar a alguien que nunca has conocido?

Por primera vez desde que la había encontrado, la fachada de confianza de Grace se deslizó ligeramente.

—Porque hace cuarenta años, perdí a alguien que amaba a manos de la misma entidad oscura que estás siendo llamada a combatir —dijo en voz baja—. Mi hermano era un joven hombre con poderosos dones espirituales, muy parecido a ti. Intentó liberar las almas atrapadas por su cuenta, sin preparación ni protección apropiada. El practicante de vudú lo mató tal como había matado a tu bisabuelo.

—Lamento tu pérdida.

—No quiero tu lástima. Quiero tu éxito. Quiero ver a ese monstruo finalmente derrotado y esas almas finalmente liberadas, incluso si significa arriesgar la vida de otra persona joven para lograrlo.

Su honestidad era brutal pero de alguna manera tranquilizadora. Al menos no estaba fingiendo que el ritual sería seguro o fácil.

—Explícame exactamente qué necesito hacer —dije.

Grace asintió con aprobación ante mi enfoque directo. —La ceremonia debe comenzar precisamente a medianoche, cuando la influencia de la luna oscura es más fuerte. Comenzarás creando un círculo protector alrededor del hoyo usando estas sales y hierbas consagradas.

Me mostró paquetes de varias sustancias, explicando sus propiedades y las formas específicas en que necesitaban ser arregladas.

—Luego, encenderás estas velas en un patrón que abre caminos entre los reinos físico y espiritual. Las velas negras te anclan a este mundo, mientras que las velas blancas crean puentes al siguiente.

—¿Y luego?

—Luego desciendes al hoyo y realizas el ritual de liberación actual. Esta es la parte más peligrosa, porque en el momento en que comiences a hablar las palabras de desatadura, la entidad oscura se dará cuenta de lo que estás intentando y tratará de detenerte.

—¿Cómo tratará de detenerme?

—Enviará a sus sirvientes corrompidos a atacarte físicamente mientras él te asalta psíquicamente. Las almas atrapadas que controla serán volteadas contra ti, forzadas a elegir entre ayudarte y sufrir tortura adicional a sus manos.

Sentí mi estómago contraerse con miedo. —¿Y cómo me defiendo?

—Con estos. —Sacó un surtido de amuletos y talismanes, cada uno zumbando con energía protectora—. Úsalos todos durante el ritual. No te harán invulnerable, pero proporcionarán suficiente protección para darte una oportunidad de luchar.

—¿Qué hay de mi embarazo? ¿Las energías espirituales involucradas dañarán a mi bebé?

Grace permaneció en silencio por un largo momento, considerando su respuesta cuidadosamente.

—Las energías involucradas en este trabajo son de hecho peligrosas —dijo finalmente—. Hay una posibilidad de que el estrés y las fuerzas sobrenaturales puedan causar complicaciones. Pero también hay una posibilidad de que la vida que llevas realmente mejore tu poder y proporcione protección adicional.

—Eso no es exactamente tranquilizador.

—No puedo ofrecerte tranquilidad. Solo puedo ofrecerte verdad. El ritual es peligroso tanto para ti como para tu hijo. Pero las consecuencias de no realizarlo son mucho peores.

—¿Qué consecuencias?

—Si esas almas no son liberadas durante la luna oscura de mañana en la noche, la corrupción espiritual alcanzará un punto crítico. El límite entre nuestro mundo y el reino de los muertos comenzará a disolverse, permitiendo que todo tipo de entidades malevolentes crucen a nuestra realidad.

Hizo una pausa, dejando que las implicaciones se asentaran.

—Tu hijo nacería en un mundo invadido por demonios y espíritus vengativos. Cada persona en esta isla estaría en riesgo de posesión, ataque espiritual, o peor. La corrupción se propagaría a otras islas, otros países, hasta que todo el Caribe se convirtiera en un campo de batalla sobrenatural.

El alcance de lo que estaba describiendo era casi imposible de comprender. —¿Todo eso de un practicante de vudú manteniendo cautivas unas pocas docenas de almas?

—El equilibrio espiritual es más frágil de lo que la mayoría de la gente se da cuenta. A veces una pequeña grieta en el orden cósmico puede llevar a un colapso catastrófico si no se repara rápidamente.

Pasamos las siguientes horas repasando cada detalle del ritual: las palabras exactas que necesitaba hablar, el momento preciso de cada elemento, las formas de reconocer y responder a diferentes tipos de ataque espiritual. Grace era una maestra minuciosa, y podía sentir las décadas de experiencia detrás de su conocimiento.

A medida que la tarde avanzaba, una pregunta seguía molestándome.

—¿Por qué no realizas el ritual tú misma? —pregunté—. Claramente tienes el conocimiento y la experiencia. ¿Por qué arriesgar a una adolescente sin entrenamiento cuando podrías manejarlo personalmente?

La expresión de Grace se volvió triste. —Porque el ritual requiere a alguien con linaje de Guardiana, y ese es un don que salta generaciones y no se transmite a través del entrenamiento mágico tradicional. Tengo el conocimiento para guiarte y protegerte, pero carezco de la genética espiritual específica necesaria para realizar realmente la desatadura.

—¿Entonces si me niego, no hay nadie más que pueda hacerlo?

—No hay nadie más en la isla que pueda hacerlo. Podría haber otras Guardianas en otros lugares, pero encontrarlas y convencerlas de ayudar tomaría meses o años que no tenemos.

El peso de esa responsabilidad se asentó sobre mis hombros como una capa pesada. Docenas de almas dependían de mí para liberarlas de décadas de tormento. La estabilidad espiritual de toda la región colgaba en la balanza. Y yo era la única persona disponible con el poder para abordar la crisis.

—Hay algo más que deberías saber —dijo Grace mientras terminábamos de revisar las preparaciones del ritual—. La entidad oscura que estarás combatiendo no es solo cualquier practicante de vudú. Una vez fue un sacerdote en la Iglesia Católica.

La miré con shock. —¿Un sacerdote?

—Padre Diego Maldonado. Sirvió en esta región durante el período colonial, pero se corrompió por el poder y comenzó a experimentar con formas más oscuras de manipulación espiritual. La Iglesia lo excomulgó, pero para entonces ya había aprendido lo suficiente para hacerse efectivamente inmortal a través de las almas que estaba atrapando.

—Un sacerdote caído. Eso explica el sofisticado conocimiento espiritual.

—También explica por qué las protecciones religiosas tradicionales no han sido efectivas contra él. Sabe cómo subvertir y corromper los mismos símbolos y oraciones que se supone proporcionan seguridad.

Mientras la tarde se acercaba y mis padres regresaban de su día en la ciudad, Grace reunió sus materiales y se preparó para irse.

—Mañana en la noche —dijo en voz baja—. Medianoche. Está lista.

—¿Estarás aquí? ¿Para ayudar con el ritual?

—Estaré tan cerca como pueda estar con seguridad. Pero en última instancia, estarás sola en ese hoyo con las fuerzas que estás tratando de derrotar. Nadie más puede luchar esa batalla por ti.

Después de que se fue, me senté en la casa inquietantemente tranquila pensando en todo lo que había aprendido. Mañana en la noche, liberaría docenas de almas torturadas y restauraría el equilibrio espiritual de la región, o moriría en el intento y dejaría a mi hijo no nacido huérfano antes de que siquiera naciera.

La elección entre arriesgarlo todo y aceptar consecuencias catastróficas no era ninguna elección en absoluto.

Iba a realizar el ritual, sin importar el costo.

La única pregunta ahora era si era lo suficientemente fuerte para sobrevivirlo.

Capítulo 21: Preparándose para el Ritual

El día de la luna oscura amaneció gris y opresivo, con nubes de tormenta reuniéndose en el horizonte y una presión atmosférica que parecía presionar sobre la isla como una mano pesada. Incluso mis padres, que permanecían escépticos sobre preocupaciones sobrenaturales, comentaron sobre la extraña calidad del aire.

—Se siente como si se estuviera gestando un huracán —dijo papá durante el desayuno, mirando por la ventana a la mañana antinaturalmente quieta—. Aunque los reportes del clima no mencionan ninguna tormenta tropical en el área.

—Quizás son solo patrones climáticos estacionales —sugirió mamá, pero su voz llevaba incertidumbre—. La transición entre estaciones puede crear condiciones atmosféricas inusuales.

No dije nada, sabiendo que la sensación opresiva tenía poco que ver con el clima natural y todo que ver con las fuerzas espirituales que se estaban acumulando hacia la confrontación de esta noche. Todo el reino sobrenatural parecía estar conteniendo la respiración, esperando ver si las almas atrapadas finalmente serían liberadas o si la entidad oscura lograría mantener su control sobre el límite entre la vida y la muerte.

Pasé la mañana tratando de mantener interacciones familiares normales mientras mentalmente repasaba cada detalle del ritual que Grace me había enseñado. Los círculos protectores, los arreglos de velas, las palabras específicas que desbloquearían los lazos espirituales manteniendo a las almas cautivas: todo tenía que ser perfecto, porque no habría oportunidad para correcciones una vez que la ceremonia comenzara.

Alrededor del mediodía, mientras mis padres estaban clasificando cajas en su dormitorio, me escabullí afuera para examinar la ubicación donde el hoyo necesitaba ser cavado. Grace había marcado el lugar con un pequeño mojón de piedras que sería invisible para cualquiera sin sensibilidad sobrenatural, pero para mi percepción mejorada brillaba con energía sutil.

El suelo aquí se sentía diferente del resto del patio: más delgado de alguna manera, como si la barrera entre los reinos físico y espiritual fuera naturalmente más débil en esta ubicación particular. Cuando me arrodillé y presioné mi palma contra la tierra, pude sentir algo vasto y hueco bajo la superficie, como una cámara subterránea esperando ser abierta.

—¿Qué estás haciendo allá afuera?

Levanté la vista para ver a papá parado en el porche, su expresión preocupada y ligeramente sospechosa.

—Solo tomando un poco de aire fresco —dije, poniéndome de pie y sacudiendo tierra de mis manos—. La casa se siente sofocante hoy.

—La casa se siente sofocante porque está mal ventilada y construida barata —respondió, caminando para unirse a mí en el patio—. Estoy comenzando a lamentar esta mudanza. Dejamos un hogar cómodo para vivir en lo que equivale a una choza.

—¿Por qué no regresamos, entonces? El arreglo de arrendamiento no puede ser tan complicado de romper.

Papá permaneció en silencio por un momento, mirando la modesta casa que se había convertido en nuestro hogar temporal. —Porque regresar significaría admitir que cometimos un error, y no estoy listo para enfrentar ese nivel de humillación pública. Mejor mantener una mala decisión que parecer débil e indeciso.

El orgullo que lo había impulsado a convertirse en un juez respetado ahora lo estaba atrapando en una situación que no servía a los mejores intereses de nadie. Sentí una oleada de simpatía por la posición imposible en que mi embarazo lo había colocado.

—Lo siento —dije en voz baja—. Siento que mis decisiones hayan creado circunstancias tan difíciles para todos.

—Tus decisiones crearon consecuencias —corrigió—. Las circunstancias difíciles vienen de tratar de manejar esas consecuencias mientras mantenemos la dignidad de nuestra familia y tus perspectivas futuras.

—¿Y si mantener la dignidad se vuelve imposible? ¿Entonces qué?

—Entonces nos enfocamos en las perspectivas futuras y dejamos que la dignidad se cuide sola.

Era lo más cercano al perdón que había ofrecido desde enterarse de mi embarazo, y sentí que algo de la tensión entre nosotros se aliviaba ligeramente.

—Papá, ¿puedo preguntarte algo?

—Por supuesto.

—¿Alguna vez has tenido sueños que se sienten más reales que la vida despierta? ¿O sientes cosas que no puedes explicar del todo con lógica y razón?

Me estudió cuidadosamente, claramente reconociendo que esto era más que conversación casual.

—¿Por qué lo preguntas?

—Porque necesito saber si alguna vez has experimentado algo que no encaje en tu visión racional del mundo.

—¿Estamos de vuelta con tonterías sobrenaturales otra vez?

—Estamos de vuelta a tratar de entender si podría haber más en la realidad que lo que aprendiste en la escuela de derecho.

Papá permaneció en silencio por mucho tiempo, mirando el canal que bordeaba nuestra propiedad. —Ha habido momentos —dijo finalmente—. Ocasiones en las que he tenido intuiciones sobre casos que resultaron ser precisas, o sueños sobre eventos que luego ocurrieron. Siempre he atribuido esas experiencias al procesamiento subconsciente de información en lugar de fenómenos sobrenaturales.

—¿Y si fueran ambos? ¿Y si los fenómenos sobrenaturales son solo otra forma de procesar información que está disponible para nosotros?

—Entonces necesitaría mucha más evidencia convincente antes de abandonar toda una vida de pensamiento racional en favor de historias de fantasmas y magia popular.

—¿Qué tipo de evidencia?

—El tipo que podría ser observado y verificado por múltiples testigos bajo condiciones controladas.

Casi sonreí ante su enfoque legalista de lo sobrenatural. —¿Y si tal evidencia se presentara esta noche?

—¿Esta noche?

—Hipotéticamente. Si esta noche fueras a presenciar eventos que no pudieran ser explicados por pensamiento racional o procesamiento subconsciente, ¿estarías dispuesto a reconsiderar tu posición sobre la naturaleza de la realidad?

Papá me miró con creciente preocupación. —No estás planeando hacer algo peligroso, ¿verdad? ¿Algún tipo de acto tonto para probar tus creencias sobrenaturales?

—Estoy planeando hacer algo necesario. Si es peligroso está por verse.

—Esa no es una respuesta que inspire confianza.

Antes de que pudiera responder, mamá apareció en el porche. —¿De qué están discutiendo tan seriamente?

—La continua fascinación de tu hija con el folklore sobrenatural —respondió papá—. Parece pensar que esta noche proporcionará algún tipo de prueba para sus creencias.

Mamá caminó para unirse a nosotros, su expresión inmediatamente cambiando a preocupación maternal. —Mi amor, no estás planeando intentar algún tipo de ritual o ceremonia, ¿verdad? Porque si estás pensando en participar en actividades peligrosas mientras estás embarazada...

—Lo que estoy planeando hacer esta noche es necesario para la seguridad de todos en esta isla —dije firmemente—. Incluyendo mi hijo no nacido.

—¿Y qué, exactamente, estás planeando hacer?

Miré de un lado a otro entre mis padres, viendo amor y miedo y frustración en sus rostros, y tomé una decisión que sabía nos acercaría o nos separaría permanentemente.

—Voy a cavar un hoyo en nuestro patio delantero y realizar un ritual para liberar almas que han estado atrapadas por magia oscura durante décadas. Si tengo éxito, el equilibrio espiritual de la región será restaurado. Si fallo, probablemente moriré, y la corrupción sobrenatural continuará propagándose hasta que afecte a cada persona en el Caribe.

El silencio que siguió fue tan completo que pude escuchar los latidos de mi propio corazón.

—Un hoyo —repitió mamá lentamente.

—Siete pies de profundidad, en el lugar exacto donde estoy parada.

—Para liberar almas atrapadas.

—Almas que han estado sufriendo durante décadas, mientras son usadas como baterías espirituales por un ex sacerdote católico que vendió su alma por inmortalidad y poder.

Mis padres se miraron con expresiones que sugerían que estaban considerando seriamente hacerme internar para evaluación psiquiátrica.

—¿Y si nos negamos a permitir este... ritual? —preguntó papá cuidadosamente.

—Entonces estarán condenando a docenas de almas inocentes a tortura continua, y estarán asegurando que su nieto nazca en un mundo invadido por demonios.

—¿Y si llamamos a la policía y te hacemos contener por tu propia seguridad?

—Entonces descubrirán que algunas fuerzas están más allá del alcance de la intervención legal.

Mamá se sentó pesadamente en una roca cercana, luciendo repentinamente exhausta. —¿Cómo llegamos aquí? ¿Cómo nuestra hija brillante y racional se convirtió en alguien que cree que necesita luchar batallas sobrenaturales?

—Quizás tu hija siempre ha sido exactamente quien es —sugerí gentilmente—. Quizás simplemente no querían ver las partes de ella que no encajaban en su cómoda visión del mundo.

—O quizás nuestra hija está teniendo una crisis psicológica provocada por hormonas del embarazo y estrés social —contrarrestó papá—. Y quizás necesitamos protegerla de sí misma hasta que recupere su cordura.

—Hay una manera de descubrir cuál interpretación es correcta —dije.

—¿Cómo?

—Déjenme realizar el ritual. Si nada pasa —si no ocurren fenómenos sobrenaturales— entonces tendrán prueba de que estoy delirando y pueden hacerme tratar en consecuencia. Pero si pasan cosas que no pueden ser explicadas por psicología o medicina, entonces tendrán que aceptar que la realidad es más grande y más extraña de lo que han estado dispuestos a admitir.

Mis padres intercambiaron otra mirada, esta teñida con la desesperación de personas enfrentando decisiones que no entendían y consecuencias que no podían predecir.

—Si estamos de acuerdo con esta locura —dijo mamá lentamente—, ¿qué garantías tenemos de que no serás lastimada?

—Ninguna. Pero si no lo intentamos, puedo garantizar que cosas mucho peores nos sucederán a todos nosotros.

—Esto es una locura —murmuró papá.

—Esto es fe —corregí—. Fe en habilidades que nunca han querido reconocer y responsabilidades que nunca han querido aceptar.

A medida que la tarde avanzaba, negociamos los términos de lo que podría haber sido el acuerdo más extraño en la historia de las discusiones familiares. Mis padres me permitirían intentar el ritual, pero solo bajo condiciones diseñadas para minimizar el riesgo y maximizar su habilidad de intervenir si las cosas salían mal.

Contratarían a alguien para cavar el hoyo, en lugar de permitirme hacer trabajo manual mientras estaba embarazada. Permanecerían presentes durante la ceremonia para proporcionar protección y asistencia si fuera necesario. Y tendrían suministros médicos y contactos de emergencia listos en caso de que el estrés de la situación causara complicaciones con mi embarazo.

—¿Y si este ritual tuyo no funciona? —preguntó papá mientras terminábamos de discutir arreglos prácticos—. ¿Si no pasa nada sobrenatural?

—Entonces me someteré a cualquier tratamiento psicológico que crean apropiado —prometí—. Aceptaré que he estado delirando y trabajaré con profesionales para recuperar mi salud mental.

—¿Y si funciona? ¿Si presenciamos fenómenos sobrenaturales que no pueden ser explicados racionalmente?

—Entonces tendrán que ayudarme a descubrir cómo equilibrar mis responsabilidades como Guardiana con mis responsabilidades como hija y futura madre.

—Es justo —dijo con resignación—. Aunque debo señalar que espero que tu ritual falle espectacularmente y pruebe que necesitas ayuda médica en lugar de entrenamiento mágico.

—Entiendo. ¿Pero papá?

—¿Sí?

—Ya sea que creas en lo que estoy haciendo o no, necesito que sepas que los amo a ambos y estoy agradecida por todo lo que han sacrificado para darme oportunidades y educación. Lo que estoy haciendo esta noche no es un rechazo de sus valores: es una aplicación de ellos a circunstancias que nunca han tenido que enfrentar.

Lágrimas se formaron en los ojos de mamá. —Pase lo que pase esta noche, sigues siendo nuestra hija y todavía te amamos.

—¿Incluso si resulta que soy una bruja?

—Incluso si resultas estar completamente loca —dijo papá con una ligera sonrisa—. Aunque todavía pienso que esa es la explicación más probable para todo esto.

Para la tarde, todo estaba listo. Se había contratado a un hombre local para cavar el hoyo, que ahora bostezaba siete pies de profundidad en nuestro patio delantero como una tumba esperando un ocupante. Grace había entregado los materiales rituales finales y realizado sus propios trabajos protectores alrededor de la propiedad. Y mis padres se habían posicionado en el porche con mantas, suministros médicos, y expresiones de pavor resignado.

Mientras se acercaba la medianoche, me paré junto al hoyo usando los amuletos protectores de Grace y llevando el conocimiento de que todo lo que amaba podría depender de lo que sucediera en las próximas horas.

La luna oscura estaba sobre nosotros, invisible pero innegablemente presente.

Las almas atrapadas estaban esperando.

La entidad oscura estaba preparando sus defensas.

Y yo estaba a punto de descubrir si una adolescente embarazada de diecisiete años tenía el poder de desafiar fuerzas que habían estado creciendo más fuertes durante siglos.

Lista o no, el momento de la verdad había llegado.

Capítulo 22: El Surgimiento de la Luna Nueva

A las once y media, la actividad sobrenatural alrededor de nuestra casa comenzó a intensificarse dramáticamente. El aire se volvió espeso y pesado, haciendo que cada respiración se sintiera como un esfuerzo. La temperatura bajó notablemente a pesar del clima tropical, y sonidos extraños comenzaron a emanar de la oscuridad más allá de nuestra propiedad: susurros que no podían atribuirse al viento, pasos que no seguían ninguna figura visible, voces hablando en idiomas que precedieron a la civilización humana.

Mis padres, que habían estado manteniendo una calma escéptica durante toda la tarde, comenzaron a mostrar signos de inquietud genuina.

—¿Soy solo yo, o algo se siente muy mal aquí afuera? —susurró mamá, apretando su chal más alrededor de sus hombros a pesar del aire cálido de la noche.

—La presión atmosférica definitivamente ha cambiado —estuvo de acuerdo papá, aunque su tono sugería que todavía estaba buscando explicaciones racionales—. Podría ser otro sistema de tormenta moviéndose.

Revisé los amuletos protectores que Grace me había dado, sintiendo su calor contra mi piel y extrayendo consuelo de las barreras espirituales que proporcionaban. —No es una tormenta. Es el reino sobrenatural respondiendo a lo que está por suceder.

Como si fuera invocada por mis palabras, Grace emergió de la oscuridad cerca del canal, llevando una bolsa grande y moviéndose con el paso decidido de alguien acercándose a un momento largamente anticipado.

—Las condiciones son óptimas —anunció sin preámbulo—. La influencia de la luna oscura está en su punto más fuerte, y la entidad que enfrentarás ha comprometido la mayor parte de su poder a mantener los lazos que sostienen a sus almas cautivas. Esta es tu mejor oportunidad para tomarlo desprevenido.

—¿Estás segura sobre el momento? —pregunté, el nerviosismo haciendo mi voz más tensa de lo usual.

—Medianoche es la hora tradicional para trabajos de esta magnitud —confirmó—. Es cuando el límite entre los reinos físico y espiritual es más delgado, permitiendo máxima efectividad de los rituales de desatadura.

Comenzó a desempacar su bolsa, arreglando velas e implementos rituales alrededor del perímetro del hoyo con eficiencia practicada. Cada objeto era colocado con precisión que hablaba de profundo conocimiento sobre flujos de energía sobrenatural y configuraciones protectoras.

—¿Qué exactamente estás haciendo? —preguntó papá, su entrenamiento judicial haciéndolo naturalmente observador de detalles procedimentales.

—Creando un espacio sagrado que amplificará las habilidades naturales de tu hija mientras proporciona protección contra ataque espiritual —respondió Grace sin levantar la vista de su trabajo.

—¿Y crees que esto realmente logrará algo sobrenatural?

—Lo sé. La pregunta es si tu hija tiene suficiente poder para completar el trabajo antes de que las fuerzas opositoras puedan detenerla.

Mientras Grace continuaba sus preparaciones, me volví consciente de que ya no estábamos solos en el patio. Figuras sombrías se estaban reuniendo en la oscuridad más allá del alcance de las luces de nuestro porche: no las almas perdidas a las que estaba acostumbrada a ayudar, sino algo completamente diferente. Estas presencias se sentían organizadas, decididas, y distintamente hostiles.

—Tenemos compañía —le dije a Grace en voz baja.

Hizo una pausa en la colocación de velas y extendió sus sentidos sobrenaturales, escaneando el perímetro de nuestra propiedad. —Exploradores y soldados rasos —dijo sombríamente—. La entidad sabe lo que estás planeando, y está posicionando sus fuerzas para interferir.

—¿Cuántos?

—Docenas. Quizás más. Está tomando esta amenaza muy en serio.

Mamá y papá estaban mirando de un lado a otro entre Grace y yo con expresiones de creciente alarma.

—¿De qué están hablando? —exigió mamá—. ¿Qué exploradores? ¿Qué fuerzas?

—Espíritus corrompidos bajo el control del practicante de vudú —expliqué—. Almas que han sido retorcidas por décadas de tortura en algo que sirve a su voluntad en lugar de buscar paz.

—¿Estás diciendo que hay fantasmas hostiles rodeando nuestra casa ahora mismo? —La voz de papá llevaba el tono de alguien que no podía creer del todo que estuviera haciendo tal pregunta.

—Estoy diciendo que hay entidades sobrenaturales reuniéndose para prevenir que libere a sus compañeros cautivos —corregí—. Ya sea que los llames fantasmas o demonios o almas corrompidas no cambia su propósito.

Como respondiendo a nuestra conversación, la temperatura bajó aún más, y los sonidos de la oscuridad se volvieron más fuertes y más amenazantes. Podía escuchar lo que sonaba como animales gruñendo, aunque no había criaturas terrenales visibles. El aire mismo parecía vibrar con energía malévola.

—Esto es real —susurró mamá, su escepticismo finalmente quebrándose bajo el peso de fenómenos que no podían ser explicados por pensamiento racional—. Esto realmente está sucediendo.

—Sí —dije gentilmente—. Y ahora entiendes por qué no podía simplemente ignorar mi llamado y enfocarme en preocupaciones adolescentes normales.

Grace terminó de arreglar el círculo exterior de velas y se movió a las configuraciones internas más complejas que enfocarían mi poder durante el ritual actual. —Cinco minutos hasta medianoche —anunció—. Tiempo para preparaciones finales.

Me entregó una túnica blanca que se sentía suave como seda pero zumbaba con energía protectora. —Usa esto sobre tu ropa. Ha sido bendecida y consagrada específicamente para el trabajo de esta noche.

Mientras deslizaba la túnica sobre mi cabeza, sentí un cambio inmediato en mi conciencia sobrenatural. La actividad espiritual a nuestro alrededor se volvió más clara y detallada, como si alguien hubiera ajustado el enfoque en un telescopio. Podía ver las almas corrompidas reuniéndose en la oscuridad, contar sus números, y sentir sus niveles individuales de poder y corrupción.

Había al menos cincuenta de ellas, arregladas en un círculo áspero alrededor de nuestra propiedad. Algunas retenían suficiente de su humanidad original para parecer casi normales, mientras que otras habían sido tan retorcidas por su cautiverio que apenas se parecían a algo que alguna vez hubiera sido humano.

—Están esperando algo —le dije a Grace—. Algún tipo de señal o comando.

—Están esperando que comiences el ritual —respondió—. En el momento en que comiences a hablar las palabras de desatadura, atacarán con todo lo que tienen.

—¿Y cómo se supone que complete una ceremonia compleja mientras lucho contra docenas de entidades sobrenaturales?

—Con ayuda. —Grace señaló hacia la oscuridad cerca del canal, donde nuevas figuras estaban comenzando a materializarse—. Tu bisabuelo no fue la única Guardiana que murió con asuntos pendientes. Otros espíritus han estado esperando esta oportunidad para completar trabajo que fueron incapaces de terminar en vida.

Podía verlos ahora: figuras translúcidas vistiendo ropa de diferentes períodos históricos, todas llevando el aura inconfundible de individuos que una vez habían poseído habilidades sobrenaturales similares a las mías. Algunos eran viejos, algunos jóvenes, algunos masculinos, algunos femeninos, pero todos radiaban el tipo de poder espiritual que viene de una vida de servir como guardianes del límite entre la vida y la muerte.

—El linaje familiar —respiré, reconociendo algunos de los rostros de viejas fotografías e historias familiares.

—Múltiples generaciones de Guardianas que murieron antes de que su trabajo estuviera completo —confirmó Grace—. Han estado esperando décadas para que alguien con tu potencial apareciera.

La presencia de mis ancestros era tanto reconfortante como aterradora. Su apoyo sería invaluable durante la batalla venidera, pero su presencia también enfatizaba la magnitud de lo que estaba intentando y la posibilidad muy real de que podría unirme a sus filas como otra Guardiana que murió antes de cumplir su destino.

—Treinta segundos —anunció Grace, encendiendo las velas finales en la configuración alrededor del hoyo.

Me acerqué al borde de la excavación, mirando hacia abajo en oscuridad que parecía extenderse mucho más profundo que los siete pies que habían sido cavados. En el fondo, podía ver símbolos que no habían estado allí antes: patrones geométricos tallados en la tierra que brillaban con tenue luz sobrenatural.

—Esos símbolos son la clave para todo el trabajo —explicó Grace—. Párate en el centro de ellos y habla las palabras de desatadura exactamente cómo te enseñé. No te detengas, sin importar qué suceda sobre el suelo. La ceremonia debe ser completada en una recitación continua, o los lazos espirituales se reestablecerán más fuertes que antes.

—¿Y si me interrumpen? ¿Si los espíritus atacantes me previenen de terminar?

—Entonces las almas atrapadas sufrirán castigo adicional por este intento de escape, y la entidad oscura crecerá lo suficientemente poderosa para comenzar a expandir sus operaciones más allá de esta región.

—Sin presión —murmuré, aceptando la escalera que Grace posicionó para mi descenso al hoyo.

—Medianoche —anunció.

Eché un último vistazo a mis padres, viendo amor y terror y aceptación luchando en sus rostros. Sin importar lo que sucediera en la próxima hora, nuestra relación nunca sería la misma. Ya no podían pretender que su hija era simplemente una adolescente brillante con problemas normales y soluciones convencionales.

—Los amo —les llamé mientras comenzaba mi descenso al hoyo.

—Te amamos también —llamó mamá de vuelta, lágrimas corriendo por su rostro.

Mientras mis pies tocaban el fondo de la excavación y me posicionaba en el centro de los símbolos brillantes, sentí el peso de generaciones asentándose sobre mis hombros. Cada mujer en mi linaje familiar que alguna vez había servido como Guardiana, cada alma que alguna vez había sido ayudada a cruzar el umbral entre la vida y la muerte, cada batalla que alguna vez había sido luchada contra las fuerzas de corrupción espiritual: todo había llevado a este momento.

Sobre mí, podía escuchar a Grace comenzando a cantar en un idioma que precedía a la colonización española. Las velas protectoras llamearon más brillantes, su luz empujando hacia atrás la oscuridad que se había estado reuniendo alrededor de nuestra propiedad.

Y de las sombras vinieron los primeros sonidos de batalla sobrenatural mientras las almas corrompidas lanzaban su ataque contra los espíritus ancestrales que habían venido a protegerme.

Abrí mi boca y hablé las primeras palabras del ritual de desatadura, sintiendo poder fluir a través de mí como electricidad mientras comenzaba el trabajo más peligroso de mi vida.

La batalla por las almas atrapadas había comenzado.

Y en algún lugar en la oscuridad, el exsacerdote que había comenzado este ciclo de corrupción siglos atrás estaba reuniendo cada pizca de poder a su disposición para asegurar que no viviera para completar lo que mi bisabuelo había muerto intentando.

La próxima hora determinaría si la justicia y la misericordia podían triunfar sobre siglos de mal acumulado.

O si me convertiría en solo otra víctima en una guerra sobrenatural que había estado rugiendo desde antes de mi nacimiento.

Capítulo 23: Descenso a la Oscuridad

En el momento en que hablé las primeras palabras del ritual de desatadura, el mundo sobre mí estalló en caos sobrenatural. Podía escuchar los sonidos de combate espiritual: el choque de energías opuestas, voces alzadas en ira y determinación, y debajo de todo, el terrible lamento de almas atrapadas entre la esperanza y la desesperación.

Mi enfoque tenía que permanecer en la ceremonia misma. Las palabras de desatadura eran antiguas, poderosas, e implacables ante cualquier error o vacilación. Cada sílaba tenía que ser pronunciada perfectamente, cada frase entregada con absoluta convicción, o todo el trabajo colapsaría y potencialmente rebotaría contra mí con fuerza devastadora.

—Libertas animarum captivatum —comencé, sintiendo las palabras latinas resonar a través de todo mi ser a pesar de nunca haber estudiado el idioma formalmente . Per virtutem sanguinis mei, per potestatem hereditatis meae, rumpo vincula quae tenent innocentes in tenebris.

Sobre mí, escuché la voz de Grace elevarse en cántico protector, tejiendo un escudo espiritual alrededor del espacio ritual que esperanzadamente mantendría a las fuerzas atacantes de alcanzarme antes de que pudiera completar la ceremonia.

Incluso a través de sus protecciones, podía sentir la presencia malévola que estaba coordinando el asalto. El ex sacerdote, Padre Diego Maldonado, no estaba intentando atacarme directamente. En su lugar, estaba dirigiendo a sus sirvientes corrompidos con la inteligencia estratégica de alguien que había aprendido a tratar la guerra espiritual como un complejo juego de ajedrez.

Los símbolos brillantes tallados en la tierra bajo mis pies comenzaron a pulsar más brillantes mientras el ritual progresaba, respondiendo al poder fluyendo a través de mi voz y gestos. Con cada frase completada, podía sentir lazos espirituales comenzando a debilitarse en algún lugar a la distancia: las cadenas mágicas que habían mantenido almas inocentes cautivas durante décadas estaban comenzando a agrietarse bajo la presión de mi trabajo.

—Auctoritate majorum meorum, qui ante me viam fecerunt —continué, extrayendo del poder de todas las Guardianas que habían venido antes que yo—. Impero tibi, malum, ut dimittas quos injuste detines.

La respuesta fue inmediata y aterradora. Algo golpeó las barreras protectoras sobre el hoyo con suficiente fuerza para hacer temblar la tierra a mi alrededor. Podía escuchar a mis padres gritando preguntas y preocupaciones, pero la voz de Grace cortó a través de su pánico con comandos agudos de permanecer en el porche y dejar que las defensas sobrenaturales hicieran su trabajo.

Una lluvia de tierra cayó en el hoyo cuando algo pesado golpeó el suelo directamente sobre mí. Una de las almas corrompidas había atravesado el perímetro exterior y estaba tratando de cavar hacia donde yo estaba parada, sus manos con garras raspando contra tierra y piedra con furia desesperada.

—Continúa —escuché la voz de mi bisabuelo susurrar en mi mente—. Sin importar qué suceda arriba, debes completar la desatadura. Demasiadas almas dependen de tu éxito.

Me obligué a continuar el ritual a pesar del caos creciente a mi alrededor. —Per lucem quae in tenebris lucet, per amorem qui vincit omnia, aperta sunt ostia quae clausa erant.

Cada palabra se estaba volviendo más difícil de hablar mientras la presión espiritual se intensificaba. La entidad controlando las almas corrompidas estaba vertiendo más poder en sus defensas, tratando de mantener los lazos que eran la fuente de su inmortalidad y habilidades sobrenaturales.

Algo más estaba sucediendo también. Mientras las cadenas antiguas comenzaban a debilitarse, podía sentir a las almas atrapadas mismas comenzando a responder. Décadas de tortura y desesperación estaban dando paso a los primeros susurros de esperanza que habían experimentado en generaciones.

—Ayúdanos —vino una voz del reino espiritual, tenue pero inconfundiblemente agradecida—. Por favor, continúa. Podemos sentir los lazos aflojándose.

—Tan cerca —dijo otra—. Estamos tan cerca de la libertad. No te detengas ahora.

Su aliento me dio fuerza para empujar a través de la siguiente fase del ritual, incluso mientras los ataques sobre el suelo se intensificaban. Podía escuchar lo que sonaba como una batalla sobrenatural a gran escala: armas de energía chocando, espíritus luchando con almas corrompidas, y debajo de todo el ritmo constante del cántico protector de Grace.

—Nunc dimittis servos tuos, Domine —hablé, alcanzando el centro crucial de la ceremonia—. Secundum verbum tuum in pace. Quia viderunt oculi mei salutare tuum.

En el momento en que esas palabras dejaron mis labios, algo fundamental cambió en la atmósfera espiritual. Sentí más que escuché un sonido como enormes cadenas rompiéndose bajo tensión imposible. Los lazos sosteniendo al primer grupo de almas finalmente se habían roto.

—¡Libres! —vino un grito de pura alegría del reino espiritual—. ¡Estamos libres! ¡Gracias, joven Guardiana, gracias!

La liberación de algunas almas solo hizo a la entidad oscura más desesperada por prevenir la liberación de otras. Los ataques contra nuestras barreras protectoras se duplicaron en intensidad, y podía escuchar algo grande y poderoso comenzando a desgarrar las defensas que Grace había erigido.

—¡Viene! —la escuché gritar desde arriba—. ¡El maestro mismo viene! ¡Necesitas terminar esto rápidamente!

Estaba solo a la mitad de la ceremonia de desatadura, pero podía sentir la tensión afectando mi cuerpo. El embarazo estaba haciendo que la canalización de energías espirituales tan masivas fuera más difícil de lo que debería haber sido, y estaba comenzando a preocuparme por el efecto en mi hijo no nacido.

—Sanguis meus, vita mea, anima mea —continué, vertiendo todo lo que tenía en las palabras—. Offero pro libertate innocentium, pro pace mortuorum, pro sanitate vivorum.

Algo agarró la escalera sobre mí y la arrancó del hoyo con fuerza sobrenatural. Ahora estaba atrapada siete pies bajo tierra sin manera fácil de escapar, completamente dependiente de completar el ritual exitosamente o morir en el intento.

Eso ya no importaba. Podía sentir docenas de almas adicionales comenzando a agitarse mientras sus lazos se debilitaban. El trabajo estaba teniendo éxito, y cada espíritu liberado hacía la siguiente liberación más fácil al añadir su poder al mío.

—Los niños —escuché a un alma recién liberada llamar—. Por favor, libera a los niños después. Han sufrido más tiempo y merecen paz primero.

Niños. El pensamiento de que algunas de las almas atrapadas eran niños que habían sido asesinados y esclavizados durante décadas me llenó con tal rabia que mi voz se volvió más fuerte e imperiosa.

—Per innocentiam puerorum, per dolorem matrum, per justitiam quae non moritur —hablé con autoridad que parecía venir de más allá de mis propias habilidades—. Rumpo omnia vincula, dissolvo omnes catenas, libero omnes captivos!

La explosión espiritual que siguió fue visible incluso para ojos físicos. Luz estalló del hoyo donde yo estaba parada, perforando la oscuridad arriba y revelando el alcance completo de la batalla sobrenatural teniendo lugar en nuestro patio.

Almas corrompidas estaban luchando con los espíritus de mis ancestros en combate cuerpo a cuerpo. Grace estaba parada en el centro de un círculo protector, sus manos tejiendo patrones de poder mientras energía fluía alrededor de ella como viento visible. Y acercándose a través del canal había una figura de tal malevolencia concentrada que mirarla directamente hacía que mis ojos lloraran y mi estómago se contrajera con náusea.

Padre Diego Maldonado había finalmente abandonado la sutileza en favor de la intervención directa.

Aparecía como debió haber sido en vida: alto, aristocrático, vestido con las túnicas de su sacerdocio anterior. Todo sobre él estaba mal. Sus ojos brillaban con la misma luz verde enfermiza que había visto en otros espíritus corrompidos. Sus movimientos eran demasiado fluidos, demasiado elegantes, hablando de poder inhumano corriendo a través de lo que una vez había sido carne mortal. Y el aire a su alrededor estaba espeso con los gritos psíquicos de todas las almas que había torturado a lo largo de los siglos.

—Suficiente —dijo, y su voz llevó a través del campo de batalla con autoridad que hizo incluso a mis protectores ancestrales dudar—. No permitiré que alguna niña embarazada destruya siglos de trabajo cuidadoso.

Levantó sus manos, y las almas corrompidas luchando alrededor de nuestra propiedad repentinamente se movieron con precisión coordinada, todas atacando los mismos puntos en nuestras defensas simultáneamente. Las barreras protectoras de Grace comenzaron a agrietarse bajo el asalto enfocado.

—¡Termínalo ahora! —me gritó—. ¡Pase lo que pase, termina el ritual!

Estaba en la fase final de la ceremonia, las palabras que destrozarían todos los lazos restantes y liberarían cada alma que él mantenía cautiva. Podía sentir su poder presionando sobre mí como un peso físico, tratando de aplastar mi voluntad y silenciar mi voz antes de que pudiera hablar las frases concluyentes.

—Tu qui es umbra mortis, tu qui es horror tenebrarum —comencé, extrayendo de reservas de fuerza que no sabía que poseía—. Non prevalebis contra lucem, non vincis amorem, non destrues spem.

Cada palabra era una batalla contra la presión espiritual que estaba ejerciendo. Podía sentir sangre goteando de mi nariz, y mi visión estaba comenzando a nublarse por la tensión.

Pero también podía sentir a las almas atrapadas mismas añadiendo su poder al mío. Docenas de ellas, liberadas por las partes anteriores del ritual, ahora estaban ayudando a alimentar la desatadura final. Su voluntad combinada era más fuerte que su malevolencia individual, sin importar cuánto poder había acumulado.

—In nomine omnium qui passi sunt, in nomine omnium qui mortui sunt injuste, in nomine omnium qui sperant in pace —hablé con la voz de cada víctima que alguna vez había sufrido a sus manos—. LIBERI ESTOTE!

Las palabras finales estallaron de mi garganta con tal fuerza que parecieron sacudir los fundamentos de la realidad misma. Cada lazo espiritual que había forjado a lo largo de siglos de tortura y manipulación se rompió simultáneamente, liberando un torrente de almas hacia la libertad que se les había negado durante tanto tiempo.

El efecto en Padre Maldonado fue inmediato y catastrófico. Mientras la fuente de su poder era cortada, su forma aparentemente sólida comenzó a ondular y desvanecerse. La inmortalidad que había comprado con el sufrimiento de inocentes se estaba disolviendo junto con su habilidad de mantener manifestación física.

—Esto no ha terminado —gruñó mientras su forma se volvía cada vez más translúcida—. Encontraré otra manera. Regresaré.

—No —dijo una nueva voz desde arriba del hoyo—. No lo harás.

Levanté la vista para ver una figura de luz blanca resplandeciente descendiendo hacia mí: no uno de mis ancestros, sino algo mucho más poderoso. Mientras se acercaba, pude distinguir las características de un hombre en túnicas eclesiásticas, pero estas túnicas eran limpias y brillantes donde las de Maldonado estaban manchadas y corrompidas.

—¿Quién eres? —llamé.

—Soy quien él debió haber sido —respondió la figura—. El sacerdote en que podría haberse convertido si hubiera elegido servicio sobre egoísmo, compasión sobre corrupción. Soy su ángel mejor, finalmente libre para equilibrar las escalas.

La figura de luz pasó a través de mí mientras continuaba su descenso, y sentí una calidez y paz diferentes a cualquier cosa que hubiera experimentado. Cada rastro de contaminación espiritual del ritual fue limpiado de mi ser, y la tensión en mi cuerpo embarazado fue instantáneamente aliviada.

Sobre el suelo, la figura confrontó la forma desvaneciéndose de Maldonado con el tipo de autoridad moral absoluta que viene de virtud perfecta oponiéndose a corrupción perfecta.

—Tu poder está roto —dijo el ángel simplemente—. Tus víctimas están libres. Tus deudas son cobradas. Ven conmigo a enfrentar el juicio que has evitado durante tanto tiempo.

—No iré voluntariamente —respondió Maldonado, pero su voz había perdido todo su poder imperioso.

—Voluntariamente o no, irás. La elección es si enfrentas la justicia con algún remanente de dignidad o eres arrastrado a ella como el cobarde en que te has convertido.

Lo que siguió no fue una batalla, sino una ejecución. La presencia del ángel simplemente disolvió lo que quedaba de la cohesión espiritual de Maldonado, deshaciendo el mal en que se había convertido y arrastrando los restos hacia cualquier sala de justicia cósmica que esperara a sacerdotes caídos que habían vendido sus almas por poder temporal.

Mientras las últimas trazas de su presencia desaparecían, un silencio profundo cayó sobre nuestra propiedad. Las almas corrompidas que nos habían estado atacando se habían ido: o destruidas cuando su maestro cayó, o liberadas para encontrar sus propios caminos a cualquier vida después de la muerte que les esperara.

El silencio fue roto por el sonido de llanto desde arriba del hoyo. Estas eran lágrimas de alegría, no tristeza.

—Gracias —vino un coro de voces del reino espiritual—. Gracias por nuestra libertad. Gracias por terminar nuestro sufrimiento. Gracias por darnos paz.

Mientras las almas liberadas comenzaban su viaje final hacia lo que viene después de la muerte, hicieron una pausa para ofrecer bendiciones para mi hijo no nacido, promesas de protección de cualquiera que dañara a mi familia, y gratitud que resonaría a través de generaciones de mi linaje.

—El niño que llevas será poderoso —susurró una de ellas mientras se desvanecían de la percepción—. Pero a diferencia de nosotros, nunca tendrá que enfrentar tal oscuridad solo. El equilibrio ha sido restaurado.

Grace apareció en el borde del hoyo, su rostro marcado con lágrimas y sus ojos brillantes con triunfo.

—Está hecho —dijo simplemente—. Finalmente está hecho. Después de cuarenta años de esperar, mi hermano y todos los demás pueden descansar en paz.

Mientras me ayudaba a salir del hoyo usando una cuerda que había traído, sentí el profundo agotamiento que sigue a cualquier trabajo mágico mayor. Debajo del cansancio había una sensación de completitud diferente a cualquier cosa que hubiera experimentado.

Había enfrentado el peor tipo de mal sobrenatural y emergido victoriosa.

Había liberado docenas de almas torturadas de siglos de sufrimiento.

Había restaurado el equilibrio espiritual de toda la región.

Y lo había hecho todo mientras llevaba nueva vida que heredaría un mundo más limpio y seguro por las decisiones que había tomado.

Mis padres estaban esperando en el porche, sus rostros mostrando una mezcla de asombro, terror y profundo respeto por habilidades que apenas estaban comenzando a entender.

—¿Ha terminado? —preguntó mamá en voz baja.

—Ha terminado —confirmé, permitiéndome ser envuelta en su abrazo a pesar de mi agotamiento.

—¿Y estás bien? ¿El bebé está bien?

—Ambos estamos bien. Mejor que bien, en realidad. La contaminación espiritual que ha estado acumulándose en esta región durante generaciones ha sido limpiada. Mi hijo crecerá en un mundo donde tal mal no puede echar raíces.

Mientras el amanecer rompía sobre nuestra pequeña propiedad, pintando el cielo en tonos de rosa y oro, me di cuenta de que esta noche había marcado el final de un capítulo de mi vida y el comienzo de otro.

Ya no era solo una adolescente embarazada luchando con expectativas familiares y decisiones personales.

Era una Guardiana que se había probado a sí misma en las circunstancias más peligrosas posibles.

Y estaba lista para cualesquiera desafíos y responsabilidades que vinieran después.

Capítulo 24: Liberación y Pérdida

Las horas siguiendo al ritual pasaron en una neblina de agotamiento y comprensión lentamente amaneciendo de lo que todos habíamos presenciado. Mientras el sol subía más alto y los sonidos normales de la vida matutina comenzaban a filtrarse a través de nuestra propiedad, los eventos sobrenaturales de la noche tomaron una cualidad casi onírica.

La evidencia de lo que había ocurrido era innegable. El hoyo en nuestro patio delantero permanecía, aunque ya no brillaba con símbolos místicos. Las velas que Grace había arreglado estaban quemadas hasta la nada, dejando solo charcos de cera endurecida en patrones geométricos precisos. Y el aire mismo se sentía diferente: más limpio de alguna manera, como si un veneno que había estado contaminando la atmósfera durante generaciones finalmente hubiera sido purgado.

Más importante, la opresiva presión espiritual que había estado acumulándose durante días había desaparecido completamente. En su lugar había una sensación de paz y equilibrio que parecía emanar de la misma tierra bajo nuestros pies.

Grace se había quedado durante el amanecer, ayudándome a procesar la magnitud de lo que se había logrado y asegurando que no sufriera efectos duraderos de canalizar cantidades tan enormes de energía sobrenatural.

—¿Cómo te sientes? —preguntó mientras nos sentábamos en el porche bebiendo café y observando al sol pintar el cielo en tonos de naranja y oro.

—Cansada —dije honestamente—. Agotada. Pero también... completa. Como si hubiera cumplido algo para lo que nací.

—Eso es exactamente lo que has hecho. Tu bisabuelo finalmente puede descansar en paz, sabiendo que su trabajo inconcluso ha sido completado por alguien digna de la tradición familiar.

Mis padres habían estado inusualmente callados durante toda la mañana, procesando la realidad de lo que habían presenciado. La visión racional del mundo que había gobernado toda su vida adulta había sido destrozada en una sola noche, y todavía estaban luchando por entender cómo reconstruir su comprensión de la realidad.

—Te debo una disculpa —dijo papá finalmente, dejando su taza de café y mirándome directamente—. He pasado años descartando las historias de tu abuela como folklore inofensivo y tus experiencias espirituales como imaginación infantil. Estaba equivocado.

—Estabas protegiéndome de la única manera que sabías —respondí—. Se supone que los padres protejan a sus hijos de situaciones peligrosas. No podías haber sabido que ignorar mi llamado sobrenatural realmente crearía más peligro, no menos.

—Debí haber escuchado más cuidadosamente. Debí haber prestado atención cuando trataste de contarme sobre cosas que no podía entender.

—Y yo debí haber encontrado mejores maneras de explicar lo que estaba experimentando. Ambos estábamos haciendo lo mejor que podíamos con circunstancias imposibles.

Mamá había estado llorando de vez en cuando durante toda la mañana: lágrimas de alivio de que había sobrevivido, lágrimas de culpa por el escepticismo que había mostrado, y lágrimas de gratitud por la protección sobrenatural que había rodeado a nuestra familia durante la noche más peligrosa de nuestras vidas.

—¿Qué pasa ahora? —preguntó—. ¿Regresamos a nuestra vieja vida en la isla? ¿Nos quedamos aquí? ¿Cómo avanzamos después de algo como esto?

—Eso depende de con qué puedan vivir —dije cuidadosamente—. Ahora que saben sobre mis habilidades sobrenaturales, pueden aceptarlas como parte de quien soy o pasar el resto de nuestra relación tratando de pretender que la noche pasada nunca sucedió.

—No podemos pretender que nunca sucedió —dijo papá firmemente—. Lo que presenciamos fue real, poderoso, y claramente necesario. La pregunta es cómo integramos esta nueva comprensión en nuestra vida familiar.

Grace aclaró su garganta suavemente. —¿Si puedo ofrecer algo de perspectiva desde alguien que ha estado lidiando con realidades sobrenaturales durante muchos años?

—Por favor —dijo mamá—. Necesitamos toda la guía que podamos obtener.

—Lo más importante de entender es que tener una Guardiana en la familia es tanto una bendición como una responsabilidad. Las habilidades de tu hija continuarán creciendo y desarrollándose a lo largo de su vida. Será llamada a ayudar a almas perdidas, a mantener equilibrio espiritual en su comunidad, y ocasionalmente a enfrentar amenazas similares a lo que enfrentó anoche.

—¿Más amenazas como Padre Maldonado? —pregunté, aunque no estaba segura de querer escuchar la respuesta.

—Improbable. Lo que derrotaste anoche era una corrupción que había estado acumulándose durante siglos. La mayoría de los problemas sobrenaturales son mucho más pequeños en alcance y menos peligrosos de manejar. Pero sí, habrá otros desafíos, otras almas que necesitan ayuda, otras situaciones donde tus habilidades únicas serán requeridas.

—¿Y el embarazo? —preguntó mamá—. ¿Cómo afectará tener un hijo sus responsabilidades sobrenaturales?

—El niño probablemente heredará algún nivel de sensibilidad al mundo espiritual —explicó Grace—. La herencia de habilidades completas de Guardiana usualmente salta generaciones, así que tu nieto probablemente tendrá una vida más normal que la que tu hija ha sido llamada a vivir.

El alivio en los rostros de mis padres era visible y comprensible. Podían aceptar que su hija estuviera involucrada en actividades sobrenaturales si significaba que su nieto podría tener problemas ordinarios y soluciones convencionales.

—Hay algo más que necesitamos discutir —dije, sabiendo que esta conversación sería difícil pero necesaria—. Algo sobre el costo de lo que pasó anoche.

La expresión de Grace se volvió seria. —¿Qué tipo de costo?

—Lo sentí durante el ritual. Algo fue... tomado. Algún tipo de precio fue pagado por el poder necesario para romper lazos tan fuertes.

—Trabajos espirituales de esa magnitud siempre requieren sacrificio —reconoció—. Usualmente el precio es pagado por el practicante en forma de agotamiento, pérdida temporal de habilidades, o vida acortada. ¿Qué específicamente sentiste?

Coloqué mi mano en mi vientre, sintiendo el aleteo familiar de movimiento que se había convertido en un compañero constante durante el último mes. Por un momento, no sentí nada, y terror frío me invadió.

Entonces, tenuemente pero inconfundiblemente, sentí una pequeña patada contra mi palma.

—El bebé está bien —dije con alivio—. Pero algo más... cuando el ángel apareció, cuando limpió la contaminación espiritual del ritual, sentí algo salir de mi cuerpo. Algo que había estado creciendo junto al bebé.

—¿Qué quieres decir? —preguntó mamá, su voz tensa con preocupación.

—Creo que estaba llevando gemelos —dije en voz baja—. Creo que el estrés sobrenatural del embarazo, combinado con las enormes energías espirituales involucradas en el ritual, causó que perdiera a uno de ellos.

El silencio que siguió era pesado con dolor y emociones complicadas.

—¿Estás segura? —preguntó Grace gentilmente.

—No puedo estar segura sin examen médico, pero sí, lo creo. Había una presencia, una segunda fuerza de vida, que había sentido pero no reconocido completamente. Durante la fase final del ritual, cuando estaba vertiendo todo lo que tenía en la ceremonia de desatadura, la sentí... desvanecerse.

Lágrimas corrían por el rostro de mamá. —Mi amor, lo siento mucho. La pérdida de un hijo, incluso uno que no sabías que estabas llevando...

—Sí sabía —interrumpí suavemente—. En algún nivel, lo sabía. La sensibilidad sobrenatural que me hace Guardiana también me hizo consciente de ambas vidas creciendo dentro de mí. Elegí canalizar la energía espiritual de todos modos porque sabía que las apuestas eran demasiado altas para retener algo.

—Sacrificaste a tu propio hijo para salvar a extraños —dijo papá, su voz pesada con algo entre admiración y horror.

—Sacrifiqué un futuro potencial para preservar miles de otros. Si no hubiera completado el ritual, si la corrupción espiritual hubiera continuado propagándose, ¿cuántos otros niños habrían nacido en un mundo invadido por el mal? ¿Cuántas familias habrían sufrido lo que esas almas atrapadas experimentaron?

La complejidad ética de lo que había ocurrido era casi imposible de procesar. Había salvado incontables vidas arriesgando la mía propia y aceptando una pérdida que afectaría a mi familia durante generaciones.

—El alma que se perdió —dijo Grace cuidadosamente—, no murió en vano. La energía espiritual nunca es verdaderamente destruida, solo transformada. La fuerza de vida que fue liberada durante el ritual se convirtió en parte del poder que liberó a las almas atrapadas. Tu hijo ayudó a docenas de otras almas a encontrar paz.

Estaba destinado a ser reconfortante, pero la pérdida todavía se sentía cruda e inmediata. Estaba lamentando por un hijo que nunca había sabido conscientemente que estaba llevando, llorando un futuro que ahora nunca existiría.

—¿El bebé sobreviviente será afectado por lo que pasó? —pregunté.

—El niño probablemente será aún más sensible al reino sobrenatural por su exposición prenatal a energías espirituales tan poderosas —respondió Grace—. También estarán protegidos por las bendiciones de todas las almas que liberaste. Tu bebé crecerá rodeado de más protección espiritual que cualquier niño en la historia.

Mientras la mañana avanzaba y continuábamos procesando los eventos de la noche, comencé a entender que el ritual había cambiado más que solo el equilibrio espiritual de la región.

Había alterado fundamentalmente el curso de la vida de mi familia y la naturaleza de nuestras relaciones entre nosotros.

Mis padres ya no podían verme como simplemente su hija que casualmente tenía intereses inusuales. Ahora era alguien que había enfrentado el mal absoluto y emergido victoriosa, alguien cuyas habilidades sobrenaturales se habían probado bajo las circunstancias más extremas posibles.

Siempre se preocuparían por mí, pero ya no podían tratar de protegerme de mi llamado.

Y yo ya no podía pretender que mis responsabilidades como Guardiana eran secundarias a preocupaciones convencionales sobre educación, carrera, y respetabilidad social.

—¿Entonces qué pasa después? —pregunté mientras Grace se preparaba para irse.

—Después, descansas y te recuperas del trabajo espiritual más demandante de tu vida. Te enfocas en tu embarazo y te preparas para la maternidad. Permites que tu familia se ajuste a su nueva comprensión de quién eres y qué involucrará tu vida.

—¿Y después de eso?

—Después de eso, comenzarás a recibir peticiones de ayuda de otras comunidades que han escuchado sobre lo que lograste aquí. Las noticias viajan rápidamente en el reino sobrenatural, y hay muchos lugares que podrían beneficiarse de los servicios de una Guardiana probada.

La perspectiva de viajar a otras islas, otros países, ayudando a otras comunidades a lidiar con sus propios problemas sobrenaturales era tanto emocionante como intimidante.

—¿Me ayudarás a prepararme para esas responsabilidades?

—Mientras pueda —prometió Grace—. Recuerda, la preparación más importante ya la has completado. Has probado que tienes el coraje, el poder, y la claridad moral para enfrentar el mal y emerger victoriosa. Todo lo demás es solo entrenamiento práctico.

Mientras reunía sus materiales rituales restantes y se preparaba para caminar de vuelta a donde sea que viviera, Grace hizo una pausa en el borde de nuestro porche.

—Hay una cosa más que deberías saber —dijo, su expresión volviéndose seria—. La limpieza espiritual que ocurrió anoche fue sentida a través del Caribe. Otros practicantes, tanto benévolos como malevolentes, ahora están conscientes de que una poderosa nueva Guardiana ha emergido. Algunos te buscarán por ayuda. Otros te verán como una amenaza a sus propias operaciones.

—¿Qué tipo de amenazas?

—Nada tan organizado o peligroso como lo que acabas de derrotar. Pero siempre hay individuos que se benefician de la corrupción espiritual, que mantienen su poder manteniendo almas atrapadas o comunidades aterrorizadas. No apreciarán tener a alguien capaz de deshacer su trabajo.

—Entonces necesitaré ser cuidadosa.

—Necesitarás estar preparada. La diferencia entre cuidadosa y preparada es que las personas preparadas saben cómo defenderse a sí mismas y a sus familias cuando cuidadosa no es suficiente.

Mientras Grace desaparecía en la luz de la mañana, sentí el peso de nuevas responsabilidades asentándose sobre mis hombros. La completación exitosa del ritual había marcado el final de un tipo de crisis sobrenatural, pero también había anunciado mi presencia a cada entidad sobrenatural en la región.

Ya no era un talento oculto desarrollándose en secreto. Era una cantidad conocida con habilidades probadas, y esa visibilidad traería tanto oportunidades como peligros que apenas estaba comenzando a entender.

—¿Estás lista para esto? —preguntó papá, aparentemente siguiendo mis pensamientos.

—No creo que alguien esté listo alguna vez para el tipo de vida a la que estoy siendo llamada a vivir —respondí honestamente—. Pero estoy comprometida con ella, y no voy a dejar que el miedo me detenga de cumplir mis responsabilidades.

—Entonces aprenderemos cómo apoyarte —dijo mamá firmemente—. Sin importar lo que esta nueva vida involucre, sin importar qué desafíos vengan después, no los enfrentarás sola.

El sol estaba completamente arriba ahora, pintando nuestro modesto patio en luz dorada cálida que hacía que la batalla sobrenatural de la noche anterior pareciera algo de otro mundo. Pero el hoyo en nuestro patio delantero permanecía como prueba innegable de que algunas experiencias trascienden la realidad ordinaria.

Más tarde ese día, necesitaríamos decidir si llenar el hoyo o dejarlo como recordatorio de lo que había ocurrido. Necesitaríamos descubrir nuestros arreglos de vivienda y si regresar a la isla o quedarnos en la capital. Necesitaríamos comenzar a planificar un futuro que ninguno de nosotros había anticipado solo veinticuatro horas antes.

Por ahora, era suficiente sentarnos juntos en el porche, observando al mundo ordinario ocuparse de sus asuntos mientras procesábamos los eventos extraordinarios que habían cambiado todo.

Tenía diecisiete años, estaba embarazada, y acababa de probarme como una de las Guardianas más poderosas en memoria viviente.

Había perdido a un hijo que nunca había sabido conscientemente que estaba llevando, pero había salvado docenas de almas que habían estado sufriendo durante siglos.

Había ganado el respeto y comprensión de mis padres, pero también había aceptado responsabilidades que me seguirían por el resto de mi vida.

El ritual estaba completo, pero mi educación real como Guardiana apenas estaba comenzando.

Y en algún lugar en el reino espiritual, las almas que había liberado estaban comenzando su viaje final hacia cualquier paz que les esperara, llevando con ellas bendiciones para la joven mujer que había sacrificado tanto para darles libertad.

El equilibrio entre la vida y la muerte había sido restaurado.

La corrupción que había envenenado nuestra región durante generaciones había sido limpiada.

Y finalmente había entendido por qué había nacido con habilidades que me apartaban de todos los demás que conocía.

Algunas personas son llamadas a enseñar, otras a sanar, otras a liderar comunidades a través de tiempos difíciles.

Yo había sido llamada a vigilar en el límite entre mundos, a ayudar a almas perdidas a encontrar su camino a casa, y a luchar contra las fuerzas que explotarían la vulnerabilidad espiritual para ganancia egoísta.

Era un llamado que traería tanto satisfacción profunda como terrible soledad, gran poder y mayor responsabilidad, momentos de triunfo y pérdidas inevitables.

Pero era mi llamado, y finalmente estaba lista para abrazarlo completamente.

El sol subió más alto en el cielo, calentando mi rostro y recordándome que a pesar de los dramas sobrenaturales de la noche, el mundo ordinario continuaba sus patrones antiguos.

La vida continuaría.

Mi hijo nacería en un ambiente espiritual más limpio y seguro.

Y continuaría aprendiendo cómo equilibrar las responsabilidades de la maternidad con los deberes de una Guardiana.

El futuro era incierto, pero era mío para moldear.

Y por primera vez en meses, eso se sentía como suficiente.

Capítulo 25: Secuelas y Duelo

Tres días después del ritual, el impacto completo de lo que había perdido comenzó a asentarse en mi conciencia como un veneno de acción lenta. La euforia inmediata de la victoria, el alivio de la supervivencia y la alegría del equilibrio espiritual restaurado habían dado paso a un duelo más silencioso y persistente que coloreaba todo lo que pensaba y sentía.

Estaba de luto por un hijo que nunca había sabido conscientemente que estaba esperando, afligida por un futuro que nunca existiría, y tratando de procesar la complejidad emocional de haber tomado una decisión que era tanto necesaria como devastadora.

Los síntomas físicos eran sutiles pero innegables. La ligera reducción del tamaño de mi vientre, la disminución de ciertos síntomas del embarazo, la forma en que mi cuerpo parecía estar reajustándose para sostener una vida en lugar de dos. Una visita a un médico en la capital confirmó lo que ya sabía: había estado esperando gemelos, y uno se había perdido durante lo que los profesionales médicos llamaron diplomáticamente —estrés extremo—.

—Estas cosas suceden más a menudo de lo que la gente cree—, me aseguró el doctor con amabilidad practicada. —Los embarazos gemelares son intrínsecamente más complicados, y cualquier trauma físico o emocional significativo puede desencadenar una reducción espontánea. No deberías culparte—.

Me culpaba a mí misma, incluso mientras entendía intelectualmente que la elección había sido necesaria. Cada Guardián de Puertas que hubiera vivido enfrentaba el mismo conflicto fundamental entre los deseos personales y las responsabilidades espirituales. La diferencia era que la mayoría de ellos tomaban esas decisiones antes de formar familias, no mientras llevaban a la próxima generación.

Mis padres intentaban brindar consuelo y apoyo, ellos estaban luchando con sus propias emociones complejas sobre lo que había ocurrido. Estaban orgullosos de lo que había logrado, agradecidos de que hubiera sobrevivido y aliviados de que la crisis sobrenatural hubiera terminado. También estaban de luto por el nieto que nunca conocerían y lidiando con la culpa sobre las circunstancias que habían llevado a mi embarazo en primer lugar.

—Si hubiéramos sido más comprensivos sobre tu relación con Michael—, dijo Mamá durante una de nuestras conversaciones tranquilas en el porche, —si te hubiéramos permitido seguir tus sentimientos abiertamente en lugar de forzarte al secreto...—

—Entonces, todavía me habría embarazado, y Michael todavía me habría abandonado por alguien más conveniente—, interrumpí suavemente. —La crisis sobrenatural todavía habría necesitado ser atendida. Las decisiones que enfrenté durante el ritual no habrían sido diferentes—.

—Pero tal vez habrías tenido más apoyo. Tal vez el estrés no habría sido tan severo—.

—O tal vez el drama familiar adicional habría complicado y hecho más peligroso todo. No podemos saber lo que pudo haber sido, Mamá. Solo podemos trabajar con lo que realmente sucedió—.

Papá manejaba su duelo arrojándose a los arreglos prácticos con su minuciosidad característica. Investigó las implicaciones legales de mis habilidades sobrenaturales, exploró opciones para continuar mi educación mientras gestionaba las responsabilidades de Guardián de Puertas, y comenzó a hacer contactos con otras familias que tenían miembros con dones inusuales.

—Hay una comunidad de personas lidiando con desafíos similares—, me dijo después de una semana de investigación. —No necesariamente Guardianes de Puertas, pero individuos con habilidades sobrenaturales que han aprendido a equilibrar sus dones con las demandas de la vida convencional. He estado en correspondencia con una familia en Puerto Rico cuya hija puede comunicarse con espíritus de la naturaleza—.

—¿Y?—

—Y han ofrecido ponernos en contacto con otros que podrían servir como mentores o fuentes de orientación mientras desarrollas tus habilidades más—.

La idea de conectarme con otras personas que entendieran los desafíos de la responsabilidad sobrenatural era atractiva, pero no estaba lista para pensar en expandir mi círculo social. Las secuelas inmediatas del ritual me habían dejado emocionalmente en carne viva e hipersensible a la energía espiritual de maneras que hacían agotadora la interacción humana ordinaria.

Cada persona que encontraba llevaba rastros de influencia sobrenatural - no necesariamente algo dramático, pero el residuo espiritual sutil que se acumula por la exposición a varias formas de energía metafísica. Antes del ritual, estos rastros habían sido apenas información de fondo perceptible. Ahora se sentían como ruido constante que no podía filtrar.

—Es temporal—, me aseguró Grace durante una de sus visitas de seguimiento. —La sensibilidad aumentada es un efecto secundario común de canalizar el nivel de poder con el que trabajaste durante la liberación. Tus sentidos espirituales se reajustarán a niveles normales en unas pocas semanas—.

—¿Y mientras tanto?—

—Mientras tanto, descansas, te curas y evitas asumir responsabilidades sobrenaturales adicionales. Tu cuerpo y alma necesitan tiempo para recuperarse de lo que has pasado—.

El descanso era difícil cuando mis sueños estaban llenos de las voces de las almas que había liberado. No eran pesadillas, exactamente, pero encuentros vívidos con espíritus que querían expresar su gratitud, compartir sus historias u ofrecer bendiciones para mi futuro. Cada sueño era hermoso y significativo, también eran emocionalmente intensos de maneras que me dejaban sintiéndome agotada en lugar de renovada.

—Se desvanecerán—, prometió Grace. —Las almas liberadas todavía están ajustándose a su liberación. Una vez que completen su viaje hacia lo que sea que venga después, la conexión psíquica entre ustedes disminuirá naturalmente—.

—¿Cuánto tiempo tomará eso?—

—Diferentes almas requieren diferentes cantidades de tiempo para cruzar completamente. Algunas se mueven inmediatamente, mientras que otras se demoran para resolver asuntos pendientes u ofrecer comunicaciones finales a seres queridos. Ninguna de ellas permanecerá indefinidamente—.

El aspecto más difícil del período de recuperación era la forma en que me obligaba a confrontar la realidad de mi relación cambiada con Michael. Antes del ritual, todavía albergaba alguna esperanza secreta de que él pudiera encontrar una manera de honrar sus compromisos conmigo a pesar de su matrimonio con Martha. El embarazo había sido una conexión entre nosotros que trascendía sus elecciones prácticas y obligaciones sociales.

Ahora, con la pérdida de uno de los gemelos que había estado esperando, incluso esa tenue conexión se sentía diferente. Todavía estaba embarazada de su hijo, pero el futuro que había estado imaginando -por difícil que hubiera sido- se había ido para siempre.

—¿Has considerado contactarlo?— preguntó Mamá con cuidado durante una de nuestras conversaciones matutinas. —¿Contarle sobre lo que sucedió durante el ritual?—

—¿Cuál sería el punto? Él hizo su elección cuando se casó con Martha. Contarle sobre mis responsabilidades sobrenaturales o la pérdida de uno de sus hijos solo crearía complicaciones que no está equipado para manejar—.

—Él tiene derecho a saber sobre el hijo que todavía estás esperando. Pase lo que pase entre ustedes, va a ser padre—.

—Ya va a ser padre del bebé de Martha. Agregar mi hijo a su lista de obligaciones no mejorará la situación de nadie—.

—Podría mejorar la situación de tu hijo. Cada niño merece conocer a su padre, incluso si las circunstancias son complicadas—.

La cuestión del papel de Michael en la vida de nuestro hijo era una que no estaba lista para abordar. El dolor de su traición todavía era demasiado fresco, y la transformación espiritual que había experimentado durante el ritual había cambiado mi perspectiva sobre las relaciones y los apegos emocionales de maneras que todavía estaba tratando de entender.

—El hijo que estoy esperando tendrá ventajas que la mayoría de los niños nunca reciben—, dije finalmente. —Protección de las almas que liberé, sensibilidad espiritual mejorada que le ayudará a navegar el mundo, y habilidades heredadas de generaciones de Guardianes de Puertas. Tal vez tener un padre involucrado es menos importante cuando tienes el apoyo de todo el reino sobrenatural—.

—Tal vez—, estuvo de acuerdo Mamá. —Pero el apoyo del reino sobrenatural no reemplaza la necesidad de amor y conexión humanos—.

Dos semanas después del ritual, Marcus finalmente vino a visitarme. Me había estado preguntando cuándo aparecería, sabiendo que las noticias de los eventos sobrenaturales habrían llegado a la isla rápidamente a través del tipo de redes informales que conectan comunidades pequeñas.

Llegó sin anunciarse una tarde, cargando una bolsa de fruta fresca de los árboles de su familia y usando una expresión de cuidadosa preocupación que sugería que no estaba seguro de lo que encontraría.

—Te ves diferente—, dijo después de que nos abrazamos y nos acomodamos en el porche con vasos de jugo fresco.

—¿Diferente cómo?—

—Mayor. Más seria. Como alguien que ha visto cosas que la mayoría de la gente nunca experimenta—.

—Probablemente eso es preciso. Las últimas semanas han sido... educativas—.

Me estudió el rostro con la atención cuidadosa de alguien que me había conocido toda la vida. —¿Estás bien? Realmente bien, no solo fingiendo estar bien?—

—Estoy de luto, recuperándome y tratando de descifrar qué viene después. Pero sí, estoy bien. Lo peor ha pasado—.

—Escuché rumores sobre lo que sucedió. Batallas sobrenaturales, almas atrapadas, corrupción espiritual que amenazaba toda la isla. La gente te está llamando heroína—.

—La gente me está llamando muchas cosas. Heroína es probablemente la versión más halagadora—.

—¿Y cómo te llamas tú misma?—

Consideré la pregunta cuidadosamente. —Me llamo alguien que hizo lo necesario cuando nadie más podía hacerlo. Si eso me hace una heroína o simplemente alguien que estaba en el lugar correcto en el momento correcto es algo que otras personas deben decidir—.

Marcus estuvo callado por un momento, procesando los cambios que podía ver en mí. —Michael sabe sobre el ritual. Sobre tus habilidades sobrenaturales—.

—Por supuesto que lo sabe. Noticias como esas no permanecen en secreto en una comunidad pequeña—.

—Ha estado preguntando por ti. Preguntándose si estás segura, si necesitas algo—.

—Él está casado, Marcus. Su preocupación por mi bienestar ya no es relevante ni apropiada—.

—Todavía se preocupa por ti. El matrimonio con Martha fue un arreglo práctico forzado por la presión política de su padre. No cambia sus sentimientos—.

—Entonces debería haber pensado en eso antes de elegir la conveniencia práctica sobre el compromiso emocional. No tengo tiempo ni energía para hombres que hacen promesas que no pueden cumplir—.

La conversación sobre Michael resaltó uno de los cambios más significativos que el ritual había creado en mi perspectiva. Antes de la batalla sobrenatural, había sido una chica adolescente cuyas preocupaciones principales giraban en torno al romance, la aprobación familiar y las medidas convencionales del éxito. Ahora era alguien que había enfrentado el mal supremo y había emergido victoriosa, alguien cuyas responsabilidades se extendían mucho más allá de las relaciones personales y las expectativas sociales.

El cambio de prioridades era tanto liberador como aislante. Ya no me sentía devastada por la traición de Michael porque parecía insignificante en comparación con los deberes espirituales que había aceptado. También me sentía cada vez más desconectada de las preocupaciones y experiencias de personas de mi edad.

—¿Qué hay de tu educación?— preguntó Marcus, aparentemente sintiendo mi distancia emocional. —¿Regresarás a la universidad?—

—Eventualmente. Probablemente no para cursar las mismas materias que estaba estudiando antes. Mis intereses se han... expandido... desde que aprendí sobre mi verdadero llamado—.

—¿Qué tipo de materias estudiarías ahora?—

—Antropología, religión comparada, lingüística, psicología. Campos que me ayudarían a entender diferentes enfoques culturales a los fenómenos sobrenaturales y mejorar mi habilidad para ayudar a personas de diversos orígenes—.

—Suena como que estás planeando una carrera como Guardián de Puertas profesional—.

—Estoy planeando una vida que integre mis responsabilidades sobrenaturales con formas prácticas de mantenerme a mí misma y a mi hijo. Si eso constituye una carrera o un llamado o simplemente una combinación inusual de circunstancias queda por verse—.

Mientras la tarde se desvanecía en la noche y Marcus se preparaba para regresar a la isla, hizo la pregunta que había estado esperando y temiendo.

—¿Quieres que le diga algo a Michael? Sobre tu situación, tus planes, ¿tus sentimientos?—

—Dile que espero que él y Martha sean felices juntos. Dile que estoy bien y que no necesita preocuparse por mí. Y dile que si quiere saber sobre el hijo que estoy esperando, puede encontrar el valor para preguntarme directamente en lugar de enviar mensajes a través de amigos mutuos—.

—¿Y si pregunta directamente?—

—Entonces decidiré qué decirle cuando esa conversación ocurra—.

Después de que Marcus se fue, me senté sola en el porche viendo el sol ponerse sobre el canal y reflexionando sobre cuán completamente había cambiado mi vida en solo unas pocas semanas. Ya no era la chica desconsolada que había huido a la capital para escapar de la decepción familiar y la traición romántica. Ya no era la adolescente confundida tratando de equilibrar habilidades sobrenaturales con expectativas convencionales.

Era un Guardián de Puertas que se había probado a sí misma bajo las circunstancias más extremas posibles. Era una futura madre preparándose para criar un hijo con protección espiritual extraordinaria y sensibilidad sobrenatural mejorada. Era alguien que había tomado la decisión más difícil imaginable y estaba aprendiendo a vivir tanto con los costos como con los beneficios de esa decisión.

El duelo por mi hijo perdido nunca desaparecería completamente, estaba convirtiéndose en parte de una comprensión más amplia de los sacrificios que la responsabilidad espiritual a veces requiere.

La ira por la traición de Michael se estaba desvaneciendo en un reconocimiento de que algunas personas simplemente no son capaces del tipo de coraje que el llamado sobrenatural exige.

Y el miedo sobre mi futuro se estaba transformando en emoción sobre las oportunidades que vendrían con ser un Guardián de Puertas comprobado en un mundo donde tales habilidades eran raras y desesperadamente necesarias.

El sol desapareció bajo el horizonte, pintando el cielo en tonos de púrpura y dorado que me recordaban la luz espiritual que había visto durante el ritual.

Mañana traería nuevos desafíos, nuevas decisiones y oportunidades para crecer hacia la persona que estaba destinada a ser.

Pero esta noche, por primera vez en meses, me sentía en paz con quien era y lo que había elegido.

Las secuelas del ritual estaban llegando a su fin.

El trabajo real de construir una vida que honrara tanto mi llamado sobrenatural como mis necesidades humanas estaba a punto de comenzar.

Capítulo 26: El Don de la Niña

Seis meses después del ritual, en una cálida mañana de finales de primavera, mi hija entró al mundo con la misma feroz determinación que había caracterizado cada otro evento importante en la historia reciente de nuestra familia. El trabajo de parto fue intenso, pero misericordiosamente breve, y cuando la partera colocó al bebé retorciéndose y de cara roja en mis brazos, sentí una plenitud que no había experimentado desde antes de la pérdida de su gemelo.

—Es perfecta—, susurró Mamá, con lágrimas corriendo por su rostro mientras miraba a su nieta por primera vez. —Absolutamente perfecta—.

Y lo era. Diez dedos en las manos, diez dedos en los pies, cabello oscuro que se rizaba como el mío, y ojos que parecían demasiado sabios para alguien que acababa de entrar al mundo físico. Pero había algo más sobre ella que solo yo podía percibir - un aura de protección espiritual tan profunda que era visible para mis sentidos sobrenaturales mejorados.

—Las bendiciones son reales—, murmuré, recordando las promesas hechas por las almas liberadas durante el ritual. —Está rodeada de más protección espiritual de la que ningún niño ha recibido jamás—.

Como si respondiera a mi voz, el bebé abrió sus ojos y me miró directamente con una intensidad que me cortó la respiración. Por solo un momento, habría jurado que vi reconocimiento ahí – no la mirada desenfocada de un recién nacido, sino la mirada conocedora de alguien que entendía exactamente quién era yo y lo que había hecho para asegurar su seguridad.

—¿Cómo la llamarás?—, preguntó la partera mientras completaba sus chequeos médicos.

Había estado considerando nombres durante meses, pero mirando el rostro de mi hija, solo uno se sentía correcto.

—Esperanza—, dije. —Esperanza. Porque ella representa esperanza para un futuro mejor, esperanza de que los sacrificios hechos por ella crearán un mundo que vale la pena vivir—.

Papá, quien había estado paseando ansiosamente en el pasillo durante todo el trabajo de parto, finalmente entró a la habitación y se acercó a su nieta con la reverencia cautelosa de alguien que encuentra algo precioso y frágil.

—Se parece a como tú eras de bebé—, dijo suavemente, extendiendo la mano para tocar su pequeña mano con un dedo. —La misma expresión seria, como si ya estuviera pensando en asuntos importantes—.

—Necesitará pensar en asuntos importantes—, respondí. —El mundo que está heredando es más complejo de lo que la mayoría de los niños enfrentarán jamás—.

Durante los días siguientes, mientras nos acomodábamos al ritmo de cuidar a un recién nacido, quedó claro que Esperanza era de hecho extraordinaria. Rara vez lloraba, parecía inusualmente alerta para un infante, y tenía una manera de mirar a las personas y objetos que sugería que estaba percibiendo más que solo el mundo físico.

Lo más notable era que su presencia parecía tener un efecto calmante en cualquier actividad sobrenatural en el área. Las almas perdidas ocasionales que todavía buscaban mi guía se volvían más pacíficas y manejables cuando ella estaba cerca, como si su protección espiritual heredada se extendiera a crear un aura de tranquilidad a su alrededor.

—Va a ser poderosa—, observó Grace durante una de sus visitas para verificar el ajuste de nuestra familia a la nueva adición. —Es un tipo diferente de poder que el tuyo. Donde tú estás llamada a comprometerte activamente con fuerzas sobrenaturales, ella parece diseñada para armonizarlas naturalmente—.

—¿Qué significa eso para su futuro?—

—Significa que probablemente tendrá un tiempo más fácil equilibrando dones espirituales con la vida ordinaria de lo que tú has experimentado. Sus habilidades mejorarán en lugar de complicar sus relaciones humanas y aspiraciones convencionales—.

La predicción era reconfortante, también destacaba la realidad de que mi propio camino permanecería más desafiante. La noticia del ritual exitoso de hecho se había esparcido por toda la comunidad sobrenatural del Caribe, y estaba comenzando a recibir solicitudes de asistencia de otras islas lidiando con sus propias crisis espirituales.

—Hay una comunidad en Jamaica luchando con una plantación embrujada—, reportó Carmen durante una de nuestras consultas semanales. —Los espíritus ahí no son malevolentes, están atrapados por memorias traumáticas y necesitan ayuda para cruzar. Los practicantes locales carecen del poder para abordar lazos creados por trauma emocional tan extremo—.

—¿Y quieren que viaje ahí mientras cuido a un recién nacido?—

—Entienden que tienes responsabilidades familiares. Están dispuestos a esperar hasta que estés lista para viajar, y proporcionarán cualquier apoyo que necesites para hacer el viaje factible—.

La idea de llevar a Esperanza en misiones sobrenaturales era tanto atractiva como aterradora. Su aura protectora ciertamente sería un activo durante trabajos espirituales, pero exponer a un infante a actividad sobrenatural potencialmente peligrosa parecía irresponsable.

—¿Qué hay de otras opciones? ¿Podría entrenar a alguien más para manejar situaciones como el embrujo de la plantación?—

—Podrías intentarlo, pero el entrenamiento toma años, y la mayoría de las personas carecen de la sensibilidad natural para desarrollar habilidades de nivel Guardián de Puertas sin importar la instrucción. Tus dones heredados son raros y en gran medida irreemplazables—.

La conversación destacó uno de los aspectos más difíciles de mi nuevo rol. Ser un Guardián de Puertas poderoso significaba estar constantemente en demanda, con comunidades en toda la región esperando que pudiera resolver problemas sobrenaturales que los practicantes locales no podían abordar. Ser una nueva madre significaba necesitar priorizar la seguridad y el bienestar de mi hija sobre todas las otras consideraciones.

—Necesito tiempo para establecer rutinas y descifrar cómo equilibrar todo—, le dije a Carmen. —Tal vez en un año o dos, cuando Esperanza sea mayor y más resiliente, pueda considerar viajar para trabajo sobrenatural—.

—Por supuesto. Debes saber que las solicitudes continuarán llegando, y algunas situaciones serán más urgentes que otras. Parte de aprender a ser un Guardián de Puertas profesional es desarrollar juicio sobre qué casos requieren intervención inmediata, y cuáles pueden esperar un momento más conveniente—.

Un mes después del nacimiento de Esperanza, la cuestión del momento se volvió urgente cuando Marcus llegó con noticias que hicieron que mi corazón se hundiera.

—Ha habido un incidente en el pueblo—, dijo sin preámbulos tan pronto como mis padres nos dejaron solos para hablar. —Un incidente sobrenatural que la gente dice que requiere tu experiencia específica—.

—¿Qué tipo de incidente?—

—Un grupo de adolescentes decidió explorar el sistema de cuevas bajo la laguna. Estaban tratando de probar su coraje nadando más profundo de lo que nadie había ido antes—.

Sentí un temor frío asentándose en mi estómago. —¿Y?—

—Tres de ellos lograron regresar a la superficie. Dos no lo hicieron. Sus cuerpos no han sido encontrados, y los sobrevivientes están reportando encuentros con algo que no debería existir en esas cuevas—.

—¿Qué tipo de algo?—

—Algo que les habló en voces que reconocían. Algo que sabía detalles personales sobre sus familias y sus miedos. Algo que intentó convencerlos de quedarse bajo el agua permanentemente—.

La descripción era inconfundiblemente sobrenatural, y la ubicación la hacía particularmente preocupante. El sistema de cuevas bajo la laguna siempre había sido un lugar de significado espiritual, y el reciente trastorno sobrenatural causado por mi ritual podría haber creado nuevas inestabilidades en áreas que previamente habían sido seguras.

—Las familias de los chicos desaparecidos están desesperadas—, continuó Marcus. —Han intentado todo lo convencional - buzos policiales, especialistas experimentados en rescate de cuevas, incluso algunos practicantes locales que afirmaban que podían comunicarse con espíritus del agua. Nada ha funcionado. Las cuevas no entregarán los cuerpos, y lo que sea que esté ahí abajo se está volviendo más fuerte—.

—Y quieren que investigue—.

—Quieren que hagas lo que sea necesario para traer a sus hijos a casa y prevenir que otros niños caigan víctimas de lo que sea que haya tomado residencia en esas cuevas—.

Miré a Esperanza, durmiendo pacíficamente en su moisés, y sentí el conflicto familiar entre mis responsabilidades como madre y mis deberes como Guardián de Puertas.

—No puedo dejarla. Solo tiene un mes de nacida, y me necesita—.

—¿Podrías realizar la investigación sin dejarla? ¿Tal vez trabajar desde la superficie y usar tus habilidades para explorar las cuevas espiritualmente en lugar de físicamente?—

—Es posible, pero sería mucho más peligroso. La presencia física proporciona arraigo y protección que la exploración espiritual remota carece. Si lo que sea que esté en esas cuevas es tan poderoso como sugieren los sobrevivientes, podría estar poniéndome en riesgo serio al intentar comprometerme con ello desde la distancia—.

—¿Y si no haces nada?

—Entonces probablemente más niños morirán, y la presencia sobrenatural continuará creciendo más fuerte hasta que se vuelva demasiado poderosa para que cualquiera la aborde—.

Nos sentamos en silencio por varios minutos, ambos entendiendo la naturaleza imposible de la elección que estaba enfrentando.

—¿Y si voy contigo?—, preguntó Marcus finalmente. —¿Y si llevamos a Esperanza al pueblo y yo te ayudo a cuidarla mientras haces lo que se necesita hacer?—

—¿Harías eso?—

—Por supuesto. He sido parte de este viaje sobrenatural desde el principio. No voy a abandonarte ahora cuando necesitas apoyo práctico para cumplir tus responsabilidades—.

La oferta era generosa y profundamente apreciada, pero también destacaba cuánto mi llamado de Guardián de Puertas estaba comenzando a dominar no solo mi vida sino las vidas de todos los cercanos a mí.

—Necesito discutir esto con mis padres—, dije. —Y necesito entender exactamente con qué estaríamos lidiando antes de comprometerme a algo—.

Esa noche, después de que Papá y Mamá habían sido puestos al día sobre la situación, tuvimos una reunión familiar que habría sido inimaginable solo un año antes.

—Así que nuestra hija necesita decidir si arriesgar su vida investigando cuevas sobrenaturales mientras cuida a un bebé recién nacido—, resumió Papá con el tipo de tono objetivo que sugería que se estaba acostumbrando a decisiones imposibles.

—Eso es esencialmente correcto—, confirmé.

—Y si no toma este riesgo, probablemente más niños morirán—.

—También correcto—.

—Pero si toma el riesgo, podría morir y dejar a Esperanza huérfana—.

—Es posible, aunque las bendiciones protectoras que nos rodean a ambas hacen ese resultado menos probable de lo que sería para la mayoría de las personas—.

Mamá había estado inusualmente callada durante toda la discusión, sosteniendo a Esperanza y estudiando el rostro de su nieta con la intensidad de alguien tratando de leer el futuro en las expresiones de un infante.

—Ella quiere que vayas—, dijo Mamá repentinamente.

—¿Qué?—

—El bebé. Ella quiere que ayudes a esas familias. Puedo verlo en sus ojos—.

Miré a Esperanza, quien de hecho estaba despierta y alerta de una manera que parecía inusual para un infante tan joven. Sus ojos oscuros estaban fijos en mi rostro con una intensidad que sugería comprensión mucho más allá de su edad.

—¿Cómo puedes posiblemente saber lo que un bebé de un mes quiere?—

—De la misma manera que tú sabes lo que las almas atrapadas necesitan o los espíritus corruptos intentan. Algunas formas de comunicación no requieren lenguaje—.

La observación era tan inesperada y tan perspicaz que me dejó momentáneamente sin palabras.

—Si eso es cierto—, dije lentamente, —si Esperanza de alguna manera entiende la situación y apoya la misión, entonces tal vez llevarla proporcionaría protección adicional en lugar de riesgo adicional—.

—Solo hay una manera de averiguarlo—, dijo Papá con resignación. —Y dado el patrón de crisis sobrenaturales que parecen seguir a nuestra familia, podríamos también averiguarlo más temprano que tarde—.

A la mañana siguiente, contacté a Carmen para discutir los aspectos técnicos de investigar cuevas sobrenaturales mientras cuidaba a un infante.

—Es poco convencional—, admitió, —no imposible. En algunas culturas, los Guardianes de Puertas tradicionalmente llevan a sus hijos en misiones espirituales desde el nacimiento, creyendo que la exposición temprana al trabajo sobrenatural mejora las habilidades naturales del niño—.

—¿Y los riesgos?—

—Más bajos de lo que podrías esperar, dado el nivel de protección que rodea a tu hija. Más altos que quedarse en casa e ignorar el problema—.

—Así que se reduce a si estoy dispuesta a aceptar riesgos razonables para prevenir tragedias irrazonables—.

—Se reduce a si estás lista para comenzar la siguiente fase de tu desarrollo como Guardián de Puertas. La fase donde aprendes a integrar responsabilidades familiares con deberes espirituales en lugar de tratarlos como prioridades competidoras—.

Mientras hacía preparativos finales para el viaje de regreso a la isla, me di cuenta de que esta misión marcaría otra transición fundamental en mi comprensión de quién era y qué involucraba mi vida.

Ya no era solo una chica adolescente con habilidades sobrenaturales.

Ya no era solo una nueva madre tratando de proteger a su hija de realidades peligrosas.

Me estaba convirtiendo en un Guardián de Puertas profesional que necesitaría encontrar maneras de cumplir su llamado espiritual mientras honraba sus compromisos humanos.

El equilibrio sería delicado, complejo y en constante evolución.

Pero mientras miraba a Esperanza, durmiendo pacíficamente a pesar de las discusiones sobrenaturales arremolinándose a su alrededor, me sentí confiada de que encontraríamos maneras de hacer que funcionara.

Después de todo, ella era una niña nacida del sacrificio y protegida por las bendiciones de docenas de almas liberadas.

Si alguien podía prosperar en una vida que puenteaba los mundos sobrenatural y mundano, sería ella.

Y si alguien podía aprender a ser tanto una madre devota como un Guardián de Puertas efectivo, sería yo.

El siguiente capítulo de nuestra vida extraordinaria estaba a punto de comenzar.

Capítulo 27: Rompiendo el Ciclo

El regreso al hogar de nuestro pueblo se sintió como retroceder en el tiempo, con la profunda conciencia de que todo había cambiado. Los paisajes familiares, los ritmos del pueblo pequeño, los rostros de personas que había conocido toda mi vida - todos permanecían exactamente como los recordaba, pero los estaba experimentando a través de la perspectiva transformada de alguien que había enfrentado el mal supremo y había emergido victoriosa.

Nuestra casa se veía más pequeña de lo que mis memorias sugerían, aunque todavía era el hogar cómodo donde había crecido soñando con futuros ordinarios. Abuela estaba esperando en el porche frontal, meciéndose lentamente en su silla favorita y sonriendo con la profunda satisfacción de alguien cuyos mayores deseos se habían cumplido.

—Mi niña—, dijo mientras me acercaba con Esperanza en mis brazos, —déjame ver a esta niña bendecida—.

Coloqué a mi hija en las manos curtidas de su bisabuela, observando mientras los ojos de Abuela se llenaban de lágrimas de alegría y reconocimiento.

—Ella lleva la luz de todas las almas que liberaste—, susurró Abuela, estudiando el rostro alerta de Esperanza. —Pero también lleva algo nuevo - una paz que nuestra línea familiar nunca ha conocido antes. El ciclo de lucha y sacrificio ha sido roto—.

—¿Qué quieres decir?—

—Por generaciones, las mujeres de nuestra familia han llevado la carga de la responsabilidad sobrenatural con corazones pesados, sabiendo que nuestros dones nos separaban de la vida normal y la felicidad normal. Servíamos porque teníamos que hacerlo, no porque quisiéramos—.

—¿Y Esperanza será diferente?—

—Ella tendrá opciones que nosotras nunca tuvimos. La limpieza espiritual que lograste ha creado nuevas posibilidades para cómo las habilidades de Guardián de Puertas pueden ser integradas con la vida humana. Ella puede elegir servir o no servir, desarrollar sus dones o vivir convencionalmente, sin el peso de la necesidad desesperada que ha impulsado a nuestra familia por siglos—.

La idea de que mi sacrificio había creado no solo equilibrio espiritual temporal sino un cambio fundamental en la naturaleza del llamado sobrenatural era tanto emocionante como abrumadora.

—¿Eso significa que fui la última Guardián de Puertas que tuvo que enfrentar el tipo de crisis que enfrenté durante el ritual?—

—Significa que fuiste la primera Guardián de Puertas que logró transformar el paisaje espiritual en lugar de solo manejarlo. El trabajo que harás de ahora en adelante será sobre ayudar y curar, no luchar y sobrevivir—.

Esa tarde, mientras Esperanza dormía la siesta y mis padres visitaban a viejos amigos, caminé hasta la laguna donde tanto de mi historia había comenzado. El agua se veía exactamente como siempre había sido - cristalina, acogedora, pacífica - podía sentir que la atmósfera espiritual a su alrededor de hecho había cambiado.

El hambre desesperada de almas atrapadas había desaparecido, reemplazada por un sentido de contentamiento y equilibrio natural. La actividad sobrenatural que permanecía era gentil y benevolente - espíritus de la naturaleza, guardianes ancestrales, y el tipo de presencias místicas que mejoraban en lugar de amenazar la vida humana.

Marcus me encontró sentada en nuestras viejas rocas, observando el atardecer pintar el agua en tonos de dorado y carmesí.

—¿Cómo se siente estar de vuelta?—, preguntó, acomodándose a mi lado en el lugar donde habíamos compartido tantas conversaciones de infancia.

—Como regresar a casa a un lugar que es tanto exactamente igual como completamente diferente—.

—Eso es probablemente porque tú eres tanto exactamente igual como completamente diferente—.

Sonreí ante su observación. —Probablemente. Aunque no estoy segura si he cambiado o si simplemente finalmente me he convertido en quien siempre estuve destinada a ser—.

—Tal vez ambas. Tal vez la persona que siempre estuviste destinada a ser requería pasar por todo lo que has experimentado para emerger completamente—.

Nos sentamos en silencio cómodo por un rato, viendo barcos pesqueros regresar al puerto y escuchando los sonidos familiares de la tarde asentándose sobre nuestro pequeño pueblo.

—¿Has escuchado algo sobre Michael?—, pregunté eventualmente, sorprendiéndome a mí misma con la pregunta.

—Él y Martha tuvieron su bebé el mes pasado. Un niño. Saludable y normal por todos los informes—.

—¿Y cómo está él? Michael, quiero decir?—

Marcus estuvo callado por un momento, eligiendo sus palabras cuidadosamente. —Está luchando, por lo que puedo ver. El matrimonio no es feliz - es más como un arreglo de negocios que ambas partes están tratando de hacer funcionar. Y él sabe sobre lo que lograste con el ritual. Sabe que se alejó de alguien extraordinario por alguien ordinario—.

—Todos hacen elecciones basadas en lo que creen que pueden manejar en el momento—.

—¿Alguna vez lamentas que él no fuera lo suficientemente valiente para apoyarte?—

Consideré la pregunta seriamente. —Lamento haber gastado tanta energía emocional esperando que se convirtiera en alguien que no era capaz de ser. Pero no lamento que las cosas terminaran entre nosotros. Si se hubiera quedado, si hubiéramos intentado construir una vida juntos, nunca habría tenido la libertad de abrazar completamente mi llamado sobrenatural—.

—¿Y ahora?—

—Ahora entiendo que algunas personas están destinadas a compartir sus vidas con otros, y algunas personas están destinadas a servir causas más grandes que las relaciones personales. Yo soy del segundo tipo—.

—Eso suena solitario—.

—Sería solitario si estuviera tratando de ser alguien que no soy. Es satisfactorio cuando lo aceptas como parte de quien eres—.

La mañana siguiente trajo el negocio práctico de investigar la presencia sobrenatural en el sistema de cuevas. Había pasado la noche preparando rituales y protecciones que me permitirían explorar los pasajes submarinos espiritualmente mientras permanecía físicamente segura en la superficie, pero todavía estaba nerviosa sobre intentar un trabajo tan complejo con Esperanza presente.

—Ella estará bien—, me aseguró Grace mientras establecíamos el espacio ritual junto a la laguna. —Su aura protectora en realidad mejorará tus propias defensas durante la exploración espiritual—.

—¿Y si algo sale mal? ¿Si encuentro una presencia más poderosa de lo que puedo manejar desde la distancia?—

—Entonces te retiras inmediatamente y desarrollamos un enfoque diferente. Basado en las descripciones de los sobrevivientes, esto no es otra corrupción de siglos de antigüedad como lo que enfrentaste durante el ritual de liberación. Probablemente es una manifestación más nueva -

algo creado por la inestabilidad espiritual que tu trabajo podría haber causado temporalmente—.

La distinción era importante. Si la presencia de la cueva era de hecho un efecto secundario de mi ritual exitoso en lugar de una amenaza independiente, entonces tenía cierta responsabilidad de abordarlo rápida y decisivamente.

Me acomodé en el estado meditativo requerido para la proyección espiritual, sintiendo mi conciencia separarse de mi cuerpo físico y comenzar su descenso al sistema de cuevas submarinas. La sensación era desorientadora al principio - experimentar la resistencia del agua y la presión de la profundidad mientras sabía que mi forma física permanecía segura en la orilla.

Las cuevas eran más extensas de lo que había pensado, con pasajes que se extendían por millas bajo la isla y cámaras lo suficientemente grandes para albergar comunidades enteras. La mayor parte de la energía espiritual que encontré era neutral o benevolente - las fuerzas místicas naturales que se acumulan en lugares donde el agua y la piedra interactúan durante períodos de tiempo geológico.

Pero en la cámara más profunda, aquella donde los dos chicos presumiblemente se habían perdido, encontré algo que hizo que mi conciencia proyectada retrocediera con shock y reconocimiento.

No era una entidad malévola o un alma corrompida buscando dañar a los vivos.

Era un espíritu bondadoso que había perdido su identidad real, confundido y atrapado dentro de esas cuevas por siglos.

Un niño que había sido sacrificado durante los rituales de liberación y no había cruzado a cualquier más allá que esperara a las almas inocentes. En su lugar, había sido atraído a este santuario submarino, donde estaba tratando de crear un espacio para niños que se sentían perdidos o abandonados en el mundo de arriba.

—Hermana—, dijo el espíritu cuando se hizo consciente de mi presencia, —viniste a encontrarme—.

—Vine a investigar qué les pasó a los chicos desaparecidos. ¿Están aquí contigo?—

—Están seguros y felices. Eligieron quedarse cuando les mostré cómo podría ser la vida sin el dolor y la decepción del mundo humano—.

—Pero no están muertos. Todavía están respirando, todavía vivos en el reino físico—.

—Son sostenidos por mi poder. Pueden permanecer aquí indefinidamente sin envejecer o sufrir o enfrentar las crueldades que les esperan arriba—.

La realización me golpeó como un golpe físico. Este niño perdido se había convertido en una entidad sobrenatural dedicada a proteger a otros niños removiéndolos del mundo completamente. Los chicos no estaban muertos, tampoco estaban verdaderamente vivos - estaban suspendidos en una especie de estasis mística que preservaba sus cuerpos mientras sus almas existían en un reino libre del dolor humano.

—Tienes que dejarlos ir—, dije gentilmente. —Sus familias están de luto. Sus vidas arriba pueden ser difíciles, pero son vidas reales con posibilidades reales de crecimiento y felicidad—.

—La felicidad arriba es temporal e incierta. La felicidad aquí es eterna y garantizada—.

—No es realmente felicidad si no es elegida libremente. Esos chicos no entendieron a qué estaban accediendo cuando decidieron quedarse—.

—Entendieron que estaban cansados de tener miedo, cansados de sentirse inadecuados, cansados de decepcionar a las personas que decían amarlos—.

Las palabras del espíritu revelaban una tragedia más profunda - los chicos perdidos habían estado luchando con los mismos tipos de dolor adolescente y presión familiar que habían impulsado mis propias elecciones adolescentes. Él les estaba ofreciendo un escape que parecía atractivo precisamente porque eliminaba todo riesgo e incertidumbre.

—Escúchame—, dije, extendiendo la mano con todo el amor y comprensión que podía proyectar. —Sé por qué estás haciendo esto. Sé que quieres proteger a los niños del tipo de sufrimiento que presenciaste durante tu breve existencia. Pero removerlos de la vida no es protección - es un tipo diferente de muerte—.

—Mejor una muerte pacífica que una vida dolorosa—.

—Mejor una vida significativa que incluye tanto dolor como alegría que una existencia sin sentido que no incluye ninguna—.

Nos comunicamos por lo que pareció horas, aunque el tiempo se movía diferente en el reino espiritual. Gradualmente, comencé a entender la profunda soledad y confusión que lo habían llevado a crear este refugio submarino. Como un alma que había existido solo brevemente antes de ser sacrificada por el bien mayor, no tenía experiencia con el rango completo de emociones y posibilidades humanas.

—¿Y si pudiera mostrarte una manera diferente de ayudar a los niños?—, ofrecí finalmente. —¿Y si pudieras aprender a guiar y proteger a los jóvenes sin removerlos del mundo?—

—¿Cómo?—

—Trabajando conmigo. Convirtiéndote en un espíritu guardián que ayuda a los niños a navegar circunstancias difíciles en lugar de escapar de ellas completamente. Usando tu poder para fortalecer su resiliencia en lugar de eliminar sus desafíos—.

El concepto pareció intrigar al espíritu. —¿Confiarías en mí con tal responsabilidad?—

—Te preocupas por otros; has sufrido suficiente. Si alguien debería compartir mi llamado sobrenatural, deberías ser tú—.

Lo que siguió fue una negociación delicada que requirió todas las habilidades diplomáticas que había desarrollado durante mi entrenamiento como Guardián de Puertas. El espíritu acordó liberar a los chicos desaparecidos bajo la condición de que se le permitiera permanecer conectado al mundo físico como mi pareja espiritual en ayudar a niños problemáticos.

El arreglo era sin precedentes - nunca había escuchado de un Guardián de Puertas trabajando en sociedad con un espíritu guía - pero se sentía correcto de maneras que trascendían la práctica sobrenatural convencional.

Cuando los dos chicos finalmente emergieron de la laguna, jadeando y desorientados pero muy vivos, el alivio de sus familias fue abrumador. Los chicos mismos recordaban muy poco de su tiempo en la cámara submarina, describiéndolo solo como un sueño pacífico donde todas sus preocupaciones habían desaparecido.

—¿Estarán bien?—, preguntó una de las madres mientras personal médico revisaba a su hijo en busca de signos de trauma o lesión.

—Estarán mejor que bien—, le aseguré. —Han sido tocados por magia protectora que les ayudará a navegar los desafíos de crecer con más confianza y resiliencia de lo que la mayoría de los niños jamás desarrollan—.

Era cierto. El espíritu había dejado a cada chico con una bendición sutil que les ayudaría a reconocer su propio valor y resistir el tipo de desesperación que los había hecho vulnerables a la manipulación sobrenatural en primer lugar.

Mientras la multitud de familias aliviadas y pueblerinos curiosos comenzaba a dispersarse, me encontré sosteniendo a Esperanza y reflexionando sobre el giro extraño que esta misión había tomado.

Había venido al pueblo esperando batallar con otra entidad malévola, pero en su lugar gané una pareja sobrenatural que mejoraría en lugar de complicar mi futuro trabajo como Guardián de Puertas.

—El ciclo está verdaderamente roto—, dijo Abuela mientras caminábamos a casa juntas por las calles familiares de nuestra infancia. —No solo el ciclo de corrupción espiritual, sino el ciclo de lucha solitaria que ha definido la relación de nuestra familia con la responsabilidad sobrenatural—.

—¿Qué quieres decir?—

—Quiero decir que nunca tendrás que enfrentar desafíos espirituales sola otra vez. Tu guía estará ahí para proporcionar orientación y apoyo. Esperanza crecerá entendiendo su herencia como una fuente de fortaleza en lugar de carga. Y el trabajo que hagas de ahora en adelante será sobre construir y curar en lugar de luchar y sobrevivir—.

Esa noche, mientras me sentaba en el porche donde había escuchado por primera vez los cuentos de Abuela sobre responsabilidad sobrenatural, sentí un sentido de plenitud que iba más allá de cualquier victoria o logro individual.

No solo había cumplido mi llamado como Guardián de Puertas, sino que también había transformado fundamentalmente lo que ese llamado significaba para futuras generaciones.

La lucha desesperada y solitaria que había caracterizado la responsabilidad sobrenatural por siglos había dado paso a algo más colaborativo, más equilibrado, y en última instancia más sostenible.

Mi hija heredaría habilidades que la mejorarían en lugar de aislarla de la comunidad humana.

Mi trabajo se enfocaría en curar y crecer en lugar de manejo de crisis y control de daños.

Y el reino espiritual sería una fuente de apoyo y sociedad en lugar de amenaza constante y obligación.

La transformación estaba completa.

El ciclo estaba roto.

Y un nuevo capítulo en la historia de las tradiciones de Guardianes de Puertas había comenzado.

Capítulo 28: Nuevos Comienzos

Cinco años después, estaba de pie en el patio del nuevo Instituto Caribeño de Estudios Sobrenaturales, observando a mi hija jugar con niños de tres islas diferentes mientras sus padres asistían a la conferencia trimestral que había establecido para familias lidiando con habilidades místicas heredadas.

Esperanza, ahora una niña confiada de cinco años con los dones musicales de su padre y la sensibilidad sobrenatural de su madre, estaba enseñando a los otros niños un juego que involucraba comunicarse con espíritus amigables de la naturaleza. Lo que habría sido considerado imposible o aterrador solo una década antes ahora era simplemente parte de su experiencia normal de infancia.

—La integración es notable—, observó la Dra. Elena Vasquez mientras se unía a mí para observar a los niños. Elena era una psicóloga de Puerto Rico que se especializaba en ayudar a familias a adaptarse a circunstancias sobrenaturales, y se había convertido en una de mis colaboradoras más cercanas en desarrollar redes de apoyo para personas con habilidades místicas.

—Es lo que sucede cuando los niños crecen entendiendo sus dones como extensiones naturales de sus personalidades en lugar de secretos peligrosos que necesitan ocultar—, respondí.

—Esperanza nunca ha experimentado el aislamiento y el miedo que caracterizaron mi propia infancia—.

—¿Y los otros niños? ¿Cómo se están ajustando al modelo comunitario?—

Escaneé el grupo de niños jugando, cada uno de los cuales había heredado alguna forma de habilidad sobrenatural de sus líneas familiares. Estaba Rafael, de siete años, quien podía curar lesiones menores con su toque. Maria, de seis años, quien podía predecir patrones climáticos con días de anticipación. Y el pequeño Diego, apenas de cuatro años, quien podía ver y comunicarse con los espíritus de animales fallecidos.

—Mejor que sus padres, en la mayoría de los casos—, admití. —Los niños son naturalmente adaptables, y no tienen nociones preconcebidas sobre qué es normal o anormal. Son los adultos quienes luchan para ajustar sus expectativas y aceptar que sus hijos llevarán vidas extraordinarias—.

El Instituto había crecido de un simple grupo de apoyo a una instalación educativa y de investigación completa durante los últimos tres años. Lo que había comenzado como reuniones informales donde las familias compartían experiencias y estrategias de afrontamiento había evolucionado a un programa integral que incluía clases académicas, entrenamiento espiritual, consejería psicológica y esfuerzos de preservación cultural.

—¿Alguna noticia del equipo de Jamaica sobre el proyecto de la plantación?—, preguntó Elena.

—Completaron la limpieza el mes pasado. Treinta y siete almas ayudadas a cruzar, y la propiedad ahora está siendo convertida en un jardín memorial y centro educativo sobre la historia de la esclavitud caribeña—.

—¿Y los practicantes que manejaron el trabajo?—

—Tres Guardianes de Puertas trabajando juntos, con apoyo de historiadores locales y expertos culturales. Nadie resultó herido, nadie fue traumatizado, y todo el proceso fue documentado para referencia futura—.

El enfoque colaborativo a la intervención sobrenatural se había convertido en práctica estándar desde el establecimiento del Instituto. En lugar de esperar que Guardianes de Puertas individuales manejaran situaciones peligrosas solos, ahora coordinábamos esfuerzos de equipo que combinaban diferentes tipos de habilidades místicas con experiencia convencional en campos relevantes.

El modelo era más efectivo, más seguro para todos los involucrados, y creaba oportunidades para compartir conocimiento que fortalecían a toda la comunidad sobrenatural caribeña.

—Tu cita de la tarde está aquí—, dijo Elena, asintiendo hacia el edificio principal del Instituto donde una mujer joven estaba hablando con mi asistente.

La reconocí inmediatamente, aunque no la había visto en persona por varios años. Martha Rivera - ahora Martha Vargas - se veía cansada y preocupada de maneras que hablaban de más que preocupaciones parentales ordinarias.

—Sra. Villalba—, dijo mientras me acercaba, su tono formal sugiriendo que no estaba segura de cómo dirigirse a la mujer cuyo ex novio había casado. —Gracias por acceder a verme—.

—Por supuesto. Hablemos en mi oficina donde podemos tener privacidad—.

La llevé al espacio cómodo que había diseñado para consultas con familias buscando orientación sobre asuntos sobrenaturales. La habitación era deliberadamente calmante, con colores cálidos, iluminación natural, y símbolos protectores sutiles trabajados en los elementos decorativos.

—¿Cómo puedo ayudarte?—, pregunté mientras nos acomodábamos en sillas una frente a la otra.

—Es sobre mi hijo. Sobre Eric—. Hizo una pausa, luchando con palabras que eran claramente difíciles de decir. —Creo que ha heredado habilidades del lado de la familia de su padre—.

La ironía no se me escapó de que la esposa de Michael ahora estaba buscando ayuda de la mujer que él había abandonado por razones prácticas.

—¿Qué tipos de habilidades?—

—Ve cosas que no están ahí. O tal vez sí están ahí, y yo simplemente no puedo verlas. Habla con personas que murieron antes de que naciera, sabe cosas que no debería saber sobre la historia familiar, y a veces...— Se interrumpió, viéndose avergonzada.

—¿A veces qué?—

—A veces menciona a una hermana. Una hermana que se perdió antes de que pudiera nacer. Dice que ella lo visita y le cuenta historias sobre mujeres valientes que ayudan a espíritus tristes a encontrar su camino a casa—.

Se me cortó la respiración. Eric aparentemente estaba en contacto con el espíritu de mi gemela perdida.

—¿Qué edad tiene Eric ahora?—

—Cuatro. Casi cinco. La misma edad que tu hija—.

—¿Y cómo está manejando Michael estas revelaciones?—

La expresión de Martha se volvió aún más turbada. —No las está manejando bien. Quiere llevar a Eric a doctores, psiquiatras, cualquiera que pueda hacer que las visiones se detengan. Las ve como síntomas de enfermedad mental en lugar de dones a ser desarrollados—.

—¿Y tú?—

—Creo que mi esposo tiene miedo. Miedo de reconocer habilidades que no entiende y no puede controlar. Miedo de admitir que el matrimonio práctico que eligió sobre el amor ha producido un hijo que necesitará el tipo de apoyo que rechazó cuando se alejó de ti—.

La honestidad en sus palabras era tanto sorprendente como dolorosa. Nos sentamos en silencio por un momento mientras procesaba las implicaciones de lo que me estaba diciendo.

—¿Qué me estás pidiendo que haga?—

—Te estoy pidiendo que ayudes a mi hijo a entender sus habilidades y aprender a manejarlas de manera segura. Te estoy pidiendo que proporciones la orientación que su padre no puede o no quiere darle. Y te estoy pidiendo que me ayudes a convencer a Michael de que luchar contra los dones sobrenaturales de nuestro hijo solo los hará más difíciles de controlar—.

La solicitud era compleja en múltiples niveles. Profesionalmente, ayudar a un niño a desarrollar habilidades místicas era exactamente el tipo de trabajo que el Instituto había sido establecido para proporcionar. Personalmente, involucrarme en las vidas de Michael y su familia prometía reabrir heridas emocionales que había trabajado duro para sanar.

—¿Has discutido esto con Michael? ¿Sabe que estás aquí?—

—Sabe que estoy buscando ayuda para la condición de Eric, pero no sabe que estoy buscando ayuda de ti específicamente. Si lo supiera, probablemente me habría prohibido venir—.

—¿Y qué le dirás sobre cualquier orientación que yo proporcione?—

—Eso depende de qué forma tome esa orientación y si resulta efectiva en ayudar a Eric—.

Me encontré en la extraña posición de necesitar decidir si ayudar al hijo del hombre que había roto mi corazón, enseñado por el espíritu de mi propia hija perdida, mientras navegaba las dinámicas familiares complejas de un matrimonio construido sobre conveniencia en lugar de amor.

—Necesitaré reunirme con Eric antes de poder determinar qué tipo de ayuda sería más apropiada—, dije finalmente. —Los niños con habilidades sobrenaturales requieren evaluación individual y enfoques personalizados de entrenamiento—.

—¿Cuándo podría suceder eso?—

—Mañana por la tarde, si puedes traerlo aquí. Querré observar sus interacciones con otros niños sensibles y ver cómo responde al ambiente educativo del Instituto—.

—¿Y si determinas que sí tiene habilidades heredadas que necesitan ser desarrolladas en lugar de suprimidas?—

—Entonces trabajaremos juntas para crear un plan de apoyo que le ayude a prosperar mientras también ayuda a sus padres a entender y aceptar sus dones—.

Al día siguiente, Eric Vargas llegó al Instituto sosteniendo la mano de su madre y mirando alrededor de la instalación con la curiosidad de ojos abiertos de un niño encontrando algo completamente nuevo pero de alguna manera familiar.

Era un niño hermoso, con el cabello oscuro y la sensibilidad musical de Michael, la inteligencia práctica y conciencia social de su madre. Más importante, irradiaba el aura inconfundible de alguien con potencial sobrenatural significativo.

—Este lugar se siente seguro—, anunció mientras caminábamos por el edificio principal hacia el área de actividades para niños. —Los espíritus tristes no pueden alcanzarnos aquí—.

—¿Qué espíritus tristes?—, pregunté gentilmente.

—Los que siguen a la gente tratando de llamar su atención. La mayoría de los adultos no pueden verlos, así que se frustran y enojan. Pero no hay ninguno de esos aquí—.

Su observación era precisa. Las barreras protectoras del Instituto estaban diseñadas para mantener fuera a entidades malévolas mientras permitían que espíritus benevolentes visitaran cuando fuera apropiado.

—¿Te gustaría conocer a otros niños que también pueden ver espíritus?—

—¿Hay otros como yo?—

—Hay muchos otros como tú. Niños que tienen dones especiales que la mayoría de las personas no entienden—.

Lo presenté a Esperanza y a los otros jóvenes participando en el programa para niños del Instituto. En minutos, estaba envuelto en conversación animada con niños que no pensaban que sus experiencias sobrenaturales fueran extrañas o aterradoras.

—Nunca había podido hablar libremente sobre lo que ve antes—, susurró Martha mientras observábamos a los niños interactuar. —En casa, le hemos estado diciendo que se quede callado sobre sus visiones para evitar preocupar a otras personas—.

—Suprimir habilidades sobrenaturales rara vez funciona y a menudo causa más problemas de los que resuelve—, expliqué. —Los niños necesitan entender sus dones y aprender a usarlos constructivamente, no pretender que no existen—.

Después de una hora de observación y evaluación informal, tenía una imagen clara de las habilidades y necesidades de Eric. Era de hecho un médium natural con fuertes conexiones al mundo espiritual, sus dones eran benevolentes en lugar de problemáticos. Con entrenamiento y apoyo apropiados, podría desarrollarse en un sanador poderoso y guía espiritual.

—¿Cuál es tu evaluación?—, preguntó Martha mientras nos preparábamos para irnos.

—Eric ha heredado habilidades sobrenaturales significativas que continuarán desarrollándose a lo largo de su infancia y adolescencia. Necesita educación sobre protección espiritual, técnicas de comunicación, y directrices éticas para interactuar con entidades no físicas—.

—¿Y si Michael se rehúsa a permitir tal educación?—

—Entonces Eric probablemente experimentará angustia psicológica creciente mientras sus habilidades se fortalecen sin salidas o comprensión apropiadas. Los dones sobrenaturales suprimidos a menudo se manifiestan como ansiedad, depresión, problemas de comportamiento, o síntomas físicos que la medicina convencional no puede abordar—.

—Así que realmente no tenemos opción—.

—Tienen la opción entre ayudar a Eric a convertirse en la persona extraordinaria que está destinado a ser o verlo luchar con habilidades que no puede entender o controlar—.

Esa noche, Martha regresó con Michael a cuestas. Se veía mayor que sus veinticinco años, desgastado por responsabilidades y elecciones que le habían traído seguridad pero no felicidad.

—Martha dice que crees que nuestro hijo tiene habilidades sobrenaturales—, dijo sin preámbulos, su tono sugiriendo escepticismo mezclado con esperanza desesperada.

—Creo que tu hijo ha heredado una forma de sensibilidad espiritual que ha estado presente en ciertas líneas familiares por generaciones—, respondí cuidadosamente. —La pregunta no es si tiene estas habilidades - la pregunta es si lo ayudarás a desarrollarlas constructivamente o lo forzarás a ocultarlas destructivamente—.

—Y eres experta en tales asuntos por lo que sucedió con ese ritual hace unos años—.

—Soy experta en tales asuntos porque he pasado toda mi vida aprendiendo a equilibrar dones sobrenaturales con necesidades humanas ordinarias. Entiendo los desafíos que Eric enfrentará porque yo misma los he enfrentado—.

Michael estuvo callado por varios minutos, estudiando mi rostro con la misma intensidad que recordaba de nuestras conversaciones adolescentes junto a la laguna.

—Realmente crees que esto es real—, dijo finalmente. —Realmente crees que nuestro hijo puede comunicarse con personas muertas y necesita entrenamiento especial para manejar esa habilidad—.

—Sé que es real porque lo he presenciado directamente y porque he ayudado a docenas de otras familias a navegar circunstancias similares—.

—¿Y si accedemos a dejarte trabajar con Eric, ¿qué involucraría eso?—

—Sesiones regulares donde aprende técnicas protectoras, protocolos de comunicación, y directrices éticas para la interacción espiritual. Consejería para ayudarlo a entender su rol en la comunidad sobrenatural más grande. Y apoyo para tu familia mientras se ajustan a tener un hijo con habilidades extraordinarias—.

—¿Por cuánto tiempo?—

—Por el tiempo que sea necesario. Probablemente varios años, posiblemente hasta su adultez—.

Michael miró a su esposa, viendo algo en su expresión que pareció resolver su debate interno.

—Si esto ayuda a Eric, si lo hace más feliz y más confiado, entonces supongo que no tenemos mucha opción—.

—Lo ayudará—, prometí. —Pero también cambiará la comprensión de tu familia sobre qué es normal y qué es posible. ¿Están preparados para ese nivel de transformación?—

—No creo que nadie esté jamás preparado para el tipo de cambios de los que estás hablando—, dijo con una leve sonrisa que me recordó al chico que una vez había amado. —Lo descubriremos sobre la marcha—.

Mientras dejaban el Instituto esa noche, reflexioné sobre los giros extraños que mi vida había tomado. Ahora era responsable de ayudar a criar al hijo del hombre que había roto mi corazón, guiada por el espíritu de una niña perdida, mientras construía una comunidad que apoyaría a familias extraordinarias en todo el Caribe.

No era el futuro que había imaginado como una chica adolescente soñando con romance simple y felicidad convencional.

Era un futuro que honraba tanto mi llamado sobrenatural como mi necesidad humana de conexión significativa y propósito.

El trabajo que estaba haciendo importaba a personas que no tenían otro lugar al cual acudir para comprensión y apoyo.

La comunidad que estaba construyendo aseguraría que ningún niño con habilidades sobrenaturales tuviera que enfrentar el aislamiento y el miedo que habían caracterizado mi propia adolescencia.

Y el Instituto continuaría creciendo y evolucionando para satisfacer las necesidades de familias que estaban aprendiendo a navegar la intersección compleja de dones místicos y vida ordinaria.

De pie en el patio de la instalación que había construido de la nada, observando el sol ponerse sobre las aguas caribeñas que habían dado forma a toda mi historia, sentí una satisfacción profunda que iba más allá de cualquier logro individual.

Había encontrado una manera de transformar el dolor personal en sanación comunitaria.

Había creado algo que duraría más allá de mi propia vida y beneficiaría a generaciones de niños extraordinarios.

Y había probado que la responsabilidad sobrenatural podía mejorar en lugar de disminuir la felicidad humana cuando se abordaba con sabiduría, coraje y apoyo colaborativo.

El futuro era brillante con posibilidades que apenas estaba comenzando a imaginar.

Y estaba lista para cualquier desafío y oportunidad que viniera después.

Capítulo 29: Decisiones Sobre el Futuro

Diez años habían pasado desde esa noche transformadora cuando había descendido a un agujero en la tierra y había emergido como algo mucho más que una adolescente confundida con habilidades sobrenaturales. Ahora, estaba de pie ante el Consejo Caribeño de Practicantes Místicos mientras deliberaban sobre una propuesta que remodelaría la educación sobrenatural en toda la región.

—El establecimiento de institutos satélite en cinco islas adicionales representa una expansión significativa de nuestro modelo educativo—, expliqué a los practicantes, sanadores y líderes espirituales reunidos que se habían congregado en Barbados para la conferencia anual. —Pero la demanda claramente existe, y los beneficios de la educación sobrenatural coordinada han sido probados durante la última década—.

La presentación concluyó meses de planificación y negociación con gobiernos, universidades y comunidades espirituales locales. El éxito del Instituto original había generado solicitudes de instalaciones similares de cada isla importante del Caribe, pero expandir requería coordinación cuidadosa para respetar diferencias culturales y tradiciones espirituales existentes.

—La pregunta—, dijo el Dr. Ramon Santos de Trinidad, —es si la educación sobrenatural estandarizada arriesga disminuir los elementos culturales únicos que dan a las prácticas místicas de cada isla su carácter distintivo—.

—La pregunta—, contrarrestó Carmen Rodriguez de Puerto Rico, —es si podemos permitirnos continuar permitiendo que niños con habilidades sobrenaturales luchen en aislamiento cuando existen métodos probados para ayudarlos a prosperar—.

El debate había estado en curso por dos años, equilibrando el deseo de ayudar a más familias contra preocupaciones sobre homogeneización cultural y asignación de recursos. Mi propia posición era que la educación coordinada podía en realidad preservar la diversidad cultural asegurando que las tradiciones locales fueran documentadas, honradas e integradas en currículos sobrenaturales más amplios.

—Cada instituto satélite sería requerido de incorporar las prácticas espirituales específicas y conocimiento cultural de su comunidad anfitriona—, expliqué. —El objetivo no es crear programas idénticos, sino establecer una red de instalaciones que compartan protocolos básicos de seguridad y principios educativos mientras celebran diferencias regionales—.

Después de tres días de presentaciones, discusiones y deliberaciones, el Consejo votó para aprobar el plan de expansión. Dentro de cinco años, habría campus del Instituto

Caribeño en Jamaica, Puerto Rico, Trinidad, Barbados y Cuba, cada uno adaptado a necesidades locales mientras mantenía conexiones a la red más amplia.

—Felicitaciones—, dijo la Dra. Vásquez mientras la sesión formal concluía. —Acabas de crear la fundación para lo que podría convertirse en el sistema de educación sobrenatural más completo del mundo—.

—Lo hemos creado—, corregí. —Esto nunca fue un esfuerzo en solitario—.

El éxito de la propuesta de expansión representaba más que solo crecimiento institucional - marcaba la maduración completa del enfoque colaborativo a la responsabilidad sobrenatural que había estado desarrollándose desde mi propia crisis adolescente. En lugar de practicantes aislados luchando solos con situaciones peligrosas, ahora teníamos redes coordinadas de apoyo que hacían el trabajo místico más seguro y efectivo.

Pero el triunfo profesional estaba ensombrecido por decisiones personales que se estaban volviendo cada vez más urgentes.

Esa noche, mientras caminaba por la playa cerca del hotel de la conferencia, me acompañó Esperanza, ahora de diecisiete años y lidiando con elecciones sobre su propio futuro que determinarían si seguía mis pasos o elegía un camino más convencional.

—Los miembros del Consejo quedaron impresionados con tu presentación—, dijo, acomodándose a mi lado en un pedazo de madera flotante que proporcionaba un banco natural con vista a las aguas caribeñas.

—Quedaron impresionados con el trabajo de docenas de personas durante muchos años. Yo solo pasé a ser quien presentaba los resultados—.

—Siempre modesta—, dijo con la exasperación afectuosa que caracterizaba nuestra relación madre-hija. —¿Así que qué pasa después?—

—Después, pasamos dos años estableciendo los institutos satélites y entrenando personal local para manejarlos independientemente. Luego evaluamos los resultados y decidimos si expandir más o consolidar lo que ya hemos construido—.

—¿Y después de eso?—

—Después de eso, probablemente estaré lista para apartarme del trabajo administrativo y regresar a la práctica directa como Guardián de Puertas. Todavía hay casos individuales que requieren intervención personal, y extraño la satisfacción inmediata de ayudar a almas perturbadas a encontrar paz—.

Esperanza estuvo callada por un momento, mirando las olas que reflejaban la luz de la luna en patrones que parecían cambiar con propósito místico.

—He estado pensando en qué quiero hacer después de la graduación—, dijo finalmente.

—¿Y?—

—Quiero estudiar antropología y folclore, con un enfoque en tradiciones espirituales caribeñas. Quiero ayudar a documentar y preservar el conocimiento cultural que está siendo integrado en los programas del Instituto—.

—Ese es un trabajo importante—, dije, aunque estaba sorprendida por la dirección de sus intereses. —Pero es diferente de la práctica sobrenatural directa—.

—Lo sé. Y eso es intencional—. Hizo una pausa, eligiendo sus palabras cuidadosamente. —No quiero ser un Guardián de Puertas como tú. Quiero apoyar el trabajo que los Guardianes de Puertas hacen, pero no quiero llevar la responsabilidad personal por la intervención espiritual—.

La admisión no me sorprendió - había sentido por años que los dones de Esperanza estaban orientados más hacia la investigación y preservación que hacia la práctica mística activa - pero sí representaba una decisión significativa sobre el futuro de la tradición sobrenatural de nuestra familia.

—¿Estás segura de esa elección?—

—Estoy segura. He visto lo que tu llamado requiere de ti, y lo respeto enormemente. Pero también sé que mis contribuciones serán más valiosas en documentar y enseñar que en el trabajo espiritual directo—.

—¿Y te sientes cómoda con dejar que la tradición de Guardián de Puertas termine con mi generación?—

—Me siento cómoda con dejarla evolucionar en lugar de simplemente continuar sin cambios. Tal vez la próxima generación de practicantes sobrenaturales trabajará diferente que generaciones previas. Tal vez la colaboración y especialización reemplazarán el viejo modelo de Guardianes de Puertas solitarios y multipropósito—.

Su perspectiva era madura y reflexiva, reflejando el tipo de consideración cuidadosa que había caracterizado su enfoque a la toma de decisiones desde la infancia. También destacaba la realidad de que el mundo que había ayudado a crear ofrecía a las jóvenes opciones que generaciones previas nunca habían poseído.

—Hay algo más que necesitamos discutir—, dije, reuniendo coraje para una conversación que había estado posponiendo por meses.

—¿Sobre Eric?—

La miré con sorpresa. —¿Cómo lo supiste?—

—Porque he visto la manera en que lo miras durante las sesiones familiares, y he visto la manera en que él responde a tu guía. Se está desarrollando exactamente en el tipo de Guardián de Puertas que eras tú a su edad, ¿no es así?—

La observación era precisa y perspicaz. Durante los años que había estado trabajando con el hijo de Michael y Martha, Eric había mostrado aptitud notable para la comunicación espiritual y resolución de problemas sobrenaturales. Más importante, parecía atraído al tipo de trabajo de intervención directa que Esperanza estaba eligiendo evitar.

De repente, recordé las conversaciones que tuvimos cuando él tenía 10 años.

—Es extraordinariamente dotado—, confirmé. —Y ha expresado interés en entrenamiento formal de Guardián de Puertas cuando tenga edad suficiente—.

—Lo que significa que estás considerando tomarlo como aprendiz—.

—Lo que significa que estoy considerando ofrecerle el tipo de mentoría que desearía haber recibido cuando estaba luchando por entender mis habilidades—.

Esperanza sonrió, su expresión sosteniendo la sabiduría de alguien que había crecido entendiendo dinámicas familiares complejas y política sobrenatural.

—Te preocupa cómo sus padres reaccionarán a la idea de que su hijo siga tus pasos—.

—Me preocupan muchas cosas. Cómo Michael manejaría tener a su hijo entrenado por la mujer que abandonó. Cómo Martha afrontará los riesgos que el trabajo sobrenatural avanzado inevitablemente involucra. Cómo Eric equilibrará su educación mística con escolarización convencional y desarrollo social—.

—¿Y cómo manejarás ser responsable de entrenar al hijo del hombre que rompió tu corazón?—

La pregunta cortó al núcleo emocional de la situación de maneras que había estado evitando.

—Eso es parte—, admití. —Pero honestamente, la historia personal con Michael se siente menos importante ahora de lo que sintió incluso hace pocos años. Eric es su propia persona, y merece orientación basada en sus habilidades e intereses, no en mis sentimientos complicados sobre su padre—.

—¿Así que le vas a ofrecer aprendizaje formal?—

—Voy a discutir la posibilidad con sus padres y dejarlos decidir si están listos para que su hijo entre a entrenamiento sobrenatural avanzado—.

La conversación con Michael y Martha tuvo lugar hace siete años, en el escenario familiar de mi oficina del Instituto donde habíamos estado reuniéndonos regularmente por diez años. Eric, ahora confiado en sus habilidades sobrenaturales, se sentó entre sus padres con la expresión seria de alguien que entendía que decisiones importantes estaban siendo tomadas sobre su futuro.

—Eric ha progresado más allá de lo que nuestros programas regulares para niños pueden proporcionar—, comencé cuidadosamente. —Sus habilidades son lo suficientemente fuertes para requerir entrenamiento especializado que va más allá de educación espiritual básica—.

—¿Qué tipo de entrenamiento especializado?—, preguntó Martha.

—Técnicas de comunicación avanzadas para trabajar con espíritus difíciles. Rituales protectores para manejar situaciones sobrenaturales peligrosas. Eventualmente, el tipo de habilidades de intervención que le permitirían ayudar a comunidades lidiando con crisis espirituales mayores—.

Michael había estado inusualmente callado durante toda la discusión preliminar, pero ahora se inclinó hacia adelante con enfoque intenso.

—Estás hablando de entrenarlo para hacer el tipo de trabajo que tú haces. El trabajo peligroso que podría matarlo—.

—Estoy hablando de entrenarlo para hacer trabajo para el que ya está mostrando aptitud natural, pero con preparación y apoyo apropiados en lugar de tener que descubrirlo solo—.

—¿Y si decimos que no? ¿Si decidimos que los riesgos son demasiado grandes?—

—Entonces Eric continuará desarrollando sus habilidades sin guía formal, lo que en realidad aumenta en lugar de disminuir los peligros que enfrentará—.

—¿Y si decimos que sí?—

—Entonces pasará los próximos varios años aprendiendo habilidades que le permitirán servir a su comunidad de manera segura y efectiva, con mentoría continua de practicantes experimentados—.

Eric había estado escuchando la conversación adulta con atención paciente, pero ahora habló con la voz clara de alguien que ya había tomado su propia decisión.

—Quiero aprender—, dijo simplemente. —Quiero ayudar a la gente como la señora ayuda a la gente. Quiero hacer felices a los espíritus tristes—.

La directidad inocente de su declaración cortó a través de todas las negociaciones complejas y ansiedades parentales. Este era un niño que se sentía llamado al servicio sobrenatural de la misma manera que algunos niños se sentían llamados a la música o medicina o enseñanza.

—¿Estás seguro, mijo?—, preguntó Martha gentilmente. —Esto sería un gran compromiso que afectaría muchos años de tu vida—.

—Estoy seguro, Mami. Esto es lo que se supone que debo hacer—.

Michael miró a su hijo con una expresión que mezclaba orgullo, miedo y resignación. —¿Y crees que esta es la elección correcta?—, me preguntó.

—Creo que Eric tiene un don que podría beneficiar a muchas personas si se desarrolla apropiadamente. Creo que merece la oportunidad de explorar su potencial con guía y apoyo apropiados. Y creo que tu familia es lo suficientemente fuerte para manejar los desafíos que vienen con criar a un niño que está llamado a servicio extraordinario—.

—¿De la misma manera que tu familia manejó criarte a ti?—

—Mejor que mi familia me manejó a mí, porque tendrán recursos y apoyo comunitario que mis padres nunca tuvieron acceso—.

Después de discusión extensa y varios días de consideración, Michael y Martha acordaron permitir que Eric comenzara aprendizaje formal de Guardián de Puertas bajo mi guía.

La decisión representaba más que solo planificación de carrera individual - marcaba la continuación de tradiciones sobrenaturales en una nueva generación, pero a través de mentoría elegida en lugar de obligación heredada.

Eric tendría oportunidades de desarrollar sus habilidades gradual y seguramente, con apoyo constante de familia y comunidad. Crecería entendiendo sus dones como contribuciones valiosas al bienestar social en lugar de secretos peligrosos a ser escondidos.

Más importante, nunca enfrentaría el aislamiento y confusión que habían caracterizado mi propia educación sobrenatural.

La reunión concluyó con las preguntas emocionadas de Eric sobre cuándo su entrenamiento avanzado comenzaría y qué tipos de habilidades aprendería primero. Su entusiasmo era contagioso, recordándome por qué había elegido dedicar mi vida a la educación sobrenatural y construcción comunitaria.

Mientras su familia se preparaba para irse, Michael hizo una pausa en la puerta de mi oficina con una expresión de gratitud complicada.

—Gracias—, dijo quedamente. —Por ayudar a nuestro hijo, por entender sus necesidades, por proporcionar oportunidades que nunca podría haber imaginado cuando tenía su edad—.

—Gracias por confiar en mí con su desarrollo a pesar de nuestra historia complicada—.

—La historia ya no importa—, dijo con convicción. —Lo que importa es darle a Eric la mejor fundación posible para la vida extraordinaria que está eligiendo vivir—. ¿Crees que Esperanza me perdonará?

—No lo sé—. Respondí.

Después de que se fueron, me senté sola en mi oficina reflexionando sobre los giros extraños que me habían traído a este momento. Ahora era responsable de entrenar al hijo del hombre que había roto mi corazón, guiada por el espíritu de mi propia hija perdida, como parte de un sistema de educación sobrenatural que había construido de la nada.

El futuro se estaba desplegando de maneras que nunca podría haber predicho, pero con un sentido de rectitud y propósito que se sentía como el destino finalmente revelando sus patrones más profundos.

Eric se convertiría en el Guardián de Puertas que había estado destinada a monitorear, y con ese pensamiento regresé a la realidad.

Esperanza se convertiría en la erudita y preservacionista cultural que la comunidad sobrenatural necesitaba.

Y yo continuaría evolucionando como una educadora y líder que ayudaba a personas extraordinarias a entender y desarrollar sus dones.

Las decisiones sobre el futuro habían sido tomadas.

Capítulo 30: Círculo Completo

Veinte años después, estaba de pie una vez más en las orillas de la laguna donde mi historia había comenzado, observando a la hija de mi hija jugar en las mismas aguas cristalinas que habían dado forma a mi infancia y despertado mi llamado sobrenatural. El sol de la mañana pintaba la superficie en tonos de dorado y plateado, y el ritmo gentil de las olas contra las rocas proporcionaba una banda sonora atemporal a mis memorias.

La hija de Esperanza, Thamar, tenía siete años y mostraba la misma atracción sin miedo al agua que había caracterizado cada generación de mujeres en nuestra familia. Pero a diferencia de su abuela y bisabuela, las habilidades sobrenaturales de Thamar se estaban desarrollando en un ambiente de comprensión, apoyo y celebración en lugar de secreto y lucha.

—¡Abuela, mira!—, gritó, su voz brillante con emoción mientras señalaba hacia una sección de agua que parecía vacía para la visión ordinaria, estaba claramente ocupada por algo que deleitaba sus sentidos sobrenaturales. —¡Los espíritus del agua están bailando!—

Sonreí, recordando mis propios encuentros infantiles con las presencias místicas que habitaban nuestra laguna. Pero donde yo había sido forzada a pretender que tales experiencias eran imaginación, Thamar era libre de reconocer e interactuar con el reino sobrenatural como una parte natural de su mundo.

—Pregúntales si tienen algún mensaje para nosotras—, grité de vuelta, acomodándome en las rocas familiares donde había pasado incontables horas como adolescente soñando con futuros más simples.

El Instituto Caribeño de Estudios Sobrenaturales había crecido más allá de cualquier cosa que podría haber imaginado durante esos primeros años de lucha e incertidumbre. Lo que había comenzado como un intento desesperado de ayudar a unas pocas familias había evolucionado en una red internacional de instalaciones educativas que servían a comunidades sobrenaturales a través de las Américas y más allá.

Eric, ahora de treinta años y uno de los Guardianes de Puertas más logrados de su generación, dirigía los servicios de intervención del Instituto desde la sede en nuestra isla original. Sus habilidades naturales se habían desarrollado exactamente como había predicho, mejoradas por el tipo de entrenamiento sistemático y apoyo comunitario que había sido no disponible para generaciones previas.

Más importante, su trabajo estaba caracterizado por el enfoque colaborativo que se había convertido en práctica estándar. En lugar de enfrentar crisis espirituales solo, trabajaba con equipos de especialistas que traían diferentes tipos de experiencia a problemas sobrenaturales complejos.

—Las viejas formas eran necesarias para su tiempo—, me había dicho durante nuestra última revisión anual, —pero las nuevas formas son más efectivas e infinitamente más seguras. Nadie debería tener que arriesgar su vida en aislamiento cuando el apoyo comunitario está disponible—.

Esperanza, ahora una respetada profesora de folclore caribeño en la Universidad de Puerto Rico, había cumplido su visión de preservar y documentar el conocimiento cultural que daba contexto a las prácticas sobrenaturales. Su investigación se había convertido en la fundación para programas académicos que estudiaban tradiciones místicas con el mismo rigor aplicado a cualquier otro campo del conocimiento humano.

—Ya no estamos solo entrenando practicantes—, había explicado durante la última conferencia del Instituto. —Estamos creando eruditos que pueden ayudar a cerrar la brecha entre comunidades sobrenaturales y la sociedad principal—.

La integración que describía ya era visible en incontables pequeñas formas. Las escuelas de medicina ahora ofrecían cursos en problemas de salud sobrenaturales. Las escuelas de derecho abordaban las implicaciones legales de habilidades místicas. Los programas de trabajo social entrenaban profesionales para apoyar a familias lidiando con dones heredados.

Lo que una vez había sido escondido y temido se estaba convirtiendo en entendido y aceptado como parte de la diversidad humana.

—Abuela, dicen que hay algo importante que necesitas saber—, anunció Thamar mientras vadeaba de regreso hacia la orilla, su expresión llevando la intensidad seria que caracterizaba las comunicaciones sobrenaturales.

—¿Qué tipo de algo? —

—Dicen que el trabajo que comenzaste está completo. Dicen que el equilibrio que restauraste durará por muchas generaciones. Y dicen...— Hizo una pausa, su rostro joven mostrando confusión mientras trataba de procesar un mensaje destinado a comprensión adulta. —Dicen que es tiempo de que elijas qué viene después—.

Las palabras llevaban el peso de profecía mística, y sentí algo cambiar en la atmósfera espiritual alrededor nuestro. Los espíritus del agua, parecía, estaban entregando un mensaje de fuerzas mucho mayores que ellos mismos.

Durante los últimos cuarenta y seis años, desde esa noche aterradora cuando había aprendido por primera vez sobre mi herencia sobrenatural, mi vida había sido formada por necesidad externa. Crisis que requerían intervención, comunidades que necesitaban ayuda, instituciones que exigían liderazgo. Había respondido a cada desafío con determinación y sabiduría creciente, pero siempre en reacción a circunstancias más allá de mi control.

Ahora, aparentemente, me estaban ofreciendo algo que nunca había poseído: elección genuina sobre la dirección de mi futuro.

—¿Qué crees que quieren decir, Abuela?—

—Creo que quieren decir que el trabajo urgente está terminado, y ahora puedo decidir qué tipo de trabajo quiero perseguir simplemente porque me trae alegría—.

La posibilidad era tanto emocionante como intimidante. Por décadas, mi identidad había sido definida por responsabilidad y servicio. La idea de tomar decisiones basadas en deseo personal en lugar de necesidad comunitaria era tan poco familiar que no estaba segura de cómo abordarla.

—¿Vas a retirarte? —

—Voy a evolucionar. Otra vez—.

Esa tarde, mientras Thamar dormía la siesta en la sombra y yo caminaba por la playa donde una vez había luchado con desamor adolescente y confusión sobrenatural, me encontré pensando sobre el viaje extraordinario que me había traído a este momento de libertad.

La chica asustada que había huido a la capital para esconderse de la decepción familiar se había convertido en una líder cuyo trabajo había transformado la educación sobrenatural a través del Caribe. La adolescente desconsolada que se había sentido abandonada por el chico que amaba había construido comunidades que aseguraban que ningún niño con habilidades místicas enfrentaría jamás sus desafíos solo.

La joven madre abrumada que había llorado por una gemela perdida había creado sistemas de apoyo que ayudaban a miles de familias a navegar la intersección compleja de dones sobrenaturales y vida ordinaria.

Cada crisis se había convertido en una oportunidad. Cada pérdida había generado sabiduría que beneficiaba a otros. Cada momento de desesperación había contribuido en última instancia a triunfos que excedían cualquier cosa que podría haber imaginado durante esos oscuros años tempranos.

—El patrón está completo—, dije en voz alta a las olas y el viento, reconociendo la verdad que los espíritus del agua habían entregado a través de la voz inocente de Thamar.

—La pequeña— —Ella ha sido elegida antes de que naciera—. Esa voz provoca que todo mi cuerpo se congele. —Es su destino— Continúa.

—No. Eso no es un llamado, es una carga—. Respondí.

—Está escrito—. Dijo y se desvaneció.

El futuro de mi nieta ya estaba decidido. Lo he sabido desde el día que nació. El doctor la trajo de vuelta a la vida después de que nació muerta. Esperanza casi muere también. La peor batalla de toda mi vida como guardián de puertas.

Por primera vez en muchos años. Me siento derrotada. La realización era profunda y ligeramente abrumadora.

Mientras el sol comenzaba a ponerse sobre la laguna, pintando el cielo en tonos de naranja y púrpura que me recordaban la luz espiritual que había presenciado durante el gran ritual, sentí la presencia de mi gemela perdida más claramente de lo que había sentido en años.

—Hermana—, susurró la voz familiar en mi mente, —¿qué elegirás? —

—Todavía no lo sé—, respondí honestamente. —¿Qué crees que debería elegir? —

—Creo que deberías elegir ser feliz. Has pasado toda tu vida adulta sirviendo a otros y construyendo instituciones y resolviendo problemas que nadie más podía abordar. Ahora puedes enfocarte en descubrir qué te trae alegría y satisfacción personal—.

—¿Y qué si no recuerdo cómo ser feliz? ¿Qué si he sido responsable por tanto tiempo que he olvidado cómo ser egoísta?
—

—Entonces aprenderás. De la misma manera que aprendiste todo lo demás - a través de experiencia, experimentación, y el apoyo de personas que te aman—.

Esa noche, mientras tres generaciones de nuestra familia se reunían para cenar en el porche donde Abuela una vez contó historias que parecían folclore, pero resultaron ser profecía, anuncié mi decisión de apartarme del liderazgo activo del Instituto.

—Es tiempo de que voces más jóvenes guíen la siguiente fase de desarrollo—, expliqué a Esperanza y su esposo Amhed, quien había estado manejando las operaciones financieras del Instituto durante la última década. —Y es tiempo de que explore aspectos de la vida que han sido pospuestos mientras me enfocaba en manejo de crisis y construcción institucional—.

—¿Qué tipos de aspectos? —, preguntó Esperanza con la preocupación gentil de una hija que quería que su madre encontrara realización.

—Viajar, tal vez. Hay comunidades sobrenaturales en África y Asia que siempre he querido visitar, no para proporcionar asistencia sino simplemente para aprender sobre diferentes enfoques a la práctica mística—.

—¿Qué más? —

—Arte, quizás. Siempre he estado fascinada por la manera en que las experiencias sobrenaturales pueden ser expresadas a través de la creatividad visual. Tal vez aprenda a pintar o esculpir—.

—¿Y?—

Hice una pausa, considerando posibilidades que se sentían tanto emocionantes como ligeramente escandalosas después de décadas de enfoque total en responsabilidades profesionales.

—Y tal vez explore relaciones personales que no estén conectadas a trabajo u obligaciones familiares. Tal vez descubra cómo es amar a alguien simplemente porque me trae alegría, no porque necesiten mi ayuda o compartan mi misión—.

La idea de relaciones románticas había estado en gran medida ausente de mi vida adulta, apartada por las demandas de responsabilidad sobrenatural y maternidad soltera. Pero ahora, a los cuarenta y seis, estaba curiosa sobre aspectos de conexión humana que nunca había tenido el lujo de explorar.

—Definitivamente deberías perseguir todas esas cosas—, dijo Esperanza con entusiasmo. —Te has ganado el derecho de vivir para ti misma en lugar de constantemente vivir para otros—.

—¿El Instituto continuará operando sin problemas sin mí?—

—El Instituto continuará evolucionando y mejorando porque lo construiste con sistemas y principios que trascienden a cualquier líder individual. Ese siempre fue el punto, ¿no? ¿Crear algo sostenible en lugar de algo dependiente de tu involucramiento personal?—

Tenía razón. Desde el principio, había diseñado el Instituto para funcionar como un esfuerzo comunitario en lugar de una operación de una sola persona. El enfoque colaborativo que caracterizaba todo nuestro trabajo se extendía a la estructura organizacional y procesos de toma de decisiones.

—¿Qué hay de ti, Thamar?—, le pregunté a mi nieta, quien había estado escuchando la conversación adulta con la atención seria que caracterizaba su enfoque a asuntos importantes. —¿Qué crees que Abuela debería hacer con su nueva libertad? —

—Creo que deberías enseñarme a nadar en las partes profundas de la laguna—, dijo con la directiva de una niña de siete años. —Y creo que deberías escribir todas las historias sobre los espíritus que has ayudado, para que otras personas puedan leerlas y entender lo que realmente sucedió—.

—¿Historias? —

—Como las que Tatarabuela solía contar en este porche, pero historias verdaderas sobre tus aventuras en lugar de leyendas viejas sobre las aventuras de otras personas—.

La sugerencia era tanto encantadora como perspicaz. Thamar había identificado algo que no había reconocido conscientemente - el deseo de documentar y compartir las experiencias extraordinarias que habían dado forma a mi vida y las vidas de todos conectados al trabajo sobrenatural.

—Me gusta esa idea—, dije. —Tal vez escriba un libro sobre crecer con habilidades místicas en un mundo que no las entendía o aceptaba. Tal vez otras familias atravesando desafíos similares se beneficiarían de leer sobre cómo navegamos las dificultades y eventualmente creamos algo hermoso de las luchas—.

—¿Escribirías sobre las partes aterradoras también? ¿Las partes donde casi mueres?—

—Escribiría sobre todo. Las partes aterradoras, las partes tristes, las partes triunfantes, y las partes ordinarias que mostraron cómo los dones sobrenaturales pueden ser integrados con la vida humana regular—.

Mientras la noche avanzaba y la conversación se desviaba de mis planes futuros a chismes familiares y noticias locales, sentí un contentamiento profundo que había estado ausente de mi vida por más tiempo del que podía recordar.

El trabajo urgente de hecho estaba completo. Las instituciones que construimos estaban prosperando. La siguiente generación estaba preparada para llevar adelante la misión de ayudar a personas extraordinarias a vivir vidas extraordinarias con apoyo comunitario y comprensión.

Y yo finalmente era libre de descubrir qué tipo de persona podría convertirme cuando las obligaciones externas ya no definieran mis elecciones y posibilidades.

La laguna reflejaba la luz de la luna en patrones que parecían bailar con propósito místico, recordándome que algunas formas de belleza existen simplemente para ser apreciadas en lugar de analizadas o utilizadas.

Mañana comenzaría el proceso de apartarme del liderazgo activo y avanzar hacia un futuro formado por curiosidad en lugar de necesidad.

Esta noche, me sentaría en este porche familiar con las personas que más amaba, observando estrellas emerger en el cielo caribeño y sintiéndome agradecida por cada crisis que había llevado a triunfo, cada pérdida que había generado sabiduría, y cada momento de desesperación que había contribuido en última instancia a alegría.

La chica que una vez se había sentado en este mismo lugar escuchando los cuentos de Abuela sobre responsabilidad sobrenatural nunca podría haber imaginado la mujer en la que se convertiría o el legado que crearía.

Pero los sueños de esa chica de amor, propósito y pertenencia todos habían sido cumplidos, solo que no de las maneras que había esperado.

La historia que había comenzado con miedo y confusión terminaba con paz y posibilidad.

El ciclo no solo estaba roto - estaba transformado en algo completamente nuevo.

Y el futuro se extendía adelante como un libro sin escribir, lleno de páginas en blanco esperando ser llenadas con aventuras, mi vida finalmente estaba comenzando.

Epílogo

Han pasado cinco años desde aquella tarde en el porche cuando anuncié mi intención de dar un paso atrás en el Instituto. Cinco años de descubrimiento, aventura, y el tipo de crecimiento personal que solo puede venir cuando finalmente eres libre de vivir para ti misma en lugar de para las expectativas o necesidades de otros.

El libro que Thamar sugirió que escribiera se convirtió en este manuscrito que ahora estás leyendo -- un testimonio del viaje desde la confusión hasta la claridad, desde el aislamiento hasta la comunidad, desde el miedo hasta la aceptación. Escribir estas páginas ha sido su propia forma de sanación, una manera de dar sentido a experiencias que desafiaban la explicación lógica y honrar a las personas que moldearon mi camino.

Los cuentos de mi abuela, que una vez parecían folklore diseñado para asustar a los niños a la obediencia, se revelaron como sabiduría cuidadosamente preservada transmitida a través de generaciones de mujeres que entendían que algunas verdades son demasiado importantes para hablar claramente. El mundo sobrenatural que ella describió no era mito ni metáfora -- era una realidad paralela que coexistía con la vida cotidiana, visible solo para aquellos nacidos con el don de percibirla.

El Instituto de Estudios Sobrenaturales continúa prosperando bajo el liderazgo de Esperanza, evolucionando de maneras que nunca imaginé durante aquellos primeros años desesperados. Lo que comenzó como un refugio para adolescentes confundidos se ha convertido en un sistema de apoyo integral que abarca desde la infancia hasta la adultez, integrando habilidades místicas con la vida moderna de maneras que honran tanto la tradición como la innovación.

He viajado a comunidades sobrenaturales en África Occidental, Sudeste Asiático y los pueblos remotos de Europa Oriental, aprendiendo que cada cultura tiene su propia relación con el reino místico. Los detalles difieren -- diferentes espíritus, diferentes rituales, diferentes marcos para entender -- pero las experiencias fundamentales permanecen notablemente consistentes. Niños nacidos con percepción mejorada, familias luchando por apoyar dones que no entienden, comunidades desarrollando sistemas para integrar habilidades extraordinarias con la vida ordinaria.

Thamar tiene doce años ahora, entrando en ese difícil período de transición entre la infancia y la adolescencia. Sus habilidades se han fortalecido con la edad, pero a diferencia de mi propio desarrollo caótico, el suyo ha sido apoyado por educación integral y comprensión comunitaria. Nada en la laguna con confianza, comunicándose con los espíritus del agua tan naturalmente como otros niños conversan con amigos. El miedo y el aislamiento que caracterizaron mi juventud están ausentes de su experiencia.

El recuerdo de Michael se ha suavizado con los años, transformándose de dolor agudo a nostalgia gentil. He aprendido que el primer amor, incluso cuando termina trágicamente, nos moldea de maneras profundas. La capacidad de conexión emocional profunda que él despertó en mí eventualmente encontró otras expresiones -- en amistades, en relaciones de mentoría, y sí, incluso en relaciones románticas que honraron en lugar de competir con mis responsabilidades sobrenaturales.

El Árbol de Ceiba todavía se alza en el centro del bosque, su tronco masivo cicatrizado pero intacto. Ocasionalmente camino allí sola, no para comunicarme con espíritus o realizar rituales, sino simplemente para recordar. Para honrar a la chica que fui y reconocer a la mujer en la que me he convertido. Para sentir gratitud por cada lección dolorosa que contribuyó a la sabiduría.

La laguna refleja la luz de la luna esta noche tal como lo hizo durante mi infancia, sus aguas sosteniendo los mismos misterios y la misma belleza. Pero ya no soy aquella adolescente asustada nadando desesperadamente lejos de un destino que no entendía. Soy una mujer que ha hecho las paces con sus dones, construido comunidad del aislamiento, y transformada herencia sobrenatural en legado significativo.

Mi abuela tenía razón sobre tantas cosas. Nadie está verdaderamente solo. Las viejas formas sobreviven a través de aquellos que las honran. Y a veces los cuentos que las abuelas cuentan no están destinados a asustar sino a preparar -- a plantar semillas de comprensión que florecerán cuando sea el momento correcto.

Esta historia, que comenzó con memoria y pérdida, termina con esperanza y posibilidad. El mundo sobrenatural que una vez pareció una maldición se ha revelado como un don -- no siempre un don fácil, no siempre un don cómodo, pero un don de todos modos. Uno que me conecta con siglos de mujeres que caminaron este camino antes que yo y con generaciones aún por venir que continuarán el trabajo que hemos comenzado.

El futuro se extiende adelante como un libro no escrito, lleno de páginas en blanco esperando ser llenadas con nuevas aventuras, nuevos descubrimientos, nuevas conexiones. Y por primera vez en mi vida, enfrento ese futuro no con temor sino con curiosidad y alegría.

A los cincuenta y un años, mi vida está lejos de terminar. En realidad, apenas está comenzando.

Agradecimientos

A todas las abuelas que cuentan historias: Gracias por mantener viva la sabiduría del mundo a través de sus palabras. Alrededor de mesas de cocina, bajo cielos estrellados, y en los rincones tranquilos de reuniones familiares, tejen recuerdos en magia y transforman momentos ordinarios en lecciones eternas. Sus historias llevan risa, resiliencia, y el pulso de generaciones; nos recuerdan de dónde venimos y nos inspiran a imaginar a dónde podemos ir. Plantan las semillas de la narración en los corazones de sus nietos, enseñándoles que cada cuento tiene poder, y cada voz importa. A través de su amor y sus historias, mantienen nuestras culturas respirando, nuestras historias recordadas, y nuestros sueños vivos.

A mi madre: gracias por alentarme a ser mejor cada día. Tu creencia inquebrantable en mi potencial, incluso cuando dudaba de mí misma, me dio la fuerza para perseguir este viaje creativo. Me enseñaste que la excelencia no es un destino sino una práctica diaria, y que el crecimiento viene de empujar más allá de lo que se siente cómodo. Tu apoyo, tanto práctico como emocional, hizo posible que pudiera apartar el tiempo y el espacio mental necesarios para hacer este proyecto. Más que eso, me mostraste cómo honrar nuestra herencia mientras construimos algo nuevo, cómo respetar la tradición mientras abrazamos la innovación. Eres el puente entre generaciones, y estoy agradecida más allá de las palabras.

A mi esposo: gracias por estar a mi lado a través de cada etapa de este viaje. Creíste en este proyecto cuando era solo una colección dispersa de recuerdos e ideas a medio formar. Gracias por ser mi ancla cuando la duda amenazaba con abrumarme, y por recordarme por qué esta historia importaba. Tu amor y apoyo están tejidos en cada capítulo de este libro, y en cada capítulo de mi vida.

A los lectores que se verán a sí mismos en estas páginas -- aquellos que han heredado dones que no pidieron, que se han sentido atrapados entre mundos, que han luchado por honrar la tradición mientras forjan su propio camino: este libro es para ustedes. Que encuentren en estas páginas la validación que el mundo a menudo retiene. No están solos.

Sus experiencias son reales y valiosas, independientemente de si otros las creen.

Este libro es un trabajo de amor, construido sobre la base de la familia, la herencia, y la creencia de que algunas verdades solo pueden ser contadas a través de la historia. A todos los que contribuyeron a hacerlo posible, ya sea a través de apoyo directo o a través de los cuentos y tradiciones que preservaron: gracias. Esta es nuestra historia, y me siento honrada de compartirla.

Sobre la Autora

Katherine E. Suero (nacida el 18 de septiembre de 1992) es una autora y editora bilingüe cuyo trabajo conecta culturas y explora las preguntas más profundas de la existencia humana.

Con títulos de Florida Atlantic University, Nova Southeastern University, y TBS (Toulouse Business School) en Francia, Katherine aporta sensibilidades literarias tanto estadounidenses como europeas a su escritura. Su educación internacional -- particularmente su tiempo en Toulouse -- influyó profundamente su enfoque hacia la ficción filosófica y su comodidad explorando la mortalidad, el significado, y la condición humana.

Autora de la Serie de Cuentos De La Abuela, Katherine demuestra una versatilidad notable, elaborando narrativas para audiencias diversas con igual habilidad. En El Angel de la Muerte: El Aprendiz, sirve como editora, aportando claridad, estructura, y profundidad emocional a esta exploración abarcadora de la vida, la muerte, y la justicia divina.

Su experiencia editorial refinó la arquitectura narrativa compleja del manuscrito, profundizó su desarrollo de personajes, y aseguró que la historia de cada alma reciba la dignidad que merece. Como puente entre la narración visionaria de Wendys y la experiencia del lector, la contribución de Katherine fue esencial en dar forma a este cuento universal.

Fluida en múltiples idiomas y moldeada por perspectivas multiculturales, Katherine crea historias que honran diversas tradiciones espirituales mientras hablan a nuestra experiencia humana compartida de buscar significado frente a la mortalidad.

Derechos de autor y Aviso legal

ISBN: [979-8-9940232-2-8] Editorial: Katherine E. Suero Impreso en Estados Unidos de América